「자, 잠깐만! 어디에서 두루밈이 보였는데?」

상급봉종? 상급봉종 프레이즈가 출현한 거야?

「이곳이야. 조금 어긋날지도 모르지만, 확실히 출현할 거야. 지인이 있으면 빨리 도망치라고 해두는 편이 좋아」

세계는 스마트폰과 함께.9

재빨리 접근한 에르제의 게르힐데가
【부스트】로 강화된 파일벙커로 측면에 일격을 먹였다.

이세계는 스마트폰과 함께. ⑨

후유하라 파토라 illustration ■ 우사츠카 에이지

모치즈키 토야

하느님의 실수로 이세계로 가게 된 고등학교 1학년(등장 당시). 기본적으로는 너무 소란을 피우지 않고 흐름에 몸을 내맡기는 스타일. 무의식적으로 분위기 파악을 하지 못한 채, 은근히 심한 짓을 한다.
무한한 마력, 모든 속성 마법을 가지고 있으며, 무속성 마법을 마음대로 사용하는 등, 하느님 효과로 여러 방면에서 초월적. 브륀힐드 공국 국왕.

벨파스트 유미나 에르네아

벨파스트의 왕녀. 열두 살(등장 당시). 오른쪽이 파란색, 왼쪽이 녹색인 오드아이. 사람의 본질을 꿰뚫어 보는 마안의 소유자. 바람, 흙, 어둠이라는 세 속성을 지녔다. 활이 특기. 토야에게는 한눈에 반해, 무턱대고 강하게 다가갔다. 토야의 신부가 될 예정.

에르제 실레스카

토야가 구해 준 쌍둥이 자매의 언니, 오른손에 건틀릿을 장비하고 주먹으로 싸우는 무투사. 직설적인 성격으로 소탈하다. 신체를 강화하는 무속성 마법【부스트】를 사용할 줄 안다. 매운 것도 좋아한다. 토야의 신부가 될 예정.

린제 실레스카

쌍둥이 자매의 여동생. 불, 물, 빛이라는 세 속성을 지닌 마법사. 빛 속성은 별로 잘 사용하지 못한다.
굳이 따지자면 낯을 가리는 성격으로 말이 서툴지만 가끔 대담해진다. 단 음식을 좋아한다. 토야의 신부가 될 예정.

코코노에 야에

일본과 비슷한 먼 동쪽의 나라, 이센에서 온 무사 소녀. 존댓말을 사용하며 남들보다 훨씬 많이 먹는다. 진지한 성격이지만 어딘가 어긋나 있는 면도 있다. 본가의 검술 도장으로 쿠도노에 진명류(真鳴流)라고 한다. 겉에 봐서는 잘 알기 어렵지만 의외로 거유. 토야의 신부가 될 예정.

루시아 레아 레굴루스

애칭은 루. 레굴루스 제국의 제 3 황녀. 유미나와 같은 나이. 제국 반란 사건 때에 자신을 도와 준 토야에게 한눈에 반했다. 쌍검을 사용한다. 유미나와 사이가 좋다. 요리 재능이 있다. 토야의 신부가 될 예정.

오르트린데 스우시 에르네아

애칭은 스우. 열 살(등장 당시). 자객에게 습격당하고 있을 때 토야가 구해 주었다. 벨파스트 국왕의 조카. 유미나의 사촌. 천진난만하고 호기심이 왕성하다. 토야의 신부가 될 예정.

미스미도 힐데가르드 레스티아

애칭은 힐데. 레스티아 기사 왕국의 제1 왕녀. 검술에 능하며 '기사 공주'라고 불린다. 프레이즈에 습격당할 때 토야에게 도움을 받고 한눈에 반한다. 긴장하면 말을 더듬는 습관이 있다. 야에와 사이가 좋다. 토야의 신부가 될 예정.

린

전(前) 요정족 족장. 현재는 브륀힐드의 궁정마술사(잠정). 어려 보이지만 매우 오랜 세월을 살았다. 자칭 612세. 마법의 천재, 사람을 놀리기를 좋아한다. 어둠 속성 마법 이외의 여섯 가지 속성을 지녔다. 토야의 신부가 될 예정.

사쿠라

토야가 이센의 산속에서 주운 빈사 상태였던 소녀. 분홍색 머리카락과 제비꽃색 눈동자를 지녔다. 별로 감정을 겉으로 드러내지 않는다. 자신에 관한 기억을 모두 잃었다. 이름은 임시로 토야가 지어 주었다.

폴라

린이 【프로그램】으로 만들어낸 곰 인형으로, 마치 살아 있는 것처럼 움직인다. 200년 동안 계속 움직이고 있으며, 그사이에도 개량을 거듭했다. 그 움직임은 상당한 연기파 배우 수준.
폴라…… 무서운 아이!

코하쿠

토야의 첫 번째 소환수. 백제라고 불리는 서쪽과 큰길의 수호자로, 짐승의 왕, 신수(神獸). 보통은 새끼 호랑이 크기로 다니며 최대한 눈에 띄지 않으려 한다.

산고&코쿠요

토야의 두 번째 소환수. 두 마리가 한 세트. 현제라고 불리는 신수, 비늘의 왕. 물을 조종할 수 있다. 산고가 거북이, 코쿠요가 뱀.

코코쿠

토야의 세 번째 소환수. 염제라고 불리는 신수. 새의 왕. 침착한 성격이지만, 외모는 화려하다. 불꽃을 조종한다.

루리

토야의 네 번째 소환수. 창제라고 불리는 신수. 푸른 용으로, 용의 왕. 비꼬기를 잘하며, 코하쿠와는 사이가 나쁘다. 모든 용을 복종시킬 수 있다.

모치즈키 카렌

정체는 연애의 신. 토야의 누나를 자처하는 중. 천계에서 도망친 종속신을 포획해야 한다는 대의명분으로, 브륀힐드에 눌러앉았다. 느긋한 말투. 꽤 게으르다.

모치즈키 모로하

정체는 검의 신. 토야의 두 번째 누나를 자처한다. 브륀힐드 기사단의 검술 고문에 취임. 늠름한 성격이지만 조금 천연스럽다. 검을 쥐면 대적할 상대가 없다.

프란체스카

바빌론의 유산 '정원'의 관리인. 애칭은 세스카. 메이드복을 착용. 기체 넘버 23. 입만 열면 야한 농담을 한다.

하이로제타

바빌론의 유산, '공방'의 관리인. 애칭은 로제타. 작업복을 착용. 기체 넘버 27. 바빌론 개발 정부인.

벨플로라

바빌론의 유산, '연금동'의 관리인. 애칭은 플로라. 간호사복을 착용. 기체 넘버 21. 폭유 간호사.

프레드모니카

바빌론의 유산 '격납고'의 관리인. 애칭은 모니카. 위장복을 착용. 기체 넘버 28. 입이 거친 꼬마.

프렐리오라

바빌론의 유산 '성벽'의 관리인. 애칭은 리오라. 블레이저를 착용. 기체 넘버 20. 바빌론 넘버즈 중 가장 연상. 바빌론 박사의 밤 시중도 담당했다. 남성은 미경험.

파메라노엘

바빌론의 유산, '탑'의 관리인. 애칭은 노엘. 체육복을 착용. 기체 넘버 25. 계속 잔다. 먹고 자기만 한다. 기본적으로 게으르고 뭐든 귀찮아하는 성격.

이리스팜므

바빌론의 유산, '도서관'의 관리인. 애칭은 팜므. 세일러복을 착용. 기체 넘버 24. 활자 중독녀. 독서를 방해하면 싫어한다.

리루루파르셰

바빌론의 유산, '창고'의 관리인. 애칭은 파르셰. 무녀 복장을 착용. 기체 넘버 26. 덜렁이. 게다가 자각이 없다. 깜빡하고 저지르는 실수가 잦다. 잘 넘어진다.

하느님

세계신(世界神). 토야를 이쪽 세계로 보낸 장본인. 기본적으로 좋은 사람…… 아니, 신, 몇 개인가의 세계를 관리하는 아주 대단한 하느님이다.

엔데

흰 머플러, 검은 재킷, 검은 바지, 모노톤 복장에 흰 머리카락을 지닌 수수께끼의 소년. 굉장한 전투 능력을 지녔다. 프레이즈와 무언가 관련이 있는 듯한데…….

표지 · 본문 일러스트
우사츠카 에이지

세계 지도

마왕국 제노아스

파르프 왕국

리니에 왕국

엘프라우 왕국

하노크 왕국

노키아 왕국

천제국 유론

황도 베른

리프리스 황국

레굴루스 제국

◎ 제도 갈라리아

벨파스트 왕국

↖ 브륀힐드 공국

로드메어 연방

호른 왕국

✖ 왕도 아레피스

리플렛 마을

◎ 성도 이스라

라밋슈 교국

펠젠 왕국

미스미드 왕국

◎ 왕도 베르주

라일 왕국

이그리트 왕국

대수해(大樹海)

◎ 드래고니스섬

기사 왕국 레스티아

산드라 왕국

◎ 왕도 큐레이

N

지금까지의 줄거리

하느님이 특별히 마련해 준 스마트폰을 가지고 이세계에 오게 된 소년, 모치즈키 토야는 벨파스 왕국과 레굴루스 제국의 후원으로 소국 브륀힐드의 공왕이 되었다.

토대 왕국의 유산, '바빌론'의 힘을 손에 넣은 토야는 각국 국왕들과 힘을 합쳐 이세계에서 침략자인 프레이즈를 격퇴하기 위해 대대적으로 움직이기 시작한다.

동으로, 서로, 남으로, 북으로. 나라의 경계를 넘어 세계를 돌아다니는 토야에게 잇달아 성가 일이 벌어지는데⋯⋯.

ⅲ 제1장 로드메어 광상곡

"이건……! 그렇군, 페르미드 병에는 만월곰의 간이……! 아니?! 가라라의 뿌리는 건조하는 게 좋은 건가?!"

"도움이 될까요?"

"그야 물론입니다! 이것으로 구할 수 있는 생명이 어느 정도일지!! 감사합니다, 공왕 폐하!"

내가 건네준 책을 보고 벨파스트의 궁정 의사, 라울 씨는 눈을 반짝였다.

건네준 책은 '도서관'에서 손에 넣은 의학서를 현재의 세계 공통어로 번역한 것이었다.

고대 마법 문명 시대에 집필된 그 의학서에는 이 시대 사람들의 기억에서 잊힌 의료 기술에 관한 지식, 치료법, 예방법 등이 적혀 있었다. 나는 읽어도 무슨 말인지 잘 모르겠지만, 라울 의사라면 올바로 사용해 줄 게 분명하다.

"그런데 이처럼 귀중한 책을 어디서……."

"아, 아실 테지만, 우리 나라에서 던전을 개방했잖아요? 그 보물 중에서 찾았어요. 그래서 그걸 제 번역 마법으로 번역해서."

……라는 것으로 했다. '도서관'을 이야기할 수는 없으니까.

얼버무리듯이 나는 【스토리지】에서 약상자를 꺼내 라울 의사에게 건네주었다. 안에는 '연금동'의 플로라가 만든 약이 몇 종류 들어가 있었다.

"그리고 이것도요. 저희 약사가 만든 약이에요. 효능과 사용법은 이쪽 종이에 적혀 있어요."

"오오, 감사합니다."

"아니요. 야마토 왕자에게 무슨 일이 생기면 안 되니까요."

이쪽 세계에는 회복 마법이 존재하니 유아 사망률이 낮을 것으로 생각하기 쉽지만 그렇지는 않았다. 회복 마법은 부상을 치료하는 것으로, 병을 낫게 하는 것이 아니기 때문이다.

역시 병을 고치려면 의사의 힘이 필요하다. 나의 【리커버리】를 부여한 지팡이도 라울 의사에게 건네주었지만, 【리커버리】도 만능은 아니다.

이전에 린제의 감기를 고치려고 했는데 낫지 않았다. 생리통이나 뱃멀미에도 안 통했다. 사쿠라의 기억도 안 돌아왔고 말이지. 술에 취한 사람에게는 효과가 있기도 한데, 흠, 잘 모르겠다.

"토야 오빠, 많이 기다리셨죠?"

문을 열고 유미나가 들어왔다. 1주일에 한 번 본가로 돌아가 남동생의 성장을 보고 싶다는 유미나를 【게이트】로 벨파스트로 보내 준 뒤, 지금 내가 데리러 온 참이었다.

겸사겸사라고 하기엔 뭐하지만, 라울 의사를 찾아 의학서를 건네준 것으로. 이쪽도 유의미한 시간을 보냈다.

"토야 오빠는 야마토를 안 만나도 괜찮은가요?"

"아~……. 오늘은 괜찮아. 다음에 와서 볼게."

유미나에게는 그렇게 대답했지만, 솔직히 말하면 벨파스트 국왕 폐하에게 붙잡히고 싶지 않았기 때문이다. 일단 붙잡히면 벨파스트 국왕 폐하에게 야마토 왕자의 자랑을 끝없이 들어야 한다.

솔직히 말해 그렇게 자식 사랑이 팔불출일지는 몰랐다. 유미나를 쉽게 내 신부로 내줬으니까. 나이를 먹으면 먹을수록 자식이 귀여워지는 그런 현상인 건가? 아니, 그렇게 나이가 많진 않을 텐데, 국왕 폐하. 마흔이 될까 말까잖아?

아무튼 국왕 폐하에게 붙잡히면 성가셔지니 얼른 나는 【게이트】를 열어 돌아가기로 했다.

성의 한 방에 도착하자, 푸드득 하고 날갯짓하며 창문에서 코교쿠가 다가왔다.

"응? 코교쿠야? 무슨 일인데?"

코교쿠가 내 어깨에 앉았다. 무슨 일 있나?

〈네. 실은 성의 서쪽 평원에 붉은 프레임 기어가 서 있다는 보고가 들어왔습니다.〉

"붉은 프레임 기어?"

앗, 혹시 엔데의 용기사(드라군)인가? 왜 그런 곳에?

장소를 지도로 확인하고 【게이트】를 열어 이동해 보니, 평원 한가운데에 용기사가 우두커니 서 있었고, 엔데는 그 어깨 위에 드러누워 있었다.

"엔데!"

"아, 토야. 오랜만이야~. 이쪽에서 기다리면 네가 먼저 올 거라고 생각했어."

　용기사의 어깨에서 긴 머플러를 나부끼며 엔데가 지상으로 내려왔다. 여전히 몸이 가벼운 녀석이라니까. 고양이냐.

"왜 이런 곳에 있어?"

"실은 이 녀석이 갑자기 안 움직여서. 토야라면 고칠 수 있지 않을까 생각했거든."

　안 움직여? ……아, 에테르리퀴드가 떨어진 건가? 꽤 오래 버렸네. 보통은 움직이지 않아도 한 달이면 가동되지 않는데. 에테르리퀴드는 원래 탄산이 빠지듯이 점점 그 효과가 옅어진다.

　혹시 엔데가 지닌 그 신비한 프레파라트에 수납해 놓았던 건가? 그것에 나의 【스토리지】와 같은 효과가 있다면, 수납한 것은 시간이 멈출 가능성도 있다.

"으~음. 모처럼이니 신형 기체처럼 에테르리퀴드가 필요 없게 개량해 줄까? 계속 찾아오면 그건 그거대로 성가시니……."

"그렇게 해 주면 고맙지."

"3일 정도 걸리는데, 괜찮아?"

"상관없어. 그사이에 나는 이 나라를 둘러볼 테니까."

너무 어슬렁거려도 곤란한데. 일단 프레이즈를 물리쳐 준 모양이고, 협력자로서는 의지가 되긴 하지만.

던전에 들어가 최심부까지 제패해 버리면 곤란하다. 영업 방해도 그런 영업 방해가 없다.

"3일 만에 고칠 수 있다니 고마운걸? 역시 맨몸으로 상급종과 싸우긴 귀찮아서."

"⋯⋯⋯⋯⋯⋯뭐?"

지금 뭐랬어? 상급종? 상급종 프레이즈가 출현하는 거야?

"뭐야⋯⋯ 상급종이라니⋯⋯."

"가끔 공간의 뒤틀림이 보이거든. 그런 상황이라면 3주에서 한 달 정도일까? 전보다는 출현하는 수는 적겠지만."

아니아니아니! 많다느니 적다느니, 그런 문제가 아냐! 상급종이 출현한다는 게 문제잖아! 도시 하나를 날려 버릴 수도 있는 괴물이거든?!

"자, 잠깐만! 어디에서 뒤틀림이 보였는데?!"

"응? 으~음. 여기의 동쪽⋯⋯ 아, 지도 있어?"

서둘러 지도를 공중에 투영하자, 엔데는 어느 한 점을 가리켰다.

"이곳이야. 조금 어긋날지도 모르지만, 확실히 출현할 거야. 지인이 있으면 빨리 도망치라고 해 두는 편이 좋아."

엔데가 가리킨 장소. 다행이라고 해야 할지, 그곳에는 내가 아는 사람이 없었다.

"로드메어 연방이라……."

레굴루스 제국의 동쪽, 일곱 개 주(州)가 모인 연합 국가. 엔데는 그 중앙주에서 조금 벗어난 장소를 가리켰다.

큰일이네……. 수도에서 멀리 떨어져 있다고는 하지만 얼마 전의 악어 같은 상급종이 나타나서. 그 하전입자포(荷電粒子砲) 비슷한 것을 날리면 순식간에 초토화되고 말 거야…….

정말 문제다. 그래선 확실히 피해가 발생한다. 어떻게 해서든 근처의 주민을 대피시키고, 피해를 최소한으로 막은 다음 쓰러뜨리고 싶지만, 그곳은 다른 나라의 영지다.

경고해도 받아들일지 어떨지. 믿지 않을 가능성이 크다. 유론의 사례가 있으니, 완전히 안 믿지는 않을 것 같지만…….

"……확실히 출현하는 거지?"

"확실히 출현해."

단언했다. 빌어먹을. 이 녀석의 말은 하나하나 다 잘 맞으니까.

일단 로드메어 국왕, 아니, 그 나라에서는 전주(全州) 총독이라고 했었던가? 그 사람에게 이야기해 줄 수밖에 없겠어.

레굴루스 황제를 통해서 이야기하면……. 앗, 그러고 보니 로드메어와 레굴루스는 별로 사이가 안 좋았다고 했지?

그렇다면……. 발이 넓은 레스티아 선선대 왕이나, 길드 마스터인 레리샤 씨한테 부탁할 수밖에 없는 건가.

이야기할 거라면 일단은 레리샤 씨가 좋겠어. 로드메어에도 모험자 길드는 있으니. 유론 때처럼 괴멸적인 피해를 보기 전에 대피할 수 있을지도 몰라.

그곳을 통해 모험자들에게도 정보를 흘리면, 어느 정도는 대피해 줄 가능성도 있으니까.

그렇다면 서두르는 편이 좋다. 용기사를 【게이트】를 통해 【공방】으로 보낸 다음, 나는 레리샤 씨가 있는 길드를 향해 갔다.

엔데에게 들은 정보를 길드 마스터인 레리샤 씨에게 전달하자, 레리샤 씨는 바로 움직여 주었다.

로드메어 연방 담당 길드 마스터와 연락을 하여, 간신히 로드메어 전주 총독, 폴크 라질과 만날 수 없는지 확인을 해 준 것이다.

소국이긴 하지만 국왕의 면회 요청이고, 동맹국으로 열거된 많은 나라의 이름의 효과도 있어서인지, 전주 총독은 다행히도 바로 만나 주겠다고 답변해 주었다.

그 연락을 길드에서 받은 나는 곧장 사정을 들은 벨파스트 국왕, 레굴루스 황왕과 함께 '동서 동맹'의 대표로서 호위를 거느리고 로드메어로 갔는데…….

"대피하지 않겠다니 그게 무슨 말이죠?! 유론 같은 일이 벌어질지도 몰라요?!!"

"아니요, 대피하지 않겠다는 말이 아닙니다. 상황을 정확하게 판단한 뒤, 우리 나라가 적절한 대처를 하고자 하는 것뿐입니다."

응접실 의자에 앉은 내 맞은편에는 나와 비슷하게 남자 한 명이 앉아 있었다.

그 남자는 곱슬곱슬한 밤색 머리카락에 약간 처진 눈을 지녔고, 말랐지만 체격도 다부지고, 귀밑에서부터 턱까지 수염을 기른 모습이었다.

비싸 보이는 디자인인 상의와 역시 비싸 보이는 바지와 신발.

이 남자가 폴크 라질. 이곳 중앙주의 주(州) 총독이자, 전주 총독이라고 불리는 이 나라의 리더였다.

일곱 개 주의 총독 중에서 선출된 이 남자는 굉장히 자신감이 넘치는 사람인지, 프레이즈가 습격할 것이란 소리를 듣고도 특별히 놀라지 않고 태연했다.

"그런데 그 정보는 어디에서 입수하셨을까요?"

"자세하게 말할 수는 없지만, 협력해 주는 사람이 있습니다. 그 사람에게서……."

"협력자라. 그 사람은 믿을 수 있는 사람입니까? 실례지만 그 사람의 말을 그대로 받아들이는 것은 조금 문제가 있는 것이 아닌지요?"

확실히 엔데는 정체불명인 녀석이다. 하지만 그 녀석은 실제로 프레이즈와 맞서고 있다. 적의 적은 아군. 그렇게 단순한 도식은 아니지만, '현재로써는' 적이 아니다…… 아마도.

"솔직히 다른 주 총독들 사이에서도 의견이 갈리고 있습니다. 당장 대피해야 한다고 하는 자, 그럴 필요 없다고 하는 자, 우리 손으로 토벌해야 한다는 자……. 다양하죠. 바로 결단을 내릴 수는 없습니다."

왜 이렇게 느긋한 거지? 그런 짓을 할 사이에 얼른 대피하면 될 것을. 국민의 생명이 걸려 있단 말이야. 내가 내심 답답해하고 있을 때, 레굴루스 황제가 끼어들었다.

"전주 총독은 지금 '토벌한다'고 말씀하셨는데, 프레이즈의 힘을 알고 하는 말이오?"

"우리 나라에도 프레이즈라고 하는 수정 마물이 나타났습니다. 게다가 여러분들이 유론에서 싸웠을 때의 정보를 통해 어느 정도는 대책을 생각해 두었습니다. 대항할 방법이 없는 것은 아닙니다."

그러고 보니 로드메어에도 프레이즈가 출현했다는 소문은 들었던 적이 있어. 그때부터 대항 수단을 생각해 둔 건가? 하지만 프레이즈에 대항할 방법이라니……? 어떻게 할 생각일까?

"그렇군요. 실제로 보여 드리겠습니다. 그게 빠를 듯하니까요."

엷은 미소를 지으며, 총독은 우리를 총독궁 밖으로 안내했다. 로드메어 건축 양식은 바로크 양식을 받아들인 러시아의 상트페테르부르크와 비슷했다. 표트르 1세가 유럽 문화를 들여온 것처럼 로드메어도 다른 나라의 문화를 들여와 독자적으로 발전시켰다는 모양이다.

전주 총독과 로드메어 경비병의 안내를 받아 우리는 총독궁의 뒤쪽에 펼쳐진 광장에 도착했다.

그리고 그곳에 서 있는 것. 그것을 보고 나는 할 말을 잃었다. 그곳에 있는 것은 본 적이 있었기 때문이었다.

"우드 골렘……."

프레임 기어의 1.5배는 될 듯한 크기의 나무 골렘이 그곳에 서 있었다. 평범한 골렘이라고 하기엔 너무나도 컸다. 이것은 그 대수해에서 리벳족이 조종하던 녀석과 마찬가지로 개량종이었다.

다른 점이 있다면 겉에 갑옷처럼 두꺼운 장갑판이 표면 여기저기에 장착되었다는 것일까. 마치 갑옷 무사 같았다.

"왜 이런 곳에 우드 골렘이?! 위험하지 않습니까?!"

"안심하시길. 저 골렘은 완전히 지배하고 있습니다. 우리의 명령 이외에는 아무것도 듣지 않습니다. 날뛰는 일은 없습니다."

황제 폐하의 호위, 기사단장인 가스팔 씨가 거칠게 소리쳤지만, 총독은 별것 아니라는 듯이 골렘의 다리를 찰싹찰싹 두드렸다.

벨파스트 국왕 폐하도 무장한 골렘을 올려다보고 눈썹을 찌푸렸다.

"하지만 이 크기는……. 원래 우드 골렘은 10미터가 채 되지 않을 텐데. 왜 이런 것을……."

"거수화한 거예요. 특수한 독을 사용해 품종을 개량한 거죠. 대수해의 리벳족이 성공시킨 기술이에요."

"호오. 역시 소문대로 고명한 브륀힐드 공왕 폐하시군요. 알고 계셨습니까."

국왕 폐하의 의문에 대답한 나에게, 누군가가 뒤에서 말을 걸었다.

돌아보니 마흔이 채 안 되어 보이는 작고 통통한 남자가 서 있었다. 흰옷을 입은 그 남자는 안경을 신경질적으로 고쳐 썼다.

머리카락은 상당히 적은 편이었지만, 기름기가 많은 얼굴에는 자신만만하고 넉살 좋은 웃음이 떠올라 있었다.

"……총독, 이쪽은?"

"아, 우리 로드메어의 젊은 천재 마공학사, 에드거 보만 박사입니다. 이 우드 골렘을 만든 장본인이지요."

젊은? 아무리 봐도 대머리 아저씨인데…….

"실례지만 보만 박사는 몇 살이신가요?"

"저 말입니까? 올해로 스물넷이 됩니다만, 왜 그러시는지요?"

스물넷?! 나이를 속이는 거 아니야?! 너무 늙어 보여! 으…….

옆을 보니 나와 같은 생각을 한 것으로 보이는 국왕과 황제, 두 폐하가 눈을 휘둥그렇게 뜨고 있었다. 역시 그렇지?!

"이 녀석의 베이스는 분명히 리벳족이 개량한 우드 골렘의 씨앗입니다. 불법 루트로 입수한 그 씨앗에 제가 가진 지식을 더해, 더욱 개량을 거듭한 끝에 드디어 완성한 작품이지요. 장갑판은 미스릴을 사용했고, 특히 불 속성 마력에 내성을 갖추고 있습니다. 성장 과정부터 '노예의 초커 목걸이'를 융합시켜, 완전히 명령에 따르도록 만들었습니다. 약점인 핵은 몇 겹이나 단단한 껍데기로 감쌌고, 물론 재생 능력도 갖추었습니다. 게다가 낮은 금액으로 양산할 수도 있어, 이미 몇십 개나 되는 무장 골렘이 완성되어 있습니다. 설사 프레이즈라 하더라도, 제가 만든 이 골렘 군단에는 한주먹거리도 안 될 겁니다. 무언가 질문 있으십니까?"

술술, 보만이라는 마공학사가 자랑스럽게 골렘을 설명했다. 말 참 잘하네……. 왜 꼭 이런 사람들은 알고 있는 사실을 설명할 때, 이렇게 빠르게 말을 내뱉는 걸까?

그건 그렇고, 역시 리벳족이 사용하던 녀석인가. 어떤 루트를 통해 흘러들어 왔는지는 모르겠지만, 성가신 녀석을 남겨두었어.

어중간하게 힘을 지니고 있으면 로드메어의 상층부가 어리석은 행동에 나설 가능성이 커진다. 우리에게 패배한 이것이 아무리 개량을 했다고는 해도 프레이즈를 상대로 싸울 수 있을 거라고는 생각하기 어렵다.

하급종이라면 어떻게든 상대할 수 있을지도 모른다. 하지만 중급종이면 상대하기 어렵겠지. 쥐가오리형이 내뿜는 레이저 같은 것을 이 녀석은 버틸 수 없다.

"마공학 박사라면, 전문은 아티팩트의 연구인가요?"

"그렇습니다. 고대 파르테노의 유산을 연구하고 있습니다. 지금은 데보라 에르쿠스가 남긴 마학서를 연구하는 중입니다. 이번 골렘 제작에도 그 성과를 살렸습니다."

"데보라 에르쿠스라니……."

용왕 소동 때 '지배의 향침'을 만든 고대 문명 시대의 우수한 마학공예사였지? 바빌론 박사에게 험담을 잔뜩 들었던 듯하지만. 이 보만 청년은 그 에르쿠스 박사가 남긴 마학서를 토대로 이 녀석을 만들었다는 모양이다.

"공왕 폐하가 소유한 거인병도 데보라 에르쿠스의 작품이 아닐까 하고 저는 생각합니다. 그런 작품은 그 박사처럼 천재가 아니면 만들 수 없을 테니 말입니다……."

"아, 아니에요. 프레임 기어는 레지나 바빌론이라는 박사의 작품이에요."

"바빌론 박사……? 들어본 적이 없는데…… 어느 서적에 기재되어 있는 인물입니까?"

"아………. 그건 비밀이라는 것으로."

어물쩍 넘어가는 나를 보만은 불만스럽다는 듯이 바라보았다. 아무래도 굉장히 데보라 에르쿠스에게 심취한 듯하다.

"그런데 총독. 과연 이 무장 골렘으로 프레이즈의 습격을 막을 수 있겠소? 우리는 유론에서 프레이즈와 싸우는 모습을 직접 봤소만. 너무 과신하는 것은 문제가 아닐까 하는데.”

황제 폐하의 말을 듣고 전주 총독이 눈썹을 움찔 들어 올렸다. 하지만 그 말에 강하게 반응한 사람은 총독이 아니라 보만이었다.

“흘려들을 수 없군요. 황제 폐하는 제가 기술의 정수를 모아 만든 이 무장 골렘이 프레이즈에 못 미친다, 그 말씀이십니까? 실례지만, 브륀힐드의 거인병보다 이 녀석이 더 뛰어나다는 점을 알아보지 못하실 줄이야…….”

“네 이놈……!”

어딘가 무시하는 듯한 말투에 황제 호위를 담당한 가스팔 씨가 무심결에 검 손잡이에 손을 댔다. 그것을 부드럽게 황제 폐하가 말리는데, 전주 총독이 끼어들었다.

“보만, 입을 조심하게. 실례가 아닌가. 죄송합니다, 황제 폐하. 하지만 보만의 말도 이해 못 하지는 않습니다. 이 골렘에 무슨 불안한 점이라도 있으신지요?”

말은 정중했지만, 총독의 눈에는 어딘가 도전적인 빛이 섞여 있었다. 그러고 보니 레굴루스와 로드메어의 사이가 나쁜 이유 중 하나가 로드메어가 레굴루스에서 독립한 것과 관련이 있다고 들은 적이 있다. 하지만 그것도 거의 200년 전의 이야기다. 아직도 무언가 불화가 남아 있는 것일까?

“불안한 점이라고 해야 할지는 모르겠소만. 목숨을 내맡기지도 않는 꼭두각시로, 과연 국민을 지키기 위한 싸움이 가능한가 의문이 들었을 뿐이오."

"호오. 그럼 사람이 조종하는 브륀힐드의 거인병이 이 무장 골렘보다 더 뛰어나다는 말씀이신지요?"

어? 황제 폐하도 도발적인 것처럼 느껴지는데? 물론 그 마음을 모르는 것은 아니지만.

이 보만이라는 박사는 아무래도 자신이 만든 무장 골렘에 절대적인 자신감이 있는 듯하다. 조금 전부터 황제 폐하에게 불만스러운 눈빛을 보내고 있다. 일국의 군주에게 저런 태도라니, 이 녀석은 바보인가?

반대로 그 바보를 가스팔 씨가 노려보았다. 신하니까 당연히 그 태도를 용서할 수 없는 게 당연하다. 아무 말 없이 레굴루스 호위병과 로드메어 경비병도 서로 노려보았다. 어딘가 위험한 분위기네. 이 골렘 바보가 분위기 파악을 못 하니 이렇게 된 것이다.

이 나라에서 천재, 천재 하고 치켜세워 주니 우쭐해진 건가?

솔직히 이 골렘은 레벳족의 씨앗이나 '노예의 초커 목걸이' 같은 것으로 만든 거니, 다시 말하자면 오합지졸 같은 느낌인데 말이야. 그걸 자신의 작품이라고 단언하다니, 좀 그런데.

"토야. 우리가 프레임 기어의 힘을 보여 주는 편이 좋지 않겠나?"

"……성가셔지지 않을까요?"

옆에서 살며시 중얼거리는 벨파스트 국왕에게 나는 정면에서 조용히 마주 노려보는 로드메어, 레굴루스 양 진영을 보면서 그렇게 대답했다.

"이미 성가셔진 상황이네. 그렇다면 차라리 얼마나 프레이즈에 대한 인식이 물렀는지 알려 주는 편이 좋지 않겠나?"

일리가 있는 듯, 없는 듯. 확실히 '우리에게는 이 골렘이 있다. 도와줄 필요 없다' 라고 말하며 제대로 대피도 하지 않아 피해를 보는 것은 역시 문제다.

저런 골렘으로는 도움이 안 된다는 사실을 알려 줄까?

"【게이트】."

내가 손가락으로 딱 소리를 내자, 공중에 게이트가 열렸고, 그 안에서 회색 프레임 기어, 중기사(슈발리에)가 떨어져 내렸다.

쿠우웅! 대지를 울리며 광장에 중기사가 착지했다.

갑작스러운 거인병 출현에 로드메어 사람들이 눈을 휘둥그렇게 떴다.

"이게 양산형 프레임 기어, 중기사입니다. 성능상으로는 우리 나라의 프레임 기어 중에서 가장 낮고, 조작하기 쉬운 것만이 특징인 기체죠."

"이것이……."

로드메어 사람들이 모두 중기사를 올려다보았다. 크기만 따지면 무장 골렘이 훨씬 컸다. 골렘의 일격을 받으면 저 멀리 날아갈 것 같은 인상이었다. 비슷한 감상이었는지, 보만이 입매를 끌어 올렸다. 웃었겠다?

"이 중기사와 그쪽의 골렘으로 모의전을 한번 해 보죠. 그 골렘이 프레이즈를 상대로 어떤 성능을 낼지, 우리도 알고 싶으니까요. 총독, 상관없을까요?"

"호오. 아니, 우리는 상관없습니다만. 보만, 어떤가?"

"재미있군. 이쪽도 프레임 기어라는 것이 어느 정도의 힘을 지니고 있는지 신경 쓰이는군요. 그럼 준비하지요."

안경을 쭉쭉 밀어 올리면서 보만이 자신만만한 미소를 짓더니, 경비병에게 무언가를 전달하고 골렘 쪽으로 걸어갔다.

10분 뒤에 모의전을 하기로 결정하자, 총독은 우리에게서 떠나 보만과 무언가 이야기를 했다.

"자, 이쪽도 준비해야겠구나. 니콜라 씨, 갈 수 있겠나요?"

"네, 문제없습니다."

호위로 따라온 우리의 부단장, 니콜라 씨라면 패할 일은 없다. 그런 생각을 했는데, 의외의 곳에서 목소리가 들렸다.

"공왕 폐하. 그 역할, 저에게 맡겨 주실 수 없을까요?"

"가스팔 씨?"

검은 갑옷을 두른, 우는 아이도 뚝 그친다는 척안의 제국 기사단장이 내 앞으로 나섰다.

"저런 나무 인형에게 절대 질 수 없습니다. 제국의 긍지를 걸고 반드시 승리를 손에 넣어 보이겠습니다."

다른 제국 기사도 진지한 눈으로 이쪽을 바라보고 있었다.

보만의 조금 전 태도가 굉장히 마음에 안 든 모양이다.

힐끔, 하고 황제 폐하를 보니, 크게 고개를 끄덕였다. 음, 가스팔 씨 수준이라면 충분히 이길 수 있겠지. 브륀힐드만의 싸움이라고 할 수도 없고 말이야. 동서 동맹으로서는 가스팔 씨가 나가도 아무런 문제가 없다.

"알겠습니다. 그럼 부탁드릴게요. 장비는 창으로 하실 건가요?"

"네. 그것으로 부탁드립니다."

나는 【게이트】를 열어 '격납고'에서 프레임 기어용 창을 전이시켰다.

일단 가스팔 씨에게는 우드 골렘의 핵이 어디 있는지, 그리고 특성이 어떤지 전달해 두었다. 개량되었을지도 모르지만, 일단 그러한 점을 유념해 두면 충분하다.

자, 시작할까. 중기사에 올라탄 가스팔 씨를 보고 엷은 웃음을 짓는 보만이 보였다.

과연 언제까지 그 웃음을 유지할 수 있을까?

"이럴 수가! 대체 어떻게 된 거지?!"

비지땀을 흘리며 소리치는 보만. 눈앞에서는 무장 골렘의 공격을 피한 뒤, 손에 든 창으로 골렘의 오른쪽 팔꿈치 아래를 잘라 떨어뜨린 중기사가 가볍게 움직이고 있었다.

잘린 오른쪽 팔꿈치에서 아래쪽이 재생되기 시작했지만, 그 속도보다도 빠르게 이번엔 골렘의 왼쪽 팔꿈치 아래가 잘려 나갔다.

전혀 상대가 안 되었다. 움직임이 너무 느린 것이다. 게다가 생각보다 파워도 없는 듯했다. 이것저것 많이 만진 탓인지, 원래 우드 골렘의 강점을 많이 잃은 느낌이었다.

무장 골렘의 목이 붉게 빛났다. 그와 함께 양팔의 재생 속도가 빨라져, 이윽고 원래대로 재생되었다. 마력을 쥐어짜서 팔의 재생 쪽으로 돌린 거구나. 팔에 장비된 장갑판까지는 무리였지만.

골렘은 재생된 팔로 또다시 공격해 왔지만, 그게 중기사에 맞는 일은 없었다.

"큭, 맞기만 하면……!"

"그건 과연 어떨까요? 아마 소용없는 일이 아닐지…… 아, 보세요."

"아니……?!"

보만의 중얼거리는 소리에 내가 대답을 하는 순간, 날아온 골렘의 주먹을 중기사가 한 손으로 막아 냈다. 이것 봐.

그대로 중기사가 다른 한쪽 손으로 들고 있던 창을 힘껏 뻗어 웅크려 있던 골렘의 목을 꿰뚫었다. 조금 전의 재생으로 핵이 어디에 있는지 알게 됐으니까. 중기사의 파워라면 꿰뚫을 수 있다.

핵이 부서진 골렘은 그대로 천천히 기울어, 크나큰 땅울림을 내며 지면에 쓰러졌다. 순식간에 골렘은 마른 나무가 되어 산산이 부서져, 그 잔해가 주변으로 흩어져 버렸다.

그것을 믿을 수 없다는 눈으로 바라보면서, 보만 박사가 땅에 무릎을 꿇었다.

"이럴 수가……. 나의 최고 걸작이……."

최고 걸작이라고? 저게? 역시 미리 확인해 두길 잘했어. 저런 골렘으로는 프레이즈 중급종이 나오면 순식간에 파괴된다. 아니지, 하급종이라도 집단으로 덤비면 위험할 듯했다.

"총독. 덧붙이자면 프레이즈 중급종은 저 중기사 몇 대가 덤벼야 겨우 쓰러뜨릴 수 있을 정도로 강합니다. 그게 수천이고, 게다가 그것보다도 차원이 다를 만큼 강한 상급종까지 같이 이 로드메어에 출현하는 겁니다. 역시 주민들을 대피시키는 편이 좋을 거라 생각합니다."

"아아, 알겠습니다. 다른 주 총독과 검토해 보지요. ……결정되면 연락드리겠습니다."

"잘 부탁드립니다."

얼굴이 잔뜩 굳은 전주 총독과 땅에 무릎을 꿇은 채 움직이지 않는 보만을 남기고, 우리는 중기사에서 내려온 가스팔 씨에게 다가갔다.

"조금 지나쳤던 걸까요?"

"아니요. 다른 나라라고는 하지만 사람의 목숨이 걸린 일이니까요. 어중간하면 좋지 않을 거예요. 이걸로 대피를 고려해줬으면 좋겠는데요."

대피를 말처럼 쉽게 할 수 없다는 것쯤은 안다. 일단 정보를 믿을 수 있는가 없는가도 문제고, 대피한다면 지금까지 살던 동네와 마을을 버리는 셈이 된다.

가능하면 피해가 없도록 하겠지만, 일단 전장(戰場)이 되면 집 같은 건물이 멀쩡히 남을지 의심스럽다. 중급종, 상급종의 레이저에 맞아 흔적도 없이 사라질 가능성이 크다.

사람이 전혀 없는 마을이면 프레이즈도 습격하지 않겠지만, 그게 지나는 길이 되었을 경우, 피해서 이동해 줄 거라고는 생각하기 어렵다. 마을을 다 짓밟고 진군할 게 뻔하다.

살던 집뿐만이 아니다. 가게나 밭을 비롯한 생활의 기반을 잃고 만다. 목숨을 건졌으니 다행이라고 단순하게 생각할 일은 아니겠지.

나는 프레임 기어를 '격납고'로 전이시켰다. 어느새인가 전주 총독 일행은 사라지고 없었다. 그럼 이쪽도 잠시 쉴까 생각하던 때 우리 앞에 처음 보는 여성 두 사람이 나타났다.

한 사람은 흰 상의에 숄을 걸친 40대 정도의 침착한 분위기가 나는 은발의 여성이었고, 그 뒤에 대기하는 사람은 키가 크고 세미롱의 갈색 머리카락을 지닌 스무 살 정도의 여성 기사였다.

"처음 뵙겠습니다. 브륀힐드 공왕 폐하, 벨파스트 국왕 폐하, 레굴루스 황제 폐하. 저는 로드메어 연방 구릉주(丘陵州)의 총독, 오드리 레리반이라고 합니다. 그리고 이쪽은 구릉주의 기사단장, 리미트 리미테크스입니다."

"……네에, 안녕하세요……."

갑작스러운 나머지 너무 얼빠진 대답을 하고 말았다. 구릉주? 로드메어에 있는 일곱 주 중 하나인가? 그곳의 총독이라면 이나라에서는 조금 전의 전주 총독 다음으로 높은 사람이잖아.

"여쭙고 싶은 것이 있어 이렇게 찾아왔습니다. 조금 시간을 내주실 수 있을까요?"

"네에, 상관없는데요. 대체 무슨 일이시죠?"

"프레이즈가 나타난다고 하는 출현 위치를 정확하게 가르쳐주셨으면 합니다. 그리고 그 후의 행동 예측도요."

오드리 총독의 이야기에 따라 나는 지도를 공중에 투영했다. 주 총독을 따라온 여기사가 깜짝 놀랐지만, 상관 않고 조작하여 엔데가 가르쳐 준 정확한 위치를 가리켰다.

"이곳이에요. 조금 어긋날 수는 있지만, 1주일에서 열흘 후에 이 근처로 프레이즈가 출현합니다."

"이건…… 역시……."

"총독……!"

음? 두 사람이 골똘히 생각하듯 지도를 빤히 바라보았다. 왜 그러지?

"……실례했습니다. 이 장소는 위치상으로는 중앙주이지만, 바로 옆은 저희 구릉주입니다. 만약 이곳에 프레이즈가 출현하면 공황 폐하는 어떻게 움직일 것이라 보시는지요?"

"글쎄요. 프레이즈는 인간이나 아인을 살육하기 위해 행동해요. 만약 이곳에 출현한다면, 바로 근처의 마을이나 동네를 향해 가겠죠. 여기라면…… 어?"

지도를 축소해 로드메어 전체를 표시해 보니, 프레이즈의 출현 장소는 중앙주이지만, 그곳에서 가장 가까운 마을은 옆에 있는 구릉주에 있었다. 즉, 주와 주 경계 근처이다.

"아~. ……이 림루드 마을? 로 곧장 가지 않을까 해요."

"역시 그런가요?"

오드리 총독이 깊게 한숨을 내쉬었다. 그야 그렇겠지. 자신이 다스리는 영지를 공격하는 거니까.

"림루드 마을에서 모든 주민을 대피시키면, 진군 루트가 바뀔까요?"

"그렇게 하면…… 다음으로 가까운 이 구릉주의 에미나스 마을이나, 거의 같은 거리에 있는 중앙주의 레셉트 마을로 가지 않을까요? 조금 전에도 말했듯이 조금 어긋나기도 하니, 어느 쪽으로 갈지는 단언할 수 없지만요."

"그렇군요……. 그 출현한 프레이즈를 동서 동맹 여러분이 격퇴해 주신다는 것인데, 그것에 대한 대가는 무엇인지요?"

"특별히 없어요. 이미 그런 단계의 이야기가 아니니까요. 아무것도 안 하면 다른 나라도 모두 고대 문명 붕괴 때와 마찬가지 길을 걸을 겁니다. 유론 때는 늦었지만, 이번에는 사전에 출현한다는 사실이 예측되었으니, 어떻게 해서든 피해를 최소한으로 막고 싶습니다."

오드리 총독의 시선을 똑바로 마주 보면서, 나는 막힘없이 말을 이었다. 이쪽은 영토를 침략할 의도가 전혀 없다. 그것은 상대가 믿어 주기만을 바랄 뿐이지만, 이미 로드메어에게는 남겨진 선택지가 별로 없다는 사실을 이해해 주었으면 했다.

프레이즈가 날뛰어서 이 나라가 멸망해도 상관없다면 처음부터 그냥 내버려 뒀다. 어차피 다른 나라이니까. 하지만 이곳에 사는 사람들에게도 선택할 권리는 있다.

로드메어가 계속 꿈쩍도 하지 않는다면, 이쪽이 프레이즈가 습격한다는 정보를 로드메어 국민에게 모두 알릴 생각이다. 도망칠지, 그냥 머물러 있을지를 스스로 결정하도록. 패닉을 일으킬지도 모르지만, 그것도 각오한 바다.

높은 사람들의 무책임한 행동으로 살 기회를 잃어선, 마음 편히 죽지도 못한다.

"……알겠습니다. 우리 구릉주는 독자적으로 대피를 감행하겠습니다. 또 동서 동맹이 발을 들이는 것도 전면적으로 허가하겠습니다. 전주 총독의 허가는 아직이지만, 반대하더라도 이것은 구릉주의 결정입니다. 불평해도 소용없습니다."

"총독…… 정말 괜찮습니까? 그러면 전주 총독의 결단에 따라서는 그 명령을 거스르는 것이 될지도……."

걱정스럽다는 듯이 등 뒤에 있던 리미트 씨가 오드리 총독에게 말을 걸었다. 대표인 전주 총독의 생각을 듣지 않고 행동해, 하나의 주에 타국의 침입을 허용하겠다는 것이다. 반역자라는 선언을 들어도 이상하지 않다.

"마을 주민을 한꺼번에 대피시키기에는 시간이 없습니다. 바로 행동해야 해요. 전주 총독의 결단을 기다릴 수 없어요. 책임은 모두 제가 지겠습니다."

"아, 아니요. 허가만 내려 주면 대피는 어떻게든 가능할 거라 생각해요. 제 전이 마법으로 이렇게……."

거기까지 이야기했을 때, 문득 떠오른 것이 있었다. 처음에는 【게이트】를 열어 마을 사람들을 안전한 장소에서 하루, 이틀 정도 머물게 하자는 정도의 생각이었다. 하지만…….

"잠깐……. 마을을 통째로 전이시킬 수 없을까……."

"""응?!"""

벨파스트, 레굴루스, 로드메어 구릉주의 최고 지도자가 기묘한 목소리로 외쳤다.

그렇게까지 넓은 범위의 전이는 해 본 적이 없다. 브륀힐드 성을 세울 때, 원래 성이었던 리플 성을 전이시킨 게 최대 크기인가.

마을을 전이하려고 하면, 고저차가 있는 지형을 그대로 전이시키는 것이라, 전이할 곳의 지면을 완전히 평평하게 해 두지 않으면 큰일인데.

뭐라고 해야 할까…… 커다란 쟁반 위에 많은 된장국 그릇을 올리고, 그것을 식탁이나 다다미 위에 놓는 것은 문제없지만, 계단처럼 단차가 있는 곳에 놓으면 쟁반째로 확 뒤집혀 버린다…… 같은?

아니, 사람까지 전이시켰다가 무슨 일이 있으면 큰일이야. 역시 평범하게 대피시키자. 그 후에 가능하면 마을도 전이시키겠지만, 별로 기대는 하지 말았으면 했다.

물론 주민이 모두 대피하면 프레이즈의 진군 루트도 바뀔 테니, 마을이 무사히 남을 가능성이 크다.

아무튼 무인 지대로 만드는 것이 중요하다. 고집 센 사람이 한 명이라도 마을에 남으면, 그 사람의 목숨이 위험할 뿐만이 아니라, 그 마을 자체가 피해를 본다. 그런 점을 마을 사람들에게 잘 설명해 주었으면 하는 바람이었다.

"때에 따라서는 강제 연행도 어쩔 수 없는 일입니다. 전투는 어느 정도의 규모로 하실 생각이신가요?

"유론 때보다 소규모……라고 밖에는……. 무엇보다 그땐 출현할지도 몰랐던 데다, 유론이 전혀 협력해 주지 않았기 때문에 그 정도의 참사가 벌어졌다고 할 수 있지만요."

변명한다고 뭐가 어떻게 되는 것은 아니지만. 이번엔 사전에 싸울 준비를 할 기간이 있다. 할 수 있는 일은 해 두어야 한다.

일단 오드리 총독에게는 마을 사람들을 대피시킬 준비를 해 달라고 했다. 내가 직전에 전이시켜도 되지만, 무슨 착오가 있었을 경우를 생각하면 그편이 더 좋다. 마지막에는 사람이 있는지 없는지 검색 마법으로 체크만 하면 된다.

나머진 신형 제작이지만, 아마 에르제의 신(新)기체와 엔데의 용기사 개량만으로도 눈코 뜰 새 없이 바쁘겠지?

이번에도 쥐가오리형처럼 비행하는 프레이즈가 출현한다고 하면, 또 내가 떨어뜨릴 수밖에 없는 건가? 응? 그럼 이번에도 나는 프레임 기어를 타고 싸울 수 없겠네?

크으. 비행형 프레임 기어도 한번 생각해 봐야 하는 건가?

추가 장비를 이용해 하늘을 난다든가…… 비행기로 변형한다든가. 수많은 상황에 대처할 수 있는 녀석…… 교체형도 괜찮겠지?

이번에는 시간에 맞출 수 없을지도 모르지만, 나중에 로제타하고 상의해 보자.

로드메어에서 돌아온 우리는 곧장 동서 동맹 군주들을 모아 회의를 열었다.

대략적인 방침은 결정되어 있지만, 로드메어의 상황도 그렇고, 세세한 논의를 해 보아야 한다.

"레스티아의 성기사단은 프레임 유닛에 익숙해졌나요?"

"네. 모두 어느 정도는 잘 다룹니다. 실제로 타 보지 않으면 다들 뭐라고 말하기는 어렵지만요."

가볍게 웃으면서 레스티아 새 국왕이 대답했다. 지난번도 그렇지만, 프레임 유닛을 잘 타면 솔직히 말해 실전에서도 크게 문제없으리라 생각한다.

아무튼, 브륀힐드, 벨파스트, 레굴루스, 리프리스, 미스미드, 라밋슈, 리니에, 레스티아, 이렇게 여덟 개 국가의 동맹군이다.

아쉽게도 신형은 에르제의 것뿐이지만, 이전처럼 프레이즈를 분산하지 않아도 어떻게든 되리라 생각한다.

"일단 유론 때처럼 각국에 지휘관용 흑기사(나이트 바론)를 두 기, 중기사(슈발리에)를 열여덟 기, 총 스무 기를 빌려 드릴 테니, 탑승자를 선발해 주세요. 브륀힐드에서 60기, 각국의 140기, 총 200기로 태세로 가죠."

유론 때보다 열 기가 적을 뿐이다. 이 정도 있으면 충분하겠지. 문제는 출현하는 상급종이 어떤 타입인가 하는 것이다. 최악은 비행형이지만……. 그런 녀석이 출현하지 않기를 바랄 수밖에 없다.

"그건 그렇고…… 유론에 이어서 로드메어에도 나타나다

니. 이래선 점점 남의 말을 할 처지가 아니겠군.”

팔짱을 끼고 미스미드의 수왕이 의자에 몸을 기댔다. 아무래도 막연한 불안이 가슴을 채울 수밖에 없다. 다음은 자신의 나라에 나타나는 것이 아닐까 하는 불안 말이다. 그것은 이곳에 있는 모두가 느끼는 일이었다.

“이보게, 토야. 이번처럼 사전에 프레이즈 녀석들의 출현을 알 수 있는 도구는 없는가?”

리프리스 황왕이 그런 말을 하는 것도 당연하다. 설사 프레임 기어를 각국에 빌려주었다고 하더라도, 출현 장소를 모르면 대응이 뒤늦질 테니까. 그렇다고 온 나라에 배치할 수 있도록 빌려줄 수도 없으니.

“이번에 출현할 곳을 알려 주었다는 자와 앞으로도 협력할 수 없는가?”

“음~. 어려울 거라 생각해요. 방랑객이거든요……. 게다가 완전히 이쪽 편이라고 할 수도 없고요.”

“그런가…….”

엔데에게 너무 의지하는 것도 좀. 아, 어쩌면 ‘창고’에 그런 종류의 탐지 계열 아티팩트가 있을지도 모른다. 찾아볼까?

“로드메어에서 연락은 있었나요?”

“아직 정식 허가는 안 내려왔어요. 구릉주의 주 총독한테는 잠정적인 허가를 받았지만요. 최악의 경우, 중앙주에 발을 들이면 영토 침범이 될 가능성도 있습니다.”

"의외로 그걸 노리고 있을지도 모르겠네요. 모든 일이 정리되면 자신들의 힘으로도 물리칠 수 있었다고 주장하지 않을까요?"

"그렇게까지 후안무치하지는 않을 거라 생각하지만요. 실제로 내버려 두면 상당한 피해를 볼 테니까요. 단지, 출현할 때까지 대답을 계속 미룰 수는 있을 것 같아요."

결국 믿을 수 있느냐 없느냐는 점으로 돌아간다. 모든 것이 엔데의 허튼소리라고 하면 안심은 되지만, 이렇게까지 이야기를 벌려 놓은 이상, 일이 성가셔진다. 브륀힐드의 신뢰는 땅에 떨어질 테고, 트집을 잡는 좋은 구실이 될 테니까.

내가 거짓말쟁이라는 말을 듣는 정도라면 상관없지만, 그것만으로는 끝나지 않겠지.

회의를 끝내고 숙소 '은월'에 머물고 있던 엔데를 불렀다. 개량이 끝난 용기사(드라군)를 건네주기 위해서였다.

"오오?! 색까지 바꿨어? 와아, 붉은색도 좋았지만, 확실히 이쪽이 더 마음에 들어."

성의 서쪽 평원에 서 있는 새 용기사는 새빨간 컬러링에서 흰색이 많은 모노톤으로 변해 있었다.

솔직히 말해, 지금 만들고 있는 에르제의 기체와 색이 겹치기 때문에, 겸사겸사 바꾸자는 얘기가 된 거지만.

이쪽이 더 엔데의 이미지에 맞지만, 투톤 컬러로 하니 아무래도 판다나 경찰차가 연상된다……. 그러고 보니 이런 경찰

로봇이 나오는 애니메이션이 있었던 것 같은데?

"개량해 두었으니 이제 연료 보급은 필요 없을 거야. 움직이지 않아도 며칠 정도 방치해 두면, 알아서 마력을 흡수해 변환하니까. 그리고 엔데 이외의 다른 사람이 움직이려고 해도 제대로 움직일 수 없으니, 다른 사람에게는 양도할 수 없어."

"그런 짓은 안 해. 이래 봬도 이 녀석이 꽤 마음이 들거든."

응, 그건 어렴풋이 알 것 같다. 참고로 통신 장치도 달아 두었으니, 웬만큼 멀리 가지 않는 한 연락도 가능하다. 물론 이 녀석의 경우에는 그 프레파라트에 넣고 다닐 테니 연락이 안되겠지만.

"그러고 보니 지난번에 받았던 '왕'의 목소리는 이제 없어?"

"없는 건 아니지만, 단지 얼마 남지 않아서 나눠 줄 수는 없을 것 같아."

"그렇구나……."

이전에 받은 적이 있어서 이번에도 받을 수 없을까 하고 기대했지만, 지난번의 그건 마음을 크게 쓴 거였구나. 아쉽지만, 어쩔 수 없다.

"엔데는 어떻게 프레이즈의 출현을 예측할 수 있는 거야? 출현하기 전의 전조 같은 게 있는 건가?"

"이번에는 우연이지만, 일단 공간에 미묘한 뒤틀림이 발생해. 먼저 그것으로 며칠 정도 만에 이곳에 공간이 벌어질지 아는 거지. 그리고 '소리'. 프레이즈는 특수한 '공명음'을 내서 동료를 판별해. 그건 공간을 넘어 이쪽에도 들리거든. 그것으로 어느 정도 몇 마리인지, 종류는 무엇인지 알 수 있지. 하지만 인간의 귀로는 들을 수 없어."

'뒤틀림'과 '공명음'이라. 그것을 감지할 수 있는 도구가 있으면 이번처럼 예측할 수 있을지도 모르겠어. 그런 것보다, 인간에게는 안 들리는 소리를 들을 수 있다니, 대체 정체가 뭐지, 이 녀석……?

그런 생각을 하는데, 엔데가 곧장 용기사 위에 올라탔다.

"그럼 나는 볼일이 있어서 가 볼게. 며칠 후에 프레이즈가 나타나면 또 달려올 거야."

"알았어. 잘 부탁해."

가슴의 해치를 닫은 용기사는 고기능 모드로 변형한 뒤, 순식간에 모래 먼지를 일으키며 평원 저편으로 사라졌다.

"자, 그럼……. 이제는 상급종 대책이구나. 그 하전입자포 같은 것을 어떻게 할 수 있을지 어떨지……."

솔직히 말하면 설사 그것을 막는 마법이 있다고 해도, 그 하전입자포 같은 것과 정면으로 맞서고 싶지는 않았다.

【실드】나【어브소브】로는 범위가 너무 좁고, 무엇보다 그 하전입자포 비슷한 것이 마력에 의한 공격인지 어떤지도 확실하지 않다.

일단 '도서관'에 가서 쓸 만한 무속성 마법 책을 찾아봤다. 몇 권인가 발견했지만, 참 두꺼운 책들이다. 너무 시간을 들일 수 없어서 나는 팔락팔락 훑어보며 페이지를 넘겼다.

무속성 마법은 5000년 전부터 있었구나. 지금까지 있었던 마법을 모두 망라하면 터무니없는 숫자가 될 테지. 살짝 간지럽게 하는 마법이라든가, 음료수를 엄청 쓰게 만드는 마법이라든가, 기껏해야 장난할 때밖에 못 쓰는 마법이 가득했다.

하지만 뭐든 쓰는 방법이 문제다. 【슬립】도 장난스러운 마법이라고 할 수 있지만, 꽤 유용하게 쓰고 있으니까.

한나절 정도 틀어박혀 몇몇 마법을 발견했다. 이걸로 어떻게든 대항할 수 있다면 좋을 텐데. 그사이에 계속 '도서관'의 관리인인 팜므는 느긋하게 책을 읽었다. 조금이라도 도와주면 어디가 덧나나?

이번엔 '공방'으로 가서 로제타와 모니카의 작업을 시찰했다. 공방 안에는 미니 로봇들이 가득 이리저리 달리고 있었다.

작업 중인 정비소 안을 들여다보니, 그곳에는 뼈대만 있는 기체가 크레인에 매달려 있었다. 오른팔이 빠져 있는 걸 보면 로제타와 모니카가 무언가 고민을 하는 듯했다.

"둘 다 왜 그래?"

"에르제 님의 기체 말인데요, 근접 격투용이면 주요 무기는 주먹이 될 텐데……."

"그냥 단단한 주먹으로 때리는 것은 무미건조한 느낌이 들어서 말이지. 역시 이런 건 일격필살의 위력이 필요하잖아?"

흐음. 일리 있는 말이다. 에르제의 기체는 접근전이어야 그 위력을 충분히 발휘한다. 일격으로 상대를 때려눕히고 바로 다음 상대로. 그런 스타일이 어울린다고는 생각하지만…….

"첫 번째 공격으로 프레이즈의 몸을 부수고 두 번째 공격으로 핵을 부수어야 하니…… 주먹이라면 아무래도 과정이 두 번이나 필요해요."

"이게 검이나 창이라면, 몸과 함께 핵을 파괴하는 것도 가능하지만 말이야."

무슨 말을 하려는 건지는 안다. 이게 해머라든가 범위가 넓은 타격을 줄 수 있는 것이라면 다른 의미에서 일격에 끝낼 수도 있다. 핵을 몸과 함께 부숴 버리면 되니까.

"이렇게…… 주먹을 내지른 다음, 핵을 향해 무언가를 발사하면 일격에 제압할 수 있을 거라 생각하는데요."

로제타가 주먹을 지르는 듯한 포즈로 움직임을 제시했다.

"짧은 활 같은 것을 주먹에 설치하면 되지 않을까?"

"그것도 좋지만, 기껏해야 몇 개 장비하는 게 고작이잖아. 별로 효과적이지 않을 것 같은데?"

음~. 그렇다면 평소에는 팔에 수납해 두고 공격할 때에만 튀어나오는 짧은 창은 어떨까? 어? 그러고 보니…….

나는 스마트폰을 조작해 인터넷 검색을 해 보았다. 확실히 그런 무기가…… 앗, 이건가. 나는 그림을 공중에 투영했다.

"이거야. 파일벙커."

"꽤 크네요. 어떤 무기인가요?"

당연하지만 로제타도 모니카도 일본어를 못 읽는다. 나는 해설에 적혀 있는 것을 대략 간추려 설명했다. 그쪽의 애니메이션이나 게임 이야기를 해 봐야 어차피 모를 테니까.

"창이나 말뚝을 고속 사출하여 적의 장갑을 부수는 무기……인가요?"

"에르제의 경우에는 장갑을 부순 뒤에 본체를 꿰뚫는 무기가 되겠지만, 이걸 콤팩트하게 만들어 팔에 장비할 수 있을까?"

"가능하지 않을까? 화약이 아니라 마력으로 사출하는 것으로 하고, 말뚝……이 아니라, 손에 장착하는 장갑도 그렇지만, 정재(晶材)로 만들면 파괴력은 전혀 불만 없겠지. 조금 투박해질지도 모르지만."

음, 그 정도로 끝난다면 문제는 없다. 쏘면 되돌아오지 않는 탄환 사출 계열과 달리, 정재를 낭비하지 않는다는 점도 좋다.

"참 기발한 무기네요……. 마스터는 어디서 이런 정보를 얻는 거죠?"

"음~. 그런 건 신경 쓰지 마."

"네에……."

그러고 보니 아직 아무에게도 내가 다른 세계에서 왔다는 말을 하지 않았구나. 교황 예하와 필리스 씨는 하느님을 알고 있지만, 그 이상은 가르쳐 주지 않았다.

말해도 믿어 줄지 어떨지 모르겠다는 것도 있지만. 역시 유미나와 에르제를 비롯한 약혼자들이나 바빌론 일행에게는 말해 주는 편이 좋을까……?

음~. 어차피 약혼자도 바빌론도 아직 한 명씩 더 남았으니, 다 찾은 뒤라도 괜찮으려나? 한꺼번에 모아 놓고 설명하자.

"좋아, 그럼 파일벙커인가 뭔가를 만들어 볼까?! 야, 다들 모여!"

모니카가 구령을 내리자 아장아장 미니 로봇들이 모여들었다. 그리고 모니카가 설명하는 말을 작게 고개를 끄덕이며 얌전히 들었다.

"꽤 흉악한 무기가 될 것 같네요."

"뭐 어때? 파일벙커는 남자의 로망이라고 하니까."

"에르제 님은 여성이신데요……?"

잠깐! 방금 그건 일러바치지 마! 살해당할 거야!

이렇게 만들어진 에르제의 새 기체는 진홍색 컬러링이 부여되었고, 여전사라는 이름에서 따온 '게르힐데' 라고 이름 지어졌다.

"어때?"

〈조금 밸런스가 어색하긴 하지만, 움직이는 데 지장은 없어.

흑기사보다 반응도 빠르고, 움직이기 쉬워.〉

에르제가 완성된 신형 프레임 기어, '게르힐데'를 움직이면서 대답했다.

게르힐데는 장갑에 정재를 코팅해 두었다. 장갑 모두를 정재로 뒤덮으면 완전히 투명 장갑이 되어 버려, 아군이 매우 보기힘들다. 정재에 염료를 섞어 보려고도 시도해 봤지만, 【모델링】으로는 정재 안에 염료를 가둘 수 있을 뿐, 섞을 수 없었다. 【모델링】은 어디까지나 '변형' 마법이지 '융합' 마법은 아니니까. 같은 소재라면 어떻게 해 볼 수 있었을지도 모르지만.

그래서 특수한 장갑 위에 두꺼운 정재를 부착해 다층 장갑을만들었다. 게르힐데의 붉은색은 하층 장갑의 색이 비쳐서 보이는 것이다.

〈합!〉

게르힐데가 황야에 있던 거대한 암벽에 주먹을 날려 산산조각 냈다. 순간, 팔에 장착된 파일벙커에서 굉음과 함께 창 같은 말뚝이 튀어나왔다.

말뚝은 공중에 날아오른 거대한 암석 하나를 일격에 분쇄한뒤, 곧장 팔 안으로 수납되었다.

〈응, 파일벙커도 문제없어. 노린 곳을 향해 공격할 수 있겠어. 이거라면 중급종도 일격에 쓰러뜨릴 수 있을 것 같아.〉

나비처럼 날아서 벌처럼 쏜다. 그런 말이 뇌리를 스쳤다. 계속해서 한결같이 일격에 제압한다. 게르힐데의 움직임은 그 말에 집약되어 있었다. 물론 파워도 스피드도 흑기사보다 뛰어난 기체이다.

〈【부스트】!〉

게르힐데의 다층 장갑 곳곳에서 마력의 잔재가 분출되었다. 마치 어렴풋이 기체가 붉은빛을 두른 듯이 보였다.

신체 강화 마법을 발동한 게르힐데는 더욱 속도를 높였고, 내뻗은 주먹과 파일벙커의 일격으로 남아 있던 암벽을 산산조각이 나도록 분쇄했다.

"어때? 몸 상태에 이상은 없어?"

〈엄청나게 마력과 체력을 흡수하네? 방출 계열 마법이 아니라서 그런가? 연속으로 사용하기는 힘들지도 모르겠어.〉

기체 쪽은 문제가 없는 모양이었다. 에르제가 【부스트】를 해제하자, 게르힐데의 빛도 사라졌다.

〈마스터, 데이터 수집이 완료되었습니다.〉

상공의 바빌론에서 모니터링을 하던 로제타에게서 연락이 들어왔다. 일부러 성에서 떨어진 황야까지 나와 시운전을 한 이유는 이것 때문이었다.

이제는 이 데이터를 토대로 조정하고, 다음 기체의 제작에 활용하는 것뿐이다.

"좋아, 여기까지. 수고했어, 에르제."

정지한 게르힐데의 해치를 열고 안에서 에르제가 뛰어내렸다.

"이걸로 에르제의 기체는 일단 완성이야."

"다음은 누구한테 기체를 만들어 줄 예정인데?"

"일단은 전투가 중심인 기체를 갖추어 두고 싶으니, 야에랑 힐다가 되려나? 모두 검을 사용하고, 비교적 전투 스타일도 비슷하니까."

야에는 공격, 힐다는 방어가 조금 더 뛰어나다는 느낌일까. 에르제의 게르힐데는 조금 특이한 기체가 되었지만, 이 두 사람의 기체는 사무라이형, 기사형으로, 정통파 기체가 될 예정이다.

그런 생각을 하는데, 성에 있던 코교쿠에게서 텔레파시가 들어왔다.

〈주인님. 로드메어의 구릉주 총독에게서 연락이 왔습니다.〉

〈오, 코교쿠야? 로드메어의 중앙주에 프레임 기어가 들어가도 좋다는 소식인가?〉

〈아니요. 도움을 청하고 있습니다. 중앙주 수도가 무장한 우드골렘의 폭주로 인해 상당한 피해를 보고 있다고 하면서…….〉

〈뭐라고?!〉

무장 골렘이라면, 그 젊은 대머리인 보만 박사가 만든 녀석인가?! 그런 일이 벌어지다니……! 하필이면 프레이즈 습격이 내일모레 있을지도 모르는 이런 때에!

바로 게르힐데를 '격납고'로 돌려놓고, 우리는 성으로 향했다.

무슨 일이 있을 때를 대비해 구릉주 총독의 오드리 씨에게 게이트 미러를 건네주길 잘했다. 편지이기는 하지만 실시간으로 연락할 수 있으니까.

성에 도착한 그 편지를 읽어 보니, 이유는 알 수 없었지만, 무장 골렘 몇 대가 중앙주에서 날뛰고 있는 것만큼은 확실한 것 같았다.

"아무튼 현장에 가 보자. 에르제, 게르힐데의 첫 전투가 될지도 모르는데 괜찮겠어?"

"문제없어. 상대는 '가지치기 의식' 때의 그 녀석이잖아? 나의 게르힐데라면 낙승이야."

아주 힘찬 대답을 들은 나는 에르제와 함께 일단 상황을 보기 위해 서둘러 중앙주의 수도로 전이했다.

"이게 뭐야……."

아름다운 바로크 양식 건물이 산산조각이 났고, 사람들이 이리저리 도망 다녔다.

여기저기에서 불이 피어오르고, 검은 연기가 하늘 높이 치솟았다. 마을 곳곳에 몇 대의 거대한 무장 골렘이 주먹을 휘두르면서 건물을 파괴했다. 마치 오래전에 유행한 괴수 영화 같았다.

"혹시 저거 어딘가로 전이 못 시켜?!"

"어딘가라니, 어딘데?! 어디로 보내든 그 나라 사람들은 피해를 보잖아!"

나는 에르제의 제안을 기각했다. 물론 브륀힐드로 보내는 것도 안 된다. 바닷속도 생각해 보았지만, 저게 그 정도로 죽을 거라고도 생각하기 힘들고 말이지. 그대로 어딘가에 상륙하면 역시 문제다. 화산의 분화구 같은 곳에도 가둬야 했는데.

아무튼 이대로는 문제다. 일단 이곳에서 몇 킬로미터 앞에 있는 평원 쪽으로 전이시키자. 쓰러뜨린다고는 해도 마을의 피해가 너무 크다.

스마트폰으로 검색해 보니 모두 12대. 한 다스인가. 나는 그것들을 단숨에 평원으로 전이시켰다. 순식간에 마을을 파괴하던 골렘들이 슈웅 하고 지면에 떨어져 사라졌다.

이걸로 당분간은 시간을 벌 수 있다. 이제는 여기서 평원으로 가서 때려잡으면 그만이다.

"공왕 폐하!"

갑자기 누군가가 불러 돌아보니 총독궁의 문으로 이어지는 긴 계단을 오드리 주 총독, 그리고 호위기사를 거느린 기사단장 리미트 씨가 내려왔다.

"주 총독, 대체 이게 어떻게 된 거죠?! 왜 무장 골렘이 도시를 파괴하는 거예요?!"

"폭주입니다. 폐하의 프레임 기어에 패배한 것이 어지간히 분했던 것이겠지요. 보만 박사가 무장 골렘을 무리하게 개조했습니다. 그 결과, 실패하여 골렘을 제어할 수 없게 된 모양입니다."

뭐어?! 바보 아냐. 그 젊은 대머리! 대체 뭐 하는 거야?!

"지금 그 보만은 어디 있죠?"

"행방불명입니다. 전주 총독이 필사적으로 찾고 있지만, 어쩌면 이미 죽었을 가능성도……."

나는 스마트폰으로 지도를 불러 보만을 검색했다. 생사와 관계없이. 그러자 붉은 핀이 한 군데에 툭 떨어졌다. 여긴 어디지?

"여기에 있네요. 살아는 있는 것 같지만요."

"이곳은…… 사용하지 않는 창고입니다. 왜 이런 곳에……? 이, 일단 신병을 확보해라!"

"넷!"

리미트 씨의 명령을 받고 몇 명인가 기사들이 서둘러 마을 쪽으로 달려갔다.

마을은 골렘이 사라져 어느 정도는 안정을 되찾았지만, 아직 화재가 완전히 진압되지는 않았다. 일단 불을 끌까?

"【비여 내려라, 맑디맑은 은혜, 헤븐리 레인】."

나는 하늘을 향해 마력을 확산시켰다. 그러자 비구름도 없는데 후드득 하고 비가 내리기 시작했다. 물 속성으로, 고대 강우 마법의 하나다. 젖지 않도록 우리 머리 위에는 우산 대신 【실드】를 펼쳐 두었다. 이제 불은 꺼지겠지.

그런데 갑자기 쏴아~ 하고 소나기 같은 비가 내리기 시작했다. 으악, 너무 과했어!

처음으로 쓰는 마법이라 힘 조절에 실패했다. 비를 그치게 하고 보니, 일대가 물바다였다. 아~아~아~. 바로 멈추게 했으니 그렇게 심하지는 않았지만.

"이, 이걸로 불은 꺼졌을 거예요. 이제 부상자의 구조를 부탁합니다. 우리는 전이해 둔 골렘을 해치우고 올 테니까요."

"아, 네, 알겠습니다. 조심하십시오."

오드리 주 총독의 배웅을 받으며 우리는 수도 교외의 평원으로 전이했다. 눈앞에는 또다시 수도로 향해 가려는 무장 골렘의 무리가 보였다. 골렘들은 이쪽을 향해 무거운 발소리를 내며 진군했다.

잘 보니, 등에는 무언가 수상한 것을 짊어지고 있었다. 정면에서는 잘 모르겠지만, 같은 식물인 듯한……. 융합한 것처럼도 보인다. 저게 보만의 개조인가?

나는 【게이트】를 열어 '격납고'에서 게르힐데를 불러냈다. 땅울림을 내면서 진홍의 기체가 로드메어의 대지에 내려섰다.

"혼자서 괜찮아?"

"맡겨 둬. 딱 좋은 전초전인걸? 가볍게 비틀어 주고 올게."

그런 말을 남긴 에르제가 훌쩍, 훌쩍 기체를 뛰어 올라가 가슴의 해치를 열고 콕핏 안으로 들어갔다.

탈출 마법도 적용해 뒀으니, 아마 괜찮겠지.

조용한 구동음을 내며 게르힐데가 기동했다.

〈가자, 게르힐데!〉

쿠웅! 등의 버니어를 내뿜으면서 무장 골렘 무리 안을 향해 진홍 프레임 기어가 단숨에 뛰쳐나갔다. 그러자 버니어의 반동으로 흙먼지가 크게 피어올랐다. 에르제! 내가 여기 있다는 걸 잊은 건 아니지?! 퉷퉷, 입에 흙이 들어갔잖아!

〈하나~!〉

뛰어오르면서 휘두른 게르힐데의 주먹이 무장 골렘의 목에 작렬. 그리고 그곳에 있던 핵을 단숨에 파일벙커가 분쇄했다.

〈두울~!〉

쓰러지는 골렘은 신경도 쓰지 않고, 게르힐데는 옆에 있던 또 다른 골렘에 돌려차기를 하여 상반신과 하반신을 둘로 나눠 버렸다. 그리고 움직이지 않는 상반신의 핵을 잊지 않고 부숴 버렸다.

그 모습을 보던 세 대째의 골렘이 양팔에서 덩굴 같은 것을 뻗어 게르힐데의 양팔을 각각 묶어 버렸다. 팽팽하게 두 대의 오른손과 왼손 사이에 두 개의 덩굴이 고정되었다.

〈으……랴아아앗!〉

게르힐데가 그럼에도 상관 않고 팔을 휘두르자, 명백하게 더 큰 골렘 쪽이 그 팔에 이끌려 다른 골렘을 향해 원심력을 받아 날아가 버렸다. 우와, 엄청난 파워야, 진짜로.

〈【부스트】!〉

온몸에서 붉은빛을 내뿜으면서 더욱 기어를 올린 게르힐데가 골렘들을 잇달아 쳐부수었다. 발사된 파일벙커는 확실히 골렘들의 핵을 부수고, 골렘의 본체를 산산조각 냈다.

굉장해, 파일벙커……. 낭만이 있는 무기라고 말하는 녀석의 마음을 알 것 같았다. 모든 것을 정면에서 부수는 압도적인 파워와 파괴력. 거기에는 잔머리 같은 것은 필요 없었다. 정면으로 맞붙는 순수한 힘만이 존재했다.

〈부수고, 부수고, 부수고, 또 부수겠어! 내 앞에 서려면 산산조각이 날 각오부터 해!〉

우와. 흥이 나는 모양인데?

그 양팔에서 튀어나가는 수정 말뚝에 부서지지 않는 것은 없었다. 앞을 막는 모든 것을 부수는 진홍색 파괴신. 무장한 우드골렘이 잇달아 분쇄되어 썩은 잔해로 변해 갔다.

〈분……쇄……!〉

마지막으로 남은 무장 골렘이 산산조각 나자, 게르힐데가 승리를 과시하듯이 오른 주먹을 높이 들어 올렸다. 완벽한 독무대야.

보만이 개조했다고는 하는데, 전혀 상대가 안 되었다. 물론 개조에 실패했다지만.

그건 그렇고 예상 이상의 마무리다……. 게다가 저게 풀파워가 아니니.

상급종과 싸울 때의 든든한 아군이 생겼다.

그런 생각을 하면서, 나는 붉게 빛나는 기체를 바라보았다.

"내, 내 탓이 아냐! 이건 불행한 사고가 겹쳤을 뿐이다!"

총독궁의 한 방으로 끌려온 보만은 모두 앞에서 그렇게 외쳤다.

들자 하니, 숙주의 잠재 능력을 끌어내는 대신, 양분을 섭취하는 기생 식물의 일종을 개량해 거수화, 무장 골렘에게 부착했다는 듯하다. 그 등에 융합되어 있던 녀석이구나.

그런데 이 기생 식물이 무장 골렘의 의식을 빼앗아 골렘이 폭주하기 시작했다. 골렘에게 융합된 '노예의 초커 목걸이' 효과도 사라져, 전혀 명령을 듣지 않게 되었다는 듯했다. 동시에 배양하던 모든 골렘이 날뛰어 마을로 뛰쳐나갔다는 그 말이었다.

"골렘이야 어쨌든, 그 기생 식물은 아직 시험 단계였던 듯합니다. 그것을 강제로 성장시키고 거수화하여, 억지로 융합을 시킨 것이지요. 연구소 직원의 반대를 무릅쓰고 독단으로 한 행동인 모양입니다."

보만의 연구소에서 압수한 자료를 보면서 기사단장 리미트 씨가 가르쳐 주었다. 늘어선 다른 주 총독도 언짢은 표정이다.

"이런 짓을……. 이렇게 될 가능성은 고려하지 않은 건가요? 당신의 경솔한 행동이 얼마나 많은 피해자를 낳을지……!"

"기생 식물로 인해 폭주할 가능성은 작았어! 애초에 골렘의 의식까지 빼앗을 거라고 누가 예상할 수 있지?! 이 폭주는 사고야! 내가 잘못한 게 아니라! 마을을 파괴한 것은 내가 아니잖나!"

오도리 주 총독의 말을 듣고 적반하장으로 화를 내는 보만. 자신에게는 책임이 없다고 변명하는 것으로밖에 안 들리는데. 실제로 연구소에서 가장 먼저 도망가 창고에서 벌벌 떨고 있었다는 듯하니까.

"골렘을 지금 당장 개량할 필요성이 있었나요? 프레이즈는 브륀힐드 공국의 힘을 빌리는 것으로 거의 이야기가 진행된 상태였습니다. 내일이라도 주 총독 모두가 결정을 내리고 정식 발표를 할 예정이었을 텐데요?"

호오, 그렇게까지 결정되어 있었구나. 오드리 주 총독의 구릉주만이 아니라, 일곱 개 주 중 네 개 주가 브륀힐드의 협력을 요청하는 방향으로 조정하고 있었다는 모양이었다.

로드메어는 중앙주, 구릉주, 산악주, 호수주, 하천주, 평원주, 단야(鍛冶)주로 나뉘어 있는데, 그중 구릉주, 산악주, 호수주, 단야주는 찬성, 중앙주와 평원주는 반대, 하천주는 아직 중립으로, 의견이 나뉘어 있었다고 한다.

내일 주 총독 회의에서 정식으로 결정을 내려 나라의 방침을 결정할 예정이었다고 하는데…….

"공국의 프레임 기어에 패배하여, 무장 골렘 연구를 의문시하는 목소리가 커졌으니까요. 나라의 예산을 쓸데없이 사용할 수는 없다고 말이죠. 하다못해 무장 골렘을 강화하여 이쪽도 프레이즈를 쓰러뜨리지 않으면, 연구비를 지원받을 수 없게 된다…… 그런 생각이었겠지요."

차가운 눈빛으로 바라보며 리미트 씨가 그렇게 말하자, 보만은 움찔 몸을 움츠렸다. 그럼 뭐야? 자신의 연구를 계속하기 위해 그런 짓을 했다는 건가?

"어차피 그런 골렘으로는 상대도 안 돼. 나 혼자서 다 해치울 수 있을 정도니까. 너무 약해."

에르제의 말을 듣고 고개를 숙이고 있던 보만이 고개를 들었다. 얼굴에는 경악과 비애가 뒤섞인 표정이 떠올랐다.

"그 강화한 무장 골렘을 쓰러뜨려……? 겨우 혼자서? 그럴 수가……."

"제어할 수 없는 힘은 사용하지 말았어야 해요. 이 죄는 아주 무겁습니다, 보만 박사. 독단적으로 골렘을 개량하고, 이러한 참극을 초래한 책임은 지셔야겠습니다. 모든 직책에서 해임, 박사 학위를 박탈하는 것은 물론, 산악주의 광산으로 가십시오. 전주 총독, 괜찮겠지요?"

"아아, 그래. 책임은 져야지."

오드리 주 총독의 엄한 목소리에 계속 아무 말 없이 눈을 이리저리 굴리던 전주 총독이 작게 고개를 끄덕이며 어색한 웃음을 지었다.

그야 그렇다. 이 피해를 초래한 인물을 등용하고, 연구 기관을 맡긴 사람은 중앙주의 주 총독이기도 한 전주 총독이다. 몰랐다며 혼자만 책임을 회피할 수는 없다.

보만이 기사들에게 질질 끌려 방 밖으로 나갔다. 이번 소동으로 인해 사망자까지 나왔다. 사형이 아닌 것은 지금까지의 공적을 고려했기 때문일까.

"그리고 전주 총독. 중앙주, 레셉트 마을에서 주민들을 대피시켜 주십시오. 사태는 한시를 다투고 있습니다. 파발꾼을 보내 주십시오."

"기, 기다려 주게. 대피시켰는데, 만약 아무 일도 벌어지지 않으면 어떻게 할 건가? 마을 주민들이 가만히 있지 않을 거야!!"

"이런 상황에 무슨 바보 같은 소릴……. 아무 일도 없었다면 소동을 피워 죄송하다고 사과하고, 배상하고, 책임을 지면 그만입니다. 오히려 출현할 거란 것을 알면서 아무것도 안 했다는 사실이 알려지기라도 하면 어떻게 될지……. 그쪽이 더 큰 문제가 아닌지요?"

구릉주 총독의 말을 듣고 전주 총독은 쩔쩔맸지만, 그 말에는 아무런 틀린 점도 없었기 때문에, 전주 총독은 부하에게 명령해 파발꾼을 마을로 보냈다.

"공왕 폐하, 구릉주의 림루드, 에미나스, 중앙주의 레셉트, 이곳에서 모든 주민을 대피시켰습니다. 그리고 프레임 기어의 국내 비치를 기간 한정으로 허가하겠습니다. 전주 총독, 괜찮지요?"

"그, 그래. 물론이다."

오드리 주 총독이 하자는 대로 고개를 끄덕이는 전주 총독. 이래선 누가 나라의 지도자인지 모를 정도다.

아무튼 이걸로 프레이즈를 대항할 준비는 다 되었다.

"감사합니다. 전력을 다해 대처하겠습니다. 그럼 당장에라도 프레이즈가 출현할 것으로 보이는 곳 근처에 우리 나라의 프레임 기어를 배치하겠습니다."

시간상으로는 내일 당장 출현해도 이상하지 않다. 서두르는 것이 좋다.

빠른 걸음으로 로드메어 총독궁을 나간 나는 바로 브륀힐드의 성으로 돌아가 부대를 편성했다. 기사단장인 레인 씨, 부단장인 노른 씨와 니콜라 씨에게 각각 열아홉 기를 할당해, 본인의 기체를 포함한 총 스무 기가 한 부대인 세 개의 소부대를 구성했다. 그리고 세 개 부대는 현장에 주둔하며 3교대로 망을 보게 했다.

브륀힐드가 허술해지지만, 남은 기사와 바바 할아버지, 야마가타 아저씨가 있으면 아마 큰 문제는 없을 것이다.

동서 동맹 각국에는 열여덟 기의 중기사와 두 기의 흑기사를 빌려주어, 자신들의 나라에서 대기하게 했다. 아무래도 언제 올지 모르는 로드메어의 현장에 타국의 주요 기사들을 계속 머물게 할 수는 없기 때문이다.

우리 약혼자 아가씨들은 모두 출격하고 싶다고 말했지만, 일단은 스우와 린은 가지 못하게 막았다.

스우는 아직 전쟁터에 서기엔 불안하고(애초에 설 필요가 없다), 린은 프레임 기어의 조작에 아직 익숙하지 않았기 때문이다.

에르제는 전용인 새 기체 게르힐데에, 그리고 야에와 힐다는 정재 외날 검과 양날 검, 루는 정재 단검 이도류, 유미나와 린제는 프라가라흐를 저마다 장비한 흑기사에 올라타기로 했다.

이번에는 로제타나 모니카가 후방에서 미니 로봇들과 함께 프레임 기어가 망가졌을 때 등의 긴급 사태에 대비했다.

"이번에는 모든 프레임 기어에 정재 무기를 장비했으니, 꽤 유리할 거라 생각해요."

유론에서의 싸움 덕에 정재는 썩을 만큼 많으니까. 썩지는 않지만.

나는 브륀힐드의 프레임 기어 부대를 데리고 로드메어의 프레이즈 출현 현장보다 조금 떨어진 숲 앞으로 전이했다.

눈앞에는 평원이 펼쳐져 있고, 너머에는 산이 늘어선 곳이다. 구름이 조용히 흐르고, 작은 새가 지저귀는 이곳에서는 이제부터 전쟁이 시작될 것 같은 분위기를 조금도 느낄 수 없었다.

"자, 일단 이 장소를 본진으로 삼을까?"

숲 앞을 흙 마법으로 완만하게 만든 뒤, '격납고'에 있던 바빌론 박사의 컨테이너 하우스를 몇 개인가 전이시켜 멀리 떨어진 곳에 배치했다.

이 컨테이너 하우스는【스토리지】와 마찬가지 공간 마법이 걸려 있어, 안은 생각보다 넓다. 물론 안은 상온이 유지되어, 망을 보는 기사들의 휴게소로도 사용할 수 있다. 담요도 준비되어 있어서 잠깐 단잠을 잘 수도 있다.

일단 벽에 넘버를 부여해, 1은 회의용, 2는 식사용 같은 느낌으로 구별해 두었다. 앗, 여성 전용 하우스도 준비해 둬야겠어.

로드메어의 대피가 무사히 다 끝나면, 출현 장소에서 가장 가까운 곳에 있는 사람들은 우리가 된다. 그러면 프레이즈는 바로 이쪽을 향해 올 게 분명하다.

프레임 기어에 탑재된 망원 렌즈라면 멀리 떨어져 있어도 프레이즈의 출현을 확인할 수 있다. 다행히 주변은 차폐물이 없는 평야이기도 하다.

"과연 올까요?"

"안 오면 안 오는 대로 좋지만 말이죠. 하지만 이렇게까지 준비했는데 안 오면 여러모로 곤란해질 것 같아요."

컨테이너 하우스의 평평한 지붕에 테이블과 의자를 준비해 나는 니콜라 씨와 마주 앉아 장기를 두었다. 감시 이외에는 할 일이 없으니……

지도 검색으로 조사해 보니, 로드메어의 대피는 착실히 진행되고 있는 듯했다.

"이번 싸움에 모로하 님은 참가하지 않는 건가요?"

"음~ 모로하 누나는 프레임 기어를 조종하지 못하니까요. 그 사람, 검 이외에는 전혀……."

아니, 프레임 기어 자체에 흥미가 없다고 해야 하나? 탈 수만 있으면 상당한 전력이 될 텐데…….

"하지만 참가한다고 했어요. 정재 검도 건네줬고, 나름 움직여 주지 않을까 하긴 하는데요."

"참가라니…… 맨몸으로요?"

"네, 맨몸으로."

순간 멍한 표정을 짓는 니콜라 씨. 하지만 바로 고개를 저으며.

"폐하의 누님이라면 충분히 가능하려나……."

하고 작게 중얼거렸다.

음, 혈연관계는 아니지만요.

솔직히 말해 이번 싸움은 그렇게 걱정하지 않았다. 준비 기간도 있었고, 출현하는 숫자는 유론 때보다 적다고 하니까.

단, 상급종의 존재는 불안 요소였다. 이전에 본 그 악어 같은 녀석이라면 어떻게든 상대할 수 있겠지만, 그래도 그 하전 입자포 같은 것을 맞으면 그 피해는 상상을 초월한다. 그 멀리 떨어져 있던 유론의 수도를 파멸시켰을 정도다. 일단 대책은 생각해 두었지만, 얼마나 효과가 있을지는 모르기 때문에 뭐라고 말하기가 힘들다.

물론 그때의 결정타가 된 '유성우(미티어레인)'용 정재도 잘 준비해 두었다.

단, 그건 수가 많지 않으면 명중률이 나쁜 데다 적과 아군을 상관하지 않고, 마력의 소비도 심해, 적절한 타이밍을 잡기가 어렵다. 지형도 엉망진창이 되고.

프레이즈가 출현했을 때 선제공격으로 쏟아붓는 것도 고려할 수 있겠지만, 무슨 일이 벌어질지 알 수 없으니, 마력의 낭비는 피해야 한다.

그렇게 본진을 만들며 첫 번째 날은 아무 일도 없이 지나갔다. 마을의 대피는 거의 끝난 모양이었다. 사람을 검색해도 반응이 없었다. 이 정도라면 마을을 전이할 필요는 없다. 나머진 프레이즈의 출현을 기다리는 것뿐인데…….

이틀째도 변화는 없었다. 새삼스럽지만 출현할 거면 밤은 피해 주었으면 했다. 그 녀석들은 반투명해서 보기가 힘드니까. 그런 생각을 하는 사이에 밤이 밝아 3일째 아침이 되었다.

아침용 스튜가 데워지는 사이에 프레임 기어의 모니터로 감시하던 사람에게서 드디어 보고가 들어왔다.

〈공간에 균열을 확인! 프레이즈가 출현하려고 합니다!〉

본진에 경보가 울리자, 잠을 자던 사람들도 벌떡 일어나 각각 자신의 기체에 올라탔다.

아직 조금 시간은 있다. 그 사이에 나는 각국을 돌며 프레이즈가 출현했다고 경고하고, 준비하고 있던 각각의 프레임 기어를 현장으로 전이시켰다.

균열이 생긴 장소를 향해 총 200기의 프레임 기어가 활 모양으로 전개하여 요격 준비를 마쳤다.

〈폐하! 균열이 확대되어 갑니다!〉

【롱센스】로 시야를 넓히자, 공간의 균열이 조금씩 확대되며 안에서 프레임 기어의 일부가 튀어나오는 모습이 보였다.

이윽고 유리가 깨지는 듯한 커다란 파괴음이 주변에 울려 퍼졌고, 그와 동시에 우르르 몰려나오듯이 그 자리에 잇달아 프레이즈가 출현했다. 크기가 제각각인 하급종과 그보다 큰 중급종이었다.

이윽고 프레이즈를 전부 배출하자, 파괴되었던 공간도 원래대로 돌아갔다.

"대부분이 하급종과 중급종인데…… 상급종은 어떻게 된 거지?"

"상급종은 출현하기까지 시간이 걸려. 전에도 그랬잖아?"

"응, 그렇구나…… 우왓?!"

갑작스러운 대답에 【롱센스】를 해제하고 보니, 옆에 엔데가 서 있었다. 어느새……. 여전히 신출귀몰하다.

"출현할 때까지 30분 정도려나? 그 전에 저 녀석들을 해치우는 게 좋겠어."

엔데는 손안의 프레파라트를 깨서 모노크롬 용기사를 불러 냈다. 그리고 곧장 용기사에 올라탔다. 성급한 녀석이네.

"검색. 확인 가능한 프레이즈의 수는?"

〈검색 중……. 8141대입니다.〉

유론 때는 1만 3000대 정도였으니, 대략 그때의 60퍼센트 정도인가?

"그중에서 중급종은 몇 대야?"

〈검색 개시. ……종료. 중급종은 809대입니다.〉

전체의 약 10퍼센트인가. 전에도 그랬었지? 무슨 법칙이라 도 있는 건가?

발키리를 소환해 '창고'에서 발견한 카메라를 건네주어 중 계하도록 했다. 이 영상은 각국의 왕에게도 전달되어 전황을 파악할 수 있었다. 특히 로드메어의 수뇌진은 잘 봐 두기를 바 랐다. 나중에 유론처럼 트집을 잡으면 곤란하니까.

본진에는 예비 프레임 기어와 로제타, 모니카, 플로라, 린이 대기했다. 긴급 탈출 마법의 전송처도 그곳으로 설정해 두었 다.

〈토야 오빠, 프레이즈들이 움직이기 시작했어요.〉

귀에 장착한 리시버에서 유미나의 목소리가 들려왔다. 이번 에는 에르제의 게르힐데와 각국의 흑기사가 나와 통신을 할 수 있어서 무슨 일이 벌어지면 바로 알 수 있다. '창고'에 있 던 통신기를 활용했다.

【롱센스】를 다시 발동해 앞을 확인해 보니, 유미나의 말대로 이쪽으로 진군하는 프레이즈가 보였다.

앞서서 비행하는 쥐가오리형과…… 저건 처음 보는 타입이네. 돌고래…… 아니, 굳이 따지자면 범고래…… 바다의 괴물이라는 범고래형이 이쪽을 향해 날아왔다. 크기로 따지면 중급종이다.

"좋아, 그럼 시작할까?"

【스토리지】에서 날 길이 2미터나 되는 대검을 두 개 꺼내 나는 양손에 쥐었다.

〈모두 전투 개시! 각 지휘관을 따라 프레이즈를 섬멸, 소탕하라!〉

〈오오오오오오오오오오!!〉

땅을 울리면서 프레이즈 무리를 향해 프레임 기어 부대가 달려갔다.

나도 【플라이】를 발동해 비행형 프레이즈를 섬멸하기 위해 날아올랐다.

정면에서 쥐가오리형과 범고래형 프레이즈가 다가왔다.

비행 속도는 쥐가오리형이 더 빠른 듯했다. 큰 지느러미 칼로 나를 두 동강 내려고 똑바로 이쪽을 향해 날아왔다.

하지만 얌전히 두 동강이 날 수는 없다. 나는 훌쩍 몸을 비틀어 스쳐 지나갈 때 반대로 쥐가오리를 두 동강 냈다.

뒤늦게 날아온 범고래형의 머리에서 빛나는 구체가 나타났다. 음.

그리고 곧장 나를 향해 빛의 구체가 발사되었다. 사격형 프레이즈인가? 나는 그 녀석도 마찬가지로 핵과 함께 잘라 버렸다.

잇달아 쥐가오리형과 범고래형이 날아와 공격했지만, 이 녀석들의 공격은 예측이 쉬워 쉽게 대처할 수 있었다. 어차피 직선적인 움직임이니까.

지상과는 달리 상하좌우, 360도로 움직일 수 있으니 피하는 것도 어렵지 않다.

공중전을 펼치면서 지상을 내려다보니, 이미 여기저기에서 전투가 시작되었다.

북쪽에는 에르제를 선두로 브륀힐드와 레스티아가 대처했고, 중앙에는 벨파스트, 미스미드, 리프리스, 남쪽에는 레굴루스, 리니에, 라밋슈가 진을 쳤다. 남쪽에는 엔데의 모습도 보였다.

프레이즈의 무리를 어떻게든 막고 있는 모양이었다. 모두 움직임도 전보다 좋아졌고, 프레임 기어와는 전투가 처음인 레스티아 기사단 사람들도 꽤 익숙한 움직임을 보였다.

〈모조리 부수고, 부수고, 부수고, 부수고, 부수겠어! 막을 수 있으면 한번 막아 봐!〉

에르제의 게르힐데가 파일벙커로 공격하면서, 프레이즈의 중급종을 중심으로 쓰러뜨렸다. 그 뒤를 따르듯 브륀힐드의 중기사들이 잇달아 하급종을 베어서 쓰러뜨렸다.

그들이 손에 들고 있는 창과 검, 해머는 모두 정재로 만들어서 아주 튼튼하고 날카롭다. 【그라비티】 마법 부여까지는 해 두지 않아서 가볍지는 않았지만, 프레이즈와의 싸울 때는 상당히 유리했다.

나머진 핵을 실수 없이 공격할 수 있는 기술력이 필요하다. 물론 자신 있는 사람은 창을, 자신 없는 사람은 해머를 사용하면 그만인 일이다.

"앗, 비행형은 이제 없는 건가?"

어느새인가 쥐가오리형도 범고래형도 눈으로 확인할 수 있는 곳에는 없었다. 이번에는 비행형 프레이즈가 적은 듯했다. 그렇다면 나도 지상전을 서포트할까?

그렇게 생각했을 때, 중기사 한 대가 하급종 두 대에 동시에 공격당해 오른쪽 어깨 아래의 팔 하나와 왼쪽 무릎 아래쪽을 파괴당했다.

쓰러진 중기사의 보디 컬러가 옅은 회색에서 더욱 짙은 색…… 영어로 말하자면 문그레이에서 그레이 정도로 변화했다. ……이렇게 설명하면 알기 어려운가?

이 색의 변화는 탑승자가 긴급 탈출 마법으로 전이했다는 표시였다. '창고'에 놓아둔 에테르리퀴드의 특성을 이용한 페인트를 【프로그램】으로 내가 새롭게 만든 것으로, 전이 마법이 발동되면 색이 변한다.

관계없지만, 이 페인트에 【그라비티】를 부여하여, 어느 애니메이션에서 나온 대로 칠한 곳이 아래쪽으로 내려가는 페인트를 만들어 봤는데 완벽하게 실패했다.

【그라비티】라는 마법이면서, 중력이 아니라 무게 변화 마법이었다……. 아무튼 확실히 【그라비티】를 사용한 물건이 떠오른 적은 없다. 물론 그건 【레비테이션】이긴 하다. 깃털처럼 가볍게는 할 수는 있지만.

결국 완성된 것은 칠한 곳에 올라가면 체중이 무거워지는 페인트였다. 이건 이거대로 활용할 수 있을 듯했지만. 탈의실 체중계에 칠해 장난을 친다든가? ……살해당할 거야.

여담은 이쯤하고.

〈여보세요. 본진, 들려? 지금 전이한 조종사는 무사해?〉

〈괜찮습니다. 조금 팔이 아픈 정도라, 문제없습니다.〉

아무래도 무사한 듯했다. 저 기체는…… 레스티아의 기사인가. 아직 익숙하지 않을 테니, 어쩔 수 없나?

북쪽에서는 일제히 습격하는 하급종 프레이즈를 향해 프라가라흐 세 대가 날아 동시에 멋지게 핵을 꿰뚫었다. 저건…… 유미나의 기체구나.

프라가라흐는 전장을 종횡무진 누비면서 잇달아 프레이즈의 핵을 부서뜨렸다. 그리고 크게 호를 그리며 유미나의 기체의 등으로 귀환했다.

프라가라흐는 다루기가 어렵다. 잘못 사용하면 아군에게도 피해를 줄 수 있다. 훈련의 성과가 있어, 유미나는 세 대까지라면 어떻게든 조종할 수 있게 되었다.

마법사로서 실력이 더 뛰어난 린제는 멋지게 네 대의 프라가라흐를 조종했다. 아직 짧은 시간 동안 따로따로 조종해야 했기 때문에 너무 멀리 있는 적을 제압하기는 어려웠지만.

그 옆에서는 야에와 힐다 콤비가 중급종을 베어 쓰러뜨렸다. 루의 쌍검도 하급종 상대로 화려하게 움직였다.

북쪽은 걱정 없을 듯했다.

남쪽은 어떻게 됐는가 하면, 모노톤인 용기사가 고속 이동하면서 미끄러지듯이 중급종을 작은 검 두 개로 잇달아 물리쳤다. 마치 피겨 스케이트 선수처럼 뒤로 돌아 회전하고, 웅크리고 뛰고, 춤을 추듯이 섬멸했다.

프레이즈의 공격도 빗발치듯이 쏟아지고 있었지만, 그런 것은 전혀 문제 되지 않는다는 듯, 모든 것을 피해 전장을 계속 미끄러져 갔다.

원래 용기사는 경량 고속 기동형 프레임 기어로 장갑이 얇다. 그래서 한 발이라도 맞으면 치명상을 입을 수도 있다. 하지만 엔데 녀석은 그런 것은 상관없다는 듯이 과감한 공격을 반복했다.

완벽한 솔로 플레이였지만, 남쪽도 아마 괜찮을 듯했다.

그렇다면 중앙 부대를 내가 도와주면…… 응? 어라?

중앙 쪽 프레이즈들이 잇달아 산산조각이 났다. 날아오는 양손의 대검에 핵이 두 동강 나고, 하급, 중급 할 것 없이 부서져 갔다. 엄청난 기세다. 엔데나 에르제와 비교해도 전혀 손색이 없다. ……맨몸인데.

모로하 누나였다. 나와 마찬가지로 정재로 만든 대검을 양손에 쥐고 습격하는 프레이즈를 모조리 베어 버렸다. 그야말로 귀신처럼…… 아니, 검신인가. 너무 터무니없잖아……. 신경 쓰면 지는 건가.

……으음. 나는 전혀 필요 없는 것 같은 느낌이…….

촤악! 하는 소리와 함께 중앙 쪽에 있던 중기사의 목이 날아갔다. 순식간에 기체의 색이 변하며, 지면에 쓰러졌다. 쓰러뜨리는 데 정신이 팔린 나머지 뒤쪽에서 공격을 받은 모양이었다.

〈모두 주변의 동료들을 잘 봐. 서로 도우면서 싸워. 프레이즈의 목표는 우리야. 가능하면 2인 1조, 서로 등을 맞대고 대처해.〉

나는 오픈 채널로 모두에게 전달했다. 이쪽에서 적극적으로 공격하지 않아도, 저쪽에서 공격해 온다. 대기하고 있다가 쓰러뜨려도 충분하다.

"현재 프레이즈의 수는?"

〈검색 중…… . 모두 4318대입니다.〉

스마트폰에서 전자 음성이 흘러나왔다. 대략 반 정도 쓰러뜨린 건가. 시간은 전투를 개시한 지 이미 20분을 넘었다.

대략 계산하면 대충 8000대의 프레이즈를 200기의 프레임 기어로 쓰러뜨리는 것이니, 한 기당 40대. 그 절반이니까 20대를 20분. 1분에 한 대 페이스로 쓰러뜨리고 있는 건가.

정재로 만든 무기로 하급종 등을 쉽게 해치울 수 있다고는 하지만, 지난번에 1만 3000대를 세 시간 넘게 들여 쓰러뜨렸다는 것을 생각해 보면, 꽤 빠른 속도 아닐까? 게르힐데나 엔데의 용기사, 모로하 누나의 참전이 큰 역할을 했겠지만.

그래도 앞으로 10분 정도가 지나면 상급종이 출현한다. 그때까지는 쓰러뜨려 두고 싶은데, 이대로는 아무래도 안 될 듯했다.

〈아~아~. 토야, 들려?〉

"엔데야? 왜 그래?"

〈슬슬 상급종이 출현할 것 같아. 이곳에서 북동쪽 공간이 뒤틀리고 있는데 알겠어?〉

엔데의 통신을 받고 나는 무심코 지상으로 시선을 돌렸다.

엔데가 있는 곳에서 북동쪽이라면…… 저쪽인가.

【롱센스】로 시야를 넓혀 보니, 그쪽 하늘 일대가 일그러져 보였다. 신기루라고 해야 할지, 스토브의 열로 흔들리는 듯한 광경…… .

아무래도 저쪽에서 균열이 생겨 상급종이 출현할 듯했다. 북쪽 부대를 물러나게 하는 편이 좋을지도 모른다.

〈북쪽에 전개 중인 브륀힐드 및 레스티아 부대에게 전달. 그곳에서 서쪽 방면으로 이동하라. 그리고 모든 부대에 전달. 지금부터 10분 정도 후에 상급종이 출현할 낌새가 보인다. 주의하라.〉

그런 전달을 받고 전투를 하던 부대가 서서히 서쪽으로 후퇴했다. 그러자 지금까지 활처럼 전개되었던 형태가 북서쪽에서 남동쪽으로 직선적인 모양으로 변했다.

밀리는 것처럼 보이지만 의도적으로 후퇴하고 있는 것이니 문제없다. 그것보다도 상급종 쪽이 문제다.

쩌억, 하고 그다지 큰 소리도 아닌데, 주변에서 무언가가 갈라지기 시작한 소리가 확실하게 들렸다.

엔데가 가리킨 하늘에 커다란 균열이 생겼다.

그곳에 서서히 금이 갔고, 점점 균열이 커졌다.

〈곧 상급종 출현. 각자 지금부터 더욱 주의해서 움직일 것. 서로에게 연락하며 지휘관의 지시에 따르라.〉

통신을 듣고 에르제와 엔데가 출현 장소를 향해 갔다.

이미 금은 상당히 커져, 부분적으로 깨지기 시작했다.

이윽고 그 공간을 깨고, 커다랗고 굵은 수정 팔이 뻗어 나왔다. 벽을 깨뜨리듯이 그 상급종 프레이즈가 출현했다.

무엇보다 컸다. 프레임 기어의 네 배 이상이나 되는 높이였다. 역삼각형 체격에 굵고 기다란 큰 팔은 지면에 닿았다. 다리는 짧고 항상 앞으로 몸을 숙인 자세였다. 머리는 목 주변이 없고, 몸통과 일체화되어 있는 것처럼 보였다. 두꺼운 흉부에 커다란 핵이 하나. 이건……

"고릴라형인가……?"

예각 선으로 만들어진 그 모양은 마운틴고릴라를 방불케 했다. 하지만 고릴라는 팔이 네 개가 아닌데? 게다가 등에는 저런 돌기도 없고, 긴 꼬리도 없다.

저런 프레이즈는 '도서관'에서 본 책에도 실려 있지 않았다. 아니, 전부 다 실려 있는 것이 오히려 더 이상하겠지만.

고릴라 프레이즈 옆구리에 있는 팔 두 개가 자신의 가슴을 두드리기 시작했다. 드러밍인가? 점점 더 고릴라처럼 행동하네……

"?!"

나는 온몸에 충격을 받고 멀리 날아갔다. 보이지 않는 손이 나를 친 듯한, 충격파 같은 것이 이곳까지 날아왔다.

아하, 저 드러밍은 전의 악어형의 등지느러미에 있던 상대를 날리는 충격파의 역할을 하는 거구나. 그렇다면……

〈모두 상급종의 정면에서 흩어져! 도망쳐라!〉

옆구리에서 뻗은 팔이 가슴 부분을 중앙에서 양문 냉장고의 문을 모두 열듯이 열었다. 이윽고 그곳에 있던 핵으로 빛이 급속이 모여들었다. 큰일이야! 틀림없이 저건 악어형 프레이즈

때와 똑같은 하전입자포 비슷한 공격이다!

정면에 있던 프레임 기어들은 흩어지기 시작했지만, 저 방향이면 구릉주의 방향으로 발사되고 만다.

큭! 처음부터 위기지만 어쩔 수 없지!

"【리플렉션】!"

나는 배운 지 얼마 안 된 반사 마법을 고릴라 프레이즈의 정면에 전개했다. 청백색의 넓고 두꺼운 장벽이 45도 각도로 나타나자마자 고릴라 프레이즈의 가슴에서 빛 대포가 발사되었다.

그리고 빛줄기가 반사 장벽에 부딪히자마자 방향을 바꾸어 하늘로 사라졌다. 그와 동시에 반사 장벽이 산산조각이 나며 부서졌다.

큭, 꽤 두껍게 만들었는데 못 버틴 건가?!

각도를 비스듬히 하지 않았으면 고릴라 프레이즈에게 반사되었을지도 모르지만, 그러면 이번엔 중앙주에 피해가 가니까……. 쓰러뜨린다는 보증도 없고. 저 몸체라면 흡수하거나, 확산될 가능성도 있다.

그건 그렇고 이런 파괴력이라니. 악어형 때보다는 작은 것 같았지만, 그 정도로는 아무런 위로도 되지 않았다.

가슴 부분의 장갑을 닫은 고릴라 프레이즈는 다시 드러밍을 하더니, 북서쪽에 전개한 부대를 향해 몸을 돌려 돌진하기 시작했다. 이건 꽤 고생할 것 같아……!

고릴라 프레이즈가 강력한 팔을 휘둘렀다. 내려친 거대한 주먹은 크게 지면을 부수며 작은 크리에이터를 만들었다. 엄청난 파워다.

〈빈틈이다! 【부스트】!〉

아래를 내려친 오른팔에 재빨리 접근한 에르제의 게르힐데가 【부스트】로 강화된 파일벙커로 측면에 일격을 먹였다.

키기기기긱, 하고 균열이 가며 아래팔의 한가운데 아래쪽이 산산이 부서졌다. 파일벙커의 위력도 장난이 아니었다.

〈성공이야!〉

에르제가 기뻐서 소리친 순간, 고릴라 프레이즈의 여러 팔이 다시 드러밍을 시작해 게르힐데가 그 자리에서 멀리 날아갔다.

〈으윽?!〉

멀리 날아가면서도 자세를 바로잡고 간신히 착지한 게르힐데.

그러든 말든 고릴라 프레이즈는 부서진 자신의 오른팔을 눈앞으로 옮겼다. 그러자 가슴 안쪽의 핵이 오렌지색으로 맥동하면서 점멸하기 시작했다.

동시에 부서진 오른팔의 끝이 파긱파긱파긱 하고, 마치 얼음이 뻗어 나오듯이 재생되었다. 수 초 만에 거대한 팔이 완벽하게 복원되었다. 엄청난 재생 능력이야…….

재생된 팔을 휘두르며 다시 게르힐데를 노리고 주먹을 내려치는 고릴라 프레이즈. 【부스트】를 발동한 채로 오른쪽 왼쪽으로 피하는 게르힐데를 고릴라 프레이즈가 계속해서 쫓아갔다.

"【슬립】!"

내 마법에 발을 미끄러져 넘어지는 거대 고릴라. 그 틈을 노려 게르힐데는 간신히 도망가는 데 성공했다.

넘어진 고릴라의 팔을 향해 어딘가에서 뛰어온 모로하 누나가 검을 찔렀다. 하지만 상대가 상대. 아무리 누나라도 저 검만으로는 어떻게 해 볼 수 없었다. 핵까지 두꺼운 가슴을 꿰뚫기에는 길이가 모자랐다.

하지만 누나는 찌른 검의 손잡이 끝에 다른 검의 끝을 연속으로 찔러 먼저 꽂힌 검을 더욱 깊숙이 억지로 밀어 넣었다. 하지만 그래도 검은 핵에 닿지 않았다.

"흐음, 두 개로도 모자란 건가. 생각보다 가슴이 두껍구나."

가슴 위에 올라간 방해꾼을 프레이즈가 손으로 떨쳐 내기 전에, 모로하 누나는 훌쩍 먼저 뒤로 물러서 지면에 착지했다.

나도 모로하 누나의 옆에 내려섰다.

"토야. 역시 이건 나도 힘들겠어. 힘을 쓰지 않는 상태로는 무리 같아."

신의 힘을 사용하면 어떻게든 된다는 말인가? 그럼 아끼지 말고 써 줬으면 하는데.

"으~음. 하지만 저 녀석을 두 동강 내는 동시에 이곳 일대가 다 날아가 버리고, 대륙까지 갈라져 버릴지도 모르는데, 그래도 괜찮겠어?"

"안 되죠!"

그게 뭐야?! 힘 조절이라는 게 있는 법 아닌가, 이 사람은 정말! 너무 대충이야!

아니, 확실히 나도 '1미터 움직여 줘'와 '0.1밀리미터 움직여 줘'라고 했을 때, 어느 쪽이 더 어려운가 하면 0.1밀리미터 쪽이다.

"게다가 신력을 이쪽 세계에서 완벽하게 사용하면 존재를 유지할 수 없거든. 가능하면 쓰고 싶지 않아."

"아~ 진짜. 뒤로 물러나 계세요."

인재는 역시 적재적소가 있다는 사실을 실감했다. 누나들은 나와는 달리 육체가 없다. 인간화했지만, 그것은 신력인가 뭔가로 형성한 것에 지나지 않기 때문에, 힘이 다하면 존재를 유지할 수 없다. 물론 시간이 지나면 원래대로 돌아오겠지만.

안 그래도 신의 힘을 지상에서 너무 사용하는 것은 용서받을 수 없는 일이다. 카렌 누나처럼 살짝 연애를 도와주는 정도라면 크게 한마디 듣는 일은 없는 듯하지만, 지상을 파괴하는 것은 명백하게 과한 일이다. 그래선 규칙을 크게 신경 쓰지 않는 세계신이라도 무시할 수 없다.

키이이이이이이이이이이이이이이이이이잉!!

갑자기 고릴라 프레이즈가 아주 큰 공명음을 발했다. 그리고 등 뒤의 돌기가 크게 진동하는 모습이 보였다. 뭐지?!

다음 순간, 고릴라를 중심으로 지면이 크게 물결쳤다. 마치 바닥에 깔린 카펫의 '굴곡'이 이동하는 것처럼. 나는 옆의 모로하 누나를 안아 올리고 공중으로 대피했다.

마치 육상의 쓰나미다. 고릴라 프레이즈를 둘러싼 프레임 기어가 한꺼번에 위로 튀어 올랐다가 지면에 내동댕이쳐졌다.

몇 대인가는 순간적으로 튀어 올라 대미지를 줄이는 데 성공했지만, 꽤 많은 프레임 기어의 보디 컬러가 내동댕이쳐진 뒤에 색이 변했다.

젠장, 이런 것도 가능하단 말이야?!

토사에 묻힌 프레임 기어 중에 간신히 탈출 전송을 면한 기체가 기어 올라왔다. 에르제의 게르힐데도 무사했다.

하지만 그곳에 날아온 긴 꼬리의 일격. 끝에는 뾰족한 추 같은 것이 달려 있었는데, 그것이 토사에서 올라온 몇 대인가의 프레임 기어를 휩쓸었다.

거칠어진 지면에 내던져져 장갑이 파괴된 몇 대인가가 이리저리 굴렀다. 기체의 색이 변한 것을 보면 탑승자는 탈출했으리라 생각되지만, 무사한지 어떤지는 알 수 없었다. 최악의 경우라도 죽지만 않았으면 어떻게든 되기야 하겠지만…….

고릴라 프레이즈가 또다시 여러 팔로 가슴 장갑을 열었다. 핵에 오렌지색 빛이 다시 모여들기 시작했다. 이런! 또 저걸 날릴 생각인가?!

이렇게 된 이상 운을 하늘에 맡기고 본체를 향해【리플렉션】

으로 반사할까? 아니, 만약 그래서 중앙주에 무슨 일이 생기면 그야말로 큰일이다.

이번에도 역시 조금 전처럼 상공을 향해 날아가게 할 수밖에 없다.

"【리플렉션】!"

다시 고릴라 프레이즈의 정면에 반사 장벽을 출현시켰다. 그리고 45도 각도로 기울여 정면에서 날아온 그것을 상공으로 굴절시키도록 만들었다.

그런데 그것을 본 고릴라 프레이즈는 가슴을 젖힌 발사 순간에, 그 앞에서 양팔을 크로스시켰다.

"아니?!"

앞에서 크로스된 두꺼운 팔에 가슴에서 발사된 빛의 대포가 닿았다. 순간, 빛이 닿은 팔에서 사방팔방으로 가느다란 광선이 흩날렸다.

수정 팔을 사용해 확산시켜 주변에 방사……! 이런 수단이……?!

위력은 떨어졌지만, 그래도 피해는 컸다. 주변에 있던 프레임 기어들은 콕핏의 직격은 피했지만, 심한 손상을 입었다. 기체의 색이 잇달아 변해 갔다.

큭, 이렇게 된 이상……

〈모두 상급종에게서 대피! 거리를 둬라!〉

모든 채널로 지시를 내리는 동시에 나는 【스토리지】 안에 있는 것을 보내기 위해 고릴라 프레이즈의 상공에 작은 게이트를 무수히 열었다.

"【유성우(미티어레인)】."

열린 상공의 【게이트】에서 소프트볼 크기의 정재 비가 내렸다. 하나하나를 【그라비티】로 가중한 무게 1톤짜리 녀석들이다.

그게 상공을 의아하다는 듯이 올려다본 상급종에게 가차 없이 쏟아졌다.

어깨에, 허리에, 등에. 안으로 파고든 정재는 내 마력으로 더욱 무게가 늘어나, 프레이즈의 몸 안으로 균열을 확산시키며 침입해 들어갔다. 그리고 나는 2톤, 3톤으로 무게를 더 늘려 갔다.

정재의 비가 그쳤다. 양 무릎을 꿇고 그 무게 탓에 네발로 기는 모습이 된 고릴라 프레이즈였지만, 갑자기 무게를 거슬러 온 힘을 다해 몸을 일으키며 똑바로 누웠다. 뭘 하려는 거지……? 아!

녀석의 등과 어깨에 파고든 정재 구체가 너무나도 '무거워'지면으로 떨어져 파고들었다. 즉, 프레이즈의 몸에서 중력에 따라 빠져나가 버렸다.

이대로는 어깨와 등의 균열도 원래대로 돌아오고 만다. 큭……!

그때, 내 등 뒤에서 모노톤의 용기사가 고기동 모드로 달려와 똑바로 누운 고릴라 프레이즈에게 달려들어 오른손에 쥔 소도(小刀)를 복부 장갑에 찔러 넣었다.

하지만 두꺼운 가슴판에 막혀 모로하 누나 때와 마찬가지로 아슬아슬하게 도신이 핵에 닿지 않았다.

〈【샬】!!〉

엔데가 무언가를 외치자, 소도가 꽂힌 주변의 가슴 부분이 산산조각이 났다. 게다가 소도를 꽂은 용기사의 오른팔도 산산조각이 났다. 핵이 겉으로 드러나는 데도 고릴라 프레이즈가 일어서 가슴 위에 있던 용기사를 손을 휘둘러 뿌리치려고 했다. 하지만 용기사는 그 손을 피해 후퇴했다.

그것과 동시에 이번엔 붉은빛을 발한 기체가 질풍처럼 달려와 드러난 핵에 다가가 주먹을 휘둘렀다.

〈일격, 분쇄!!〉

혼신의 힘을 담은 필살 파일벙커가 겉으로 드러난 핵을 가차 없이 때렸다.

오렌지색 구체에 순간적으로 균열이 가더니, 산산조각이 나며 분쇄되었다. 동시에 상급종 온몸에도 무수한 균열이 생겼고, 이윽고 후드드득 그 몸이 붕괴했다.

〈이얏호!〉

"하하하…… 하나 해 주는구나……."

부서진 상급종의 잔해 위에서 주먹을 들어 올린 게르힐데.

참 나……. 내 차례는 별로 없었어.

〈상급종 토벌 완료. 이제부터 소탕전에 들어간다. 각자 한 대, 한 대, 확실히 쓰러뜨리도록.〉

모두에게 통신으로 그렇게 전달했다. 이제는 하급, 중급종을 전멸시키면 작전 종료다.

"어디 보자, 그럼 나도 도와줄까? 아, 토야. 검을 빌려줄래?"

고릴라 프레이즈에게 검을 꽂아 빈손이 된 누나에게 나는 가지고 있던 대검 두 개를 건네주었다.

누나는 곧장 가벼운 발걸음으로 엄청난 속도를 내며 남은 프레이즈들을 향해 달렸다.

멍하니 그 모습을 지켜보는데, 다른 방향에서 용기사가 다가왔다. 가슴 부분의 해치를 열고 엔데가 아래로 뛰어내렸다.

"미안해, 토야. 팔이 부서졌어."

"아니. 그게 없었으면 정말 위험했을지도 모르니, 덕분에 살았어. 용기사는 고쳐 둘 테니까, 조금 기다렸다가 가져가. ……그런데 대체 뭘 한 거야?"

"마력, 음……이라고 해야 하나? 진동을 한 점에 집중시켜 직접 박아 넣으려고 했는데, 그 전에 팔이 날아가 버렸어. 힘 조절 실패야."

그렇구나. 내가 흑기사에 타고 마법을 전력으로 사용했을 때랑 같다. 용기사는 흑기사, 중기사와 마찬가지로 구형 베이스다. 엔데의 강한 마력을 버틸 수 없었던 것이다.

이 기회에 완전히 개량해 버릴까? 매번 부서지면 귀찮으니까. 엔데는 우리 기사가 아니니, 고치러 일일이 찾아오는 것도 역시 좀.

그런 생각을 하면서 용기사를 올려다봤을 때, 하늘에서 묘한 감각이 느껴졌다. 뭐지?

"………토야, 조금 문제가 생길 것 같아."

어느새인가 옆에 와서 나와 마찬가지로 하늘을 노려보던 엔데가 그렇게 말했다. 역시 저쪽에 뭔가가 있는 건가?

"이거 설마, 한 대 더 상급종이 출현하는 건 아니겠지……?"

"상급종이 아니야. 저건…… 온다."

상급종이 나타났을 때보다도 큰 파괴음이 주변에 울리며 하늘이 부서졌다.

공간의 틈새에서 뛰쳐나온 그것은 우아한 모습으로 지상에 착지했다.

이마에서 배꼽까지, 몸의 앞부분 이외가 수정 같은 결정으로 뒤덮인 '인간형'.

눈은 붉었고, 긴 머리카락은 딱딱한 결정이었다. 부푼 가슴과 몸매를 보니, 여성형인 건가. 가슴은 좌우 옆에서 결정이 봉우리의 끝을 뒤덮었다. 크기는 우리 인간과 다름없었다.

"엔데…… 저건 뭐야……?"

"상급종보다 한 단계 위의 프레이즈……. 지배종이야."

"지배종?!"

놀란 내 목소리를 듣고 주변을 둘러보던 그 녀석이 붉은 눈을 이쪽으로 돌렸다.

"#om@e€h@······ *e€nd#e!"

"쳇. 하필이면 나온 게 저 여자라니······."

프레이즈 여자는 씁쓸한 미소를 지은 엔데에게 순간적으로 달려들듯이 접근해 그 결정화한 주먹을 터무니없는 속도로 내리쳤다.

그 주먹을 엔데가 오른손으로 막았다. 뒤에 있던 나에게도 그 충격파가 날아왔다. 엄청난 힘이야, 이 녀석. 그걸 막은 엔데도 보통이 아니지만.

"에, 엔데. 이 녀석, 아는 사람이야?!"

"그렇지 뭐. 하지만 사이는 안 좋으니, 물러나 주진 않을 거라 생각해."

아니, 그건 보면 안다. 인간형인 만큼 감정도 얼굴에 표현되는 건지, 홉뜬 눈을 보니 아무래도 화가 난 듯했다.

"#k∃@is@m@$!o¥uwo*d◎ok Ω o≒hey+@tΣt@!"

"아니, 그런 걸 나한테 물어봐야······."

여자의 말은 전혀 들어 본 적이 없는 언어였지만, 엔데는 알아듣는 모양이었다.

엔데에게 붙잡힌 주먹을 뿌리치더니, 프레이즈인 여자는 뒤로 뛰어 거리를 벌리고 크게 입을 벌렸다.

그리고 입안에 빛의 입자가 모이고 눈 부신 빛이 빛나기 시작했다.

앗, 잠깐만. 이건……!

다음 순간, 엔데를 향해 상급종보다 더욱 엄청난 입자포가 폭발적인 위력을 내뿜으며 발사되었다.

"윽, 【리플렉션】!"

갑작스러운 공격에 당황한 나는 두꺼운 【리플렉션】을 전개했다. 그래서 각도를 제대로 조정하지 못했고, 결국 입자포는 뜻하지 방향으로 반사되어 여자의 뒤쪽, 저 너머에 있던 산 정상을 날려 버리며 공중으로 사라졌다. 물론 【리플렉션】의 반사 장벽은 산산조각이 났다.

말도 안 돼……. 무슨 위력이 이렇게…….

여자는 공격이 성공하지 못했다는 사실을 알자, 이번엔 오른손을 검처럼 변형해 휘둘렀다.

엔데는 그 공격을 피하면서, 여자의 손목을 잡고 간신히 움직임을 막았다.

"토야. 미안하지만 실례할게. 용기사는 나중에 가지러 올 테니 수리 잘 부탁해."

"에, 엔데?!"

프레이즈 여자를 붙잡은 채, 엔데의 발밑이 천천히 안개처럼 사라져 갔다. 엔데에게 휩쓸리듯이 프레이즈 여자도 역시 그 자리에서 사라졌다.

두 사람이 사라지고 아무도 없어진 전장에 나는 한동안 혼자서 서 있었다.

◇ ◇ ◇

　설마 그녀가 나타날 줄이야. 하필이면 '왕'의 측근 중에서 가장 나를 원망하는 그녀가 눈앞에 나타나다니, 정말 운이 없다.

　간신히 차원 이동으로 결계의 바깥쪽…… 차원의 틈새로 데려왔지만, 이건 별로 사용하고 싶지 않았다. 저쪽 세계로 돌아가기 위해 힘을 되찾는 데 시간이 걸리니까.

　아무것도 없는 어두운 공간의 틈새에서 나와 그녀는 대치했다. 여전히 나를 노려보는 눈빛이 날카로웠다. 우리 사이에는 두 사람의 사이를 나타내듯이 격자 같은 결계가 펼쳐져 있었다.

　"결계를 뚫은 선행 부대 숫자에 비해, 살아 있는 인간이 꽤 많다 했는데…… 네놈의 짓이었나, 엔데뮤온!"

　"음, 틀린 말은 아니지. 너희가 나오면 귀찮아지니까, 닥치는 대로 쓰러뜨렸지만. 지배종인 네가 뚫고 온 걸 보면 결계의 붕괴도 시간문제일지도 모르겠어."

　물론 그렇다고 해서 그렇게 쉽게 뚫고 올 수는 없겠지만. 세계로 통하는 벌어진 곳을 찾는 것도 힘든 일이니까.

　"아무튼 좋다. 네놈에게는 묻고 싶은 것이 산더미 같다. '왕'은 지금 어디에 있지? 알고 있을 텐데?!"

　"모른다고 했잖아. 그 세계의 어딘가에 있는 것은 확실하지만. 애초에 그쪽은 너희와 만나고 싶지 않다고……."

"닥쳐라! 네놈의 꼬임에 넘어가지만 않았으면 '왕'이 미치는 일은 없었다! 모든 원흉이 뭘 잘났다고 그런 소릴!!"

꼬임이라…… 누가 들으면 오해할 소릴. 그건 본인이 결정한 일이다. 나는 그것을 지켜본 것에 지나지 않는다. 물론, 상당히 도와줬다는 자각은 있지만.

"일단 묻겠는데…… 이쪽 세계에서 물러날 생각은 없어?"

"웃기지 마라! 우리의 목적은 '왕'을 되찾는 것. 물러날 수는 없다!"

"되찾는다라……. '수중에 넣다'를 잘못 말한 거 아니야?"

내 말을 듣고 밉살스럽다는 시선을 내던지며 그녀…… 네이가 분노와 함께 입을 열었다.

"그 녀석들과 똑같이 취급하지 말아라……! 우리는 '왕'의 힘을 원하는 것이 아니다. '왕'이 필요한 것이다!"

누구나 '왕'을 찾는다. 그중에는 스스로 '왕'이 되고자 하는 야망을 품은 자도 있다. 그녀는 아니라는 듯하지만, 프레이즈의 '왕'을 되찾으려고 하는 이상, 나와는 양립할 수 없는 관계다.

"그냥 내버려 뒀으면 하는데. 나도 그쪽 세계가 꽤 마음에 들었거든. 별난 친구도 생겼고 말이야."

모치즈키 토야. 별난 녀석이다. 모든 것이 규격 외이고, 도저히 판단할 수 없는 녀석이다. 인간인 듯도 하고, 그렇지 않기도 하다. 이쪽 세계에 있으면서 다른 세계의 인간인 것 같기도 했다. 지금까지 만난 적이 없는 타입이었다. 돌연변이 종족인가?

　그러고 보니 그가 '누나'라고 부르는 그 여성도 어딘가 이상했다. 역시 희소 종족일지도 모른다.

　확실히 나쁜 녀석은 아니다. 초면인 나에게 친절하게 대해 줬고, 자신과 관계없는 싸움에 끼어들어 손해 보는 역할을 자처할 정도니까.

　가능하면 그와 '왕'을 만나게 해 주고 싶을 정도다. 틀림없이 사이가 좋아지겠지.

　"그 세계에 사는 인간들을 멸절시켜서라도 '왕'을 되찾겠다. 네놈이 뭘 하든 말이다."

　"글쎄. 나보다도 더 벅찬 녀석이 있을지도 몰라."

　다시 증오가 담긴 눈으로 나를 노려보는 그녀. 물론 그녀 일행이 '왕'을 빼앗긴 원인은 나에게 있는 것이나 마찬가지이니 어쩔 수 없는 건가.

　이렇게 될 거라고는 예상을 못 했지만. '왕'을 잃어도 프레이즈들은 새로운 '왕' 아래에서 새로운 길을 걸을 것이라고 우리는 생각했다.

　하지만 그들은 힘을 원했다. 새로운 길보다 과거의 힘에 의지했다. 그 힘을 손에 넣길 원했다. 세계를 건너 그 세계에서 살아가는 사람들을 멸망시켜서라도.

　몇 개의 세계에서 그들과 대치하였고, 그 결과 많은 사람이 휘말렸다. 하지만 그만둘 생각은 없다. 이건 나의 바람이기도 하다. 가능하면 피해를 최소화하려는 것은 나의 이기적인 위선이라는 사실도 잘 안다.

'왕'의 핵은 숙주의 생체 에너지를 조금씩, 조금씩 흡수하여 그 숙주가 생명을 다하면, 또 다른 사람의 몸으로 랜덤하게 전이한다. 숙주 대부분은 아무것도 모른 채 인생의 마지막을 맞는다.

그것을 몇 번 반복해 다음 세계로 전이할 수 있게 되면, '왕'은 그때까지 모은 힘을 사용해 그 세계를 떠난다. 더욱 위쪽의 세계로.

숙주가 죽을 때, 다음 숙주로 옮기는 짧은 시간 동안만 '왕'의 소리가 들린다.

그 소리를 들을 때마다 '그녀'가 조금씩 계단을 오르고 있다는 사실이 느껴진다. 세계의 어딘가에서 모습은 바뀌지만 살아간다는, 그런 믿음이 생긴다.

"그 세계의 인간들이 우리를 막을 힘이 있다고 생각하는 건가?"

"실제로 상급종은 쓰러졌잖아?"

"흥. 네놈이 쓸데없는 지식을 알려 줬겠지. 이 거추장스러운 결계가 없으면 단숨에 전멸시켰을 텐데!"

탁, 하고 어둠 속에서 네이가 결계를 두드렸다.

지금 현재, 같은 차원의 틈새 중에서도, 내가 있는 곳은 결계의 안쪽. 그녀는 바깥쪽. 나처럼 차원 전이를 할 수 없는 그녀 일행은 결계의 틈새에서 저쪽 세계로 빠져나갈 수가 없다. 우연히 출현하는 벌어진 곳을 발견해 뛰어들 수밖에 없다.

이걸로 당분간은 시간을 벌 수 있다. 이러고 있는 사이에도 다른 지배종이 결계를 빠져나가려고 하는 중일지도 모르지만.

"전에도 물었지만, 나에게 협력할 생각은…….."

"없다! 리세처럼 꼬드길 수 있다고 생각 마라!"

"그거 아쉽네. 그녀도 만나고 싶었을 텐데."

"……리세는 잘 있나?"

"그래."

이러고 있는 사이에도 그녀는 나의 귀환을 기다리고 있겠지. 이번에는 조금 돌아가는 것이 늦을 것 같지만. 아마 그 아이라면 괜찮다.

"……다음에 만날 때는 용서하지 않겠다. 목을 씻고 기다려라."

이제 이야기할 것은 없다는 듯이 그 말을 남긴 채, 네이가 어둠 속으로 사라져 갔다. 이것 참. 정말 성가시구나.

자, 저쪽으로 넘어가려면 또 시간이 걸리겠어. 그러니 차원 이전은 하고 싶지 않았던 건데. 그대로 뒀으면 그 근처 일대를 초토화했을지도 모르니, 어쩔 수 없긴 했지만.

아니지, 토야가 어떻게든 했을까? 그건 그거대로 보고 싶은 마음도 든다. 그렇게 별난 사람은 모처럼 보니까.

전에 봤을 때는 분명히…… 5000년 전이었던가? 그 여성도 재미있는 인간이었지.

그 레지나 바빌론이라는 여성도.

◇　◇　◇

지배종의 출현. 그것은 우리에게 크나큰 파문을 일으켰다. 상급종보다도 더욱 강한 존재. 게다가 프레임 기어로는 대처하기 어려운 인간 사이즈의 프레이즈.

당연히 중계를 봤던 각국의 국왕에게서 폭풍 같은 질문이 쏟아졌지만, 나도 모른다. 아는 것이라고는 상급종보다도 상위의 존재이며, 감정이 있다는 것 정도일까.

의미를 알 수 없는 말을 했는데, 엔데는 제대로 대화를 했으니, 커뮤니케이션이 가능한 상대 같은데…….

아무튼 전투는 끝났고, 사후 처리도 대충 끝났다. 걱정했던 로드메어의 피해도 유론과 비교하면 훨씬 적었다. 그래도 산 정상이 하나 날아갔고, 상급종의 확산입자포로 전장은 완벽하게 황폐해졌지만.

이쪽의 피해는 사망자는 없었지만, 중상자는 꽤 많았다. 상급종의 육지 쓰나미로 꽤 많은 부상자가 나오고 만 것이다. 본진으로 전송 후, 스우나 린이 회복 마법을 사용하고, 플로라가 약을 처방해 주어 금방 좋아지긴 했지만.

그만큼 준비를 했는데도 이런 꼴이라니. 하지만 이번에는 우연히 출현할 거란 사실을 알았으니, 이 정도로 끝났다고도 할 수 있다.

우리의 활약도 있어, 로드메어는 프레이즈의 피해를 크게 받지 않았지만, 그것보다도 중앙주의 수도가 무장 골렘(가제)에게 엉망진창이 된 것이 큰 타격이었던 듯했다.

그 책임을 지는 형태로 보만 박사는 광산행. 10년 이상의 강제 노동형을 받은 듯했다.

또, 연구소의 안전 대책을 게을리하고 책임자의 관리를 부실하게 했다며, 전주 총독 폴크 라질은 다른 주 총독들에게 규탄당했다.

최종적으로 다른 주 총독들의 총의로 폴크 라질은 그 지위를 잃었고, 새로운 주 총독으로 중앙주의 귀족 청년이 취임했다.

그리고 새로운 로드메어의 전주 총독으로 선출된 사람이 이번 문제의 해결을 위해 신속하게 대응한 구릉주의 총독, 오드리 레리반 씨였다.

빈틈이 없다고 해야 할지 뭐라고 해야 할지, 허술한 점을 찾을 수가 없다. 우리는 완벽하게 이용당한 것도 같지만, 나쁜 짓을 한 것은 아니니, 아무튼 좋다.

이쪽으로서도 그 히죽거리는 라질 아저씨보다 오드리 씨가 더 상대하기 편했다.

가장 먼저 오드리 전주 총독은 마학 연구소의 무장 골렘 개발을 중지했다. 당연하다면 당연한가. 또 무언가의 계기로 날뛰면 곤란하니까.

다음으로 다른 주 총독과 논의하여, 만장일치로 동서 동맹에 참가하기로 결정했다. 동맹국에는 프레임 유닛과 유사시에 프레임 기어를 빌려준다는 것이 큰 이유였던 듯했다.

프레임 기어로 잔해 철거 등을 하면 부흥이 상당히 순조로워진다. 곧바로 열 기 정도의 중기사를 빌려줬는데, 아직 로드메어의 기사 중에는 조종할 수 있는 사람이 없어 우리 쪽에서 니콜라 씨를 비롯해 몇 명 정도의 기사단을 지도 역으로 로드메어에 파견했다.

그 덕에 잔해 철거도 순조롭게 진행되어, 마을은 평온을 되찾기 시작한 듯했다.

지도자가 오드리 전주 총독이 된 뒤로, 로드메어도 레굴루스와의 갈등을 억누르고, 다양한 무역 조약을 맺었다.

지금까지 사이가 나빴던 나라니, 금방 사이가 좋아질 수는 없겠지만, 커다란 전진이라는 점만은 분명하다.

로드메어는 지위상, 레굴루스 제국, 라밋슈 교국, 펠젠 왕국, 그리고 천제국 유론과의 무역을 주로 해 왔다. 하지만 얼마 전의 유론 붕괴로, 유론과의 무역은 전혀 기대할 수 없게 되었다.

그런 상태였기에, 레굴루스와의 관계 개선은 때마침 잘된 일이라 할 수 있었다. 음, 잘된 것 아닐까?

"마스터, 잠깐 괜찮을까요?"

"응?"

'격납고'에서 엔데의 용기사를 수리하던 로제타가 나를 불렀다. 파괴된, 아니, 엔데가 파괴한 오른팔도 원래대로 수복 중이었다. 이번엔 더욱 강화하기 위해, 신형기의 프레임을 적용할 예정이니 그렇게 쉽게 부서지진 않으리라 본다. 그렇지만 용기사는 경량 타입이라 다른 프레임 기어보다 강도가 낮은 것은 어쩔 수 없는 일이다. 하지만 서로 치고받으며 싸우는 것은 아닐 테니 충분하기야 하겠지만.

로제타가 크레인에서 내려왔다.

"실은 얼마 전 싸움 때, 조금 묘한 것이."

"묘한 것?"

그날, 로제타와 모니카에게는 예비기의 정비·조정을 담당해 달라고 부탁했었다.

그리고 동시에 프레이즈들의 관측·조사·행동 기록도 담당을 부탁했었다. 정확하게 말하자면 관측 쪽은 담당 보좌였지만. 파르셰 혼자에게 맡겨두기엔 아무래도 불안해서…….
뼛속까지 덜렁이니까.

"이번 전투로 대파, 중파되어 본진으로 전송된 인원은 서른여섯 명. 그리고 전투 종료 후, 전장에서 마스터가 회수한 부서진 프레임 기어는 서른다섯 기. 한 기가 부족합니다."

"……뭐?"

그럴 수가. 전투 종료 후에 프레임 기어의 부품까지 지정해서【스토리지】로 회수했는데? 그 현장에 없었다는 거야?

"정확하게는 머리, 가슴의 메인 유닛, 왼쪽 위팔, 오른쪽 모든 다리 등, 여러 부분의 부품이 사라진 거지만요. 전부 중기사의 부품이네요."

"타고 있던 기사 중 누군가가 그 싸움 중에 슬쩍했다는 거야?"

"아니요. 그렇다기보다, 사라진 부품이 각기 다 다른 걸 보면, 망가진 프레임 기어를 그 외의 누군가가 회수한 게 아닐까 해요. 이걸 보세요."

로제타가 정비소 구석에 놓아둔 모니터에 전원을 넣었다. 그러자 전의 전투를 찍은 상공 영상이 흐르기 시작했다. 아직 상급종이 출현하기 전이다. 이게 어쨌다는 거지?

"이곳이에요."

삑. 로제타가 영상을 정지시켰다. 화면 끝에 부서진 프레임 기어의 몸체가 비쳤다.

로제타가 일시 정지를 해제하자 다시 영상이 흐르기 시작했다. 그런데 그곳에 있던 부서진 프레임 기어의 몸체가 사라지고 없었다.

"……대체 이게 어떻게 된 거지?"

"이걸 마력 감응 화상(畫像)으로 전환하면……."

"아."

몇몇 사람이 프레임 기어의 몸체를 옮기려고 하는 모습이 보였다. 어렴풋이 푸른빛으로 둘러싸여 세세한 부분까지는 모르겠지만, 확실히 사람 형태였다. 아인일지도 모르지만, 꼬리나 귀가 보이지 않는 걸 보니 수인은 아닌 듯했다.

"아무래도 모습을 감추는 마법을 사용했거나, 아티팩트를 사용한 듯해요. 마력 감지에는 확실히 감지되고 있고, 프레임 기어까지 확실히 화면에 찍혔네요."

프레임 기어의 장갑은 마력 페인트로 컬러링해 두었으니까. 그건 그렇고 누구지? 이 녀석들.

동서 동맹 사람들이라고는 생각하기 어렵다. 프레임 기어를 빌려주기도 했으니, 이렇게까지 할 필요는 없다.

그렇다면 그 이외의 나라인가? 이번 전투는 며칠 전부터 이미 알려진 사실이다. 그 틈을 노려 움직인 녀석들이 있다는 것인가?

"참나. 불난 집에서 도둑질하는 것 같은 짓을 하다니…….
검색. 프레임 기어의 부서진 부품."

〈……검색 종료. 표시합니다.〉

공중에 지도가 투영되었지만, 검색 결과는 전혀 표시되지 않았다. 바빌론은 탐색 마법을 차단하니, 이곳의 부서진 부품은 처음부터 반응하지 않는 게 당연하지만, 어떻게 된 거지? 부서진 부품이라고 지정했으니, 로드메어에 파견한 프레임 기어에도 반응을 안 하는 건 이해되지만.

"아마 방해 마법 장벽이 펼쳐져 있는 거겠죠. 바빌론과 똑같은 타입의 녀석이에요."

아아, 그렇구나. 그렇다면 추적은 불가능하다는 건가.

"도둑맞은 그 부품으로 프레임 기어를 만들 수 있을까?"

"어렵겠죠. 물론 시간을 들이면 부서진 녀석을 원래의 중기사로 조립할 수는 있을지도 모르지만, 양산은 불가능해요."

그렇겠지. 에테르리퀴드도 없을 테고, 무엇보다 그런 기술이 있다면 이쪽도 고생하지 않는다.

"단지, 프레임 기어에 사용되는 기술을 응용할 우려가 있어요. 조악한 유사품이라면 만들 가능성이 있을지도 모르겠네요."

"으~음. 성가셔졌네……."

그런 고민을 하는데, 마찬가지로 용기사의 정비를 하던 모니카가 용기사의 어깨에 걸터앉은 채, 위에서 끼어들었다.

"일단 각국에는 도둑맞았다는 사실을 알려 두는 편이 좋지 않아? 가짜 중기사가 날뛰는 일이 벌어져 괜한 오해를 사면 골치 아파지잖아."

그것도 그렇다. 에테르리퀴드도 있으니, 쉽게 움직일 수는 없으리라 생각하면 혹시나 하는 일도 있으니까.

프레임 기어의 가짜라…… 짝퉁인가. 불길~한 예감이 드네.

"하지만 아무리 노력해도 중기사보다 뛰어난 기체를 만드는 것은 불가능할 테니, 그냥 내버려 두죠."

"아니, 그냥 내버려 두는 것도 좀 어떤가 싶은데."

물론 특별한 대책이 떠오르는 것은 아니다. 자폭 장치라도 달아 둬야 했나? 그러고 보니, 로봇 애니메이션 중에서는 주인공이 장렬한 자폭을 한 작품도 있었지? 양식미인가? 기밀 유지를 위해서는 그런 일이 있을지도 모르지만, 그런 기체에 과연 누가 타 줄는지.

"그런 것보다도 야에 님과 힐다 님의 기체인데, 지금 그대로 진행해도 될까요?"

"응. 변경은 안 해도 돼. 야에는 특화형이면 될 거야. 꼼꼼한 편이 아니니까. 힐다도 그대로 해도 될 것 같아."

"그런가요? 그럼 그 뒤에는 누구의 기체를 만들까요?"

"나다!"

'격납고'의 정비소 입구에 당당하게 서 있는 스우와 그 뒤에 서 있는 셰스카의 모습이 보였다. 셰스카가 데리고 온 건가? 깜짝 놀랐어.

스우는 후다닥 달려오더니, 갑자기 나를 껴안았다.

"이제 그만 나에게도 프레임 기어를 타게 해 주는 게 어떤가?! 프레임 유닛으로 연습만 하려니 너무 질렸네!"

빙글빙글 머리를 내 배에 깊게 묻는 스우. 으음, 스우라~.

솔직히 말하면 불안한데~ 아니, 스우의 실력이 불안하다는 것이 아니다. 프레임 유닛을 사용한 대전 성적을 보면 스우는 상당한 실력이다. 이런 것은 이상한 선입관이 없는 어린아이가 훨씬 뛰어난 능력을 발휘한다고 하는데, 스우는 탑승자로서는 천재가 아닐까 할 만큼 재능이 있었다.

하지만 어딘가 게임 감각으로 즐기는 게 아닐까 하는 생각이 들었다. 한마디로 전장에서는 목숨이 걸려 있다. 그런 각오가 과연 있을까?

"스우가 꼭 위험한 일을 할 필요는 없지 않아?"

"무슨 말인가! 나도 토야의 약혼자, 싸워야 할 때는 싸울 생각이네! 안전한 곳에 숨어 장식 같은 색시가 되고 싶지 않아! 나도 모두를 지키고 싶네!"

진지한 눈으로 나를 올려다보는 스우. 이 아이는 진심이다. 왕가의 피를 잇는 자로서 자란 만큼, 그런 각오는 이미 되어 있는지도 모른다.

내가 너무 어린아이처럼 대했던 것뿐인가?

"……좋아. 그럼 스우의 전용 기체도 만들까? 어떤 게 좋아?"

"무조건 강한 게 제일이구먼!"

너무 막연하네. 어떤 타입이 좋은가 질문한 건데.

"큰 게 좋아. 에르제처럼 상대를 팍팍 무찌를 수 있는 것 말이네. 아, 토야가 보여 준 것 중에, 그 평범한 기체가 이래저래 합체해서 거대해지는 녀석이라든가 말이야!"

응? 그런 애니메이션을 보여 줬었나……?

"그리고 나도 프레이즈의 핵을 이렇게 도려내고, 회전하는 팔을 날려 상대를 파괴하고 싶으이. 아, 그리고 황금 해머도 만들어 주게!"

아아, 대충 알 것 같아. 그건가…….

음~ 그렇다면, 파워 타입인가. 방어가 단단하고, 파괴력이 있는 녀석. 기동력은 그냥 희생할까. 팔이 날아간다는 것은…… 프라가라흐의 기술을 이용하면 못 할 것도 없겠, 지?

하지만 합체는 어떻게 하지? 원격 조작…… 아니, 자율형 AI 같은 게 없으면 어려울 거야. 유인이라면 가능하겠지만, 그러면 탈 사람이 필요할 텐데.

"어떻게든 될 거예요. '창고'에 딱 알맞은 게 있었고요."

……그래? 음, 액자에 생명을 불어넣을 정도니, 그런 것도 있을지도 모르지만. 인공지능 같은 것이 있으면 스우의 서포트 메카닉으로서 이용할 수 있으려나?

"으음……. 아무튼 뭐든 시도해 보는 게 중요하니까, 해 볼까?"

"이얏호! 역시 토야는 최고의 신랑감이야!"

목에 안긴 스우를 안아 올리자, 입술에 가볍게 키스를 해서 나는 깜짝 놀랐다. 그리고 스우는 곧장 뺨에 뺨을 대고 마구 비볐다. 점점 어른스러워지네.

그런 생각을 하는데, 등 뒤에서 셰스카가 스우를 향해 척 엄지를 들어 올렸다. 네가 바람을 불어 넣었구나! 이 녀석은 진짜 교육에 나빠!

ᴧᴧ 제2장 임금님은 이래저래 바쁘다

　부서진 프레임 기어가 약 한 대 정도 도난당했다는 사실을 각국에 보고하고, 일단 의심스러운 프레임 기어가 나타났을 때는 경계하라고 전달했다. 브륀힐드의 이름을 내세운 녀석이 나타나지 않는다는 보장이 없으니까.

　"마법 장벽이 걸려 있는 곳이 수상하다는 것은 알고 있지만……."

　그런 곳이 너무 많다. 성과 요새, 마법 연구 기관 등은 정도의 차이는 있지만, 대부분 장벽이 설치되어 있고, 보물 창고나 왕의 침실 등 크고 작은 것을 모두 더하면 꽤 수가 많다.

　당연히 마법 장벽에도 강력한 것에서부터 약한 것까지 다양하지만, 마력 저해 결계라면 그렇게 강하지 않아도 충분하다. 작은 부적으로 【패럴라이즈】를 막을 수 있을 정도니.

　황야에 있는 건물도 강력한 저해 결계가 걸려 있으면 【서치】를 사용해도 찾을 수 없다. 눈으로 확인은 할 수 있으니, 현장에 가면 알 수 있지만. 아니, 시각 방해 효과가 있으면 발견 못 할 수도 있다.

아무튼, 걱정해 봐야 뭐가 해결되지는 않는다. 이쪽은 지금 할 수 있는 것을 해 나갈 뿐.

"'격납고'에 몇 가지 탈 수 있는 것들이 있었지?"

"응, 있어. 장갑 전차라든가, 고속 비행정이라든가, 지중 잠항정 같은 거. 그리고 그 외에도 이것저것. 모두 에테르리퀴드를 대량으로 소비해서 별로 추천은 할 수 없지만."

정비소에서 야에의 기체를 최종 조정하던 모니카에게 물으니, 그렇게 대답해 주었다.

"그걸 스우의 서포트 메카닉으로 사용할 수 없을까? 기본 베이스가 되는 기체와 합체할 수 있으면 좋겠는데."

"불가능한 건 아니지만……. 크게 개조하지 않으면 힘들어. 게다가 말뜻을 잘 모르겠는데? 처음부터 커다란 프레임 기어를 만들면 되는 거 아냐? 굳이 합체할 필요가 있나?"

신기하다는 듯이 고개를 갸웃하는 모니카. 무슨 말을 하려는 건지는 안다. 이것저것 이상한 이유를 들어 설명하는 것도 가능하기야 하지만…….

일단 스우에게도 보여 준 애니메이션을 로제타도 붙들어 놓고, 같이 정비소 모니터로 몇 화인가 보여 주었다.

처음에는 무슨 의미인지 몰라서 눈썹을 찌푸리고 보고만 있었지만, 점점 몸을 앞으로 기울이더니, 어느새 두 사람은 화면에 부딪힐 정도로 가까이에서 애니메이션을 바라보았다. 그 모습을 뒤에서 보면서 성공이라는 표정을 짓는 나.

Don't think, feel.
생각하지 마라, 느껴라.

애니메이션을 다 본 두 사람은 완전히 감화되어 엄청난 기세로 합체 시스템을 구축해 갔다. 그렇게 하는 데는 아무런 이유도 없다. 합리적인 것만이 모든 것은 아니다.

……그건 그렇고 일본 애니메이션은 이세계에서도 통용되는구나. 쓸 만해. 이게 승리의 열쇠다.

"그럼 다음은 스우의 프레임 기어를요?"

"응. 기본 시스템부터 만들 테니 조금 시간이 걸릴 거야. 유미나랑 다른 사람은 조금 뒤로 밀릴 텐데……."

"저는 마지막으로 밀려도 상관없어요. 그편이 더 좋은 기체를 받을 수 있을 것 같거든요."

그건 그렇다. 이것저것 시도해서 개량을 거듭하면, 마지막에 만든 것이 가장 좋은 기체로 완성될 가능성이 크다.

지금은 성의 작은 살롱에서 홍차를 마시면서 모처럼 느긋하게 쉬는 중이다. 소파 옆에는 유미나가 앉아 마찬가지로 편히 쉬는 중이다.

"오랜만이네요, 이러는 것도."

"그런가? 이 나라를 만든 뒤에는 여러모로 바빴으니까."

"그게 아니에요. 단둘이 있는 게 오랜만이라고요."

그렇게 말하며, 유미나가 투욱 하고 내 어깨에 작은 얼굴을 기댔다.

아아, 그런 말이구나. 확실히 리플렛의 '은월'이나 벨파스트의 저택에 살던 몇 개월간은 지금처럼 보낼 시간을 확보할 수 있었다.

"지금은 정말 귀중한 시간이니, 마음껏 응석을 부려도 될까요?"

"응? 응석을 부리다니……."

유미나를 바라보니, 눈꺼풀을 닫고 고개를 들었다. 나는 그런 유미나의 모습을 보고 작게 웃은 뒤, 어깨에 손을 대고 천천히 입술을 포갰다.

그리고 입술이 조용히 떨어지자, 유미나는 뺨을 붉히며 웃는 모습으로 나를 꼭 껴안았다.

"에헤헤. 토야 오빠를 독점하는 중이네요?"

설마 자신이 이런 짓을 하게 될 줄이야. 익숙함이란 정말 무섭다.

이세계에 와서 약혼자가 여덟 명이나 생길 거라고는 생각도 못했다. 그것도 모두 연하…… 앗, 린은 연상이었구나.

"요즘 이상해요."

"? 이상하다니, 뭐가?"

"제 마안은 사람의 본질, 그러니까 선악을 꿰뚫어 보는데요. 요즘엔 다른 능력이 가끔 발휘될 때가 있어요."

"다른 능력……이라면 마안의?"

"네."

유미나는 나에게서 떨어져 으~음 하고 고개를 갸웃했다.

"토야 오빠, '가위바위보'를 하죠."

"뜬금없네. 그 능력하고 관계있어?"

"네. 아, 조금만 천천히 내주세요."

'가위바위보'는 내가 모두에게 가르쳐 준 놀이인데, 그걸 해서 뭘 어쩌겠다는 걸까.

"가위, 바위, 보."

졌다. 이어서 유미나가 손을 흔들었다. 계속하자는 모양이다.

"가위, 바위, 보."

또 졌다. 그다음도, 그다음도, 몇십 번을 했는지 모르겠지만, 전부 다 졌다. 유미나, 이렇게 가위바위보에 강했던가? 아니, 이건 강한 수준이 아니야. 혹시 이게 유미나의 능력?

"가위바위보에서 이길 수 있는 능력…… 같은 건 아니지?"

"아니에요. 뭐라고 하면 좋을까요……. 알아요. 토야 오빠가 뭘 낼지."

"……내 생각을 읽을 수 있다는 거야?"

독심술인가? 그거, 조금 무서운데. 아무것도 숨길 수가 없잖아. 바람을 피우면 한 방에 들킨다. 아니, 바람은 안 피울 거지만!! 아, 이 생각도 읽히고 있는 거 아냐?!

"생각은 못 읽어요. 하지만 보여요. 몇 초 후에 토야 오빠가 무엇을 낼지. 아주 잠시 후의 일이 흐릿하게 시각으로."

……미래 예지라. 굉장하다. 아무래도 몇 초 후의 일밖에 모르는 듯하지만.

그런데 왜 갑자기 그런 능력이…… 아. 설마 카렌 누나가 말한 '권속화' 인가?!

반신(半神)화된 나에, 카렌 누나, 모로하 누나까지 '신의 사랑' 을 받아 그런 능력이 각성한 것인지도 모른다.

그러고 보니, 요즘에는 다들 이런저런 변화가 많았다. 스우의 프레임 기어 조종 능력이 개화한 것도 그렇고, 루의 전투 능력 상승도 그렇고…… 나쁜 것은 아니지만.

"조금 실험을 해 볼까?"

동전을 몇 개인가 준비해 나는 오른손에 쥐었다. 유미나는 내가 몇 개를 쥐고 있는지 맞히면 된다.

백발백중. 모두 정답이었다. 다음으로 유미나가 몇 개인지 말을 한 뒤, 몰래 【어포트】로 오른손에서 왼손으로 동전을 옮겼다. 역시 이건 틀렸다. 흐음, 내가 【어포트】를 사용한 시점에 미래가 변했다는 건가?

하지만 이건 내가 유미나의 능력을 알고 있기에 한 행동으로, 만약 그것마저 예지할 수 있었다면 유미나는 '0개' 라고 선언했을 게 분명하다. 하지만 유미나가 '0개' 라고 말하면 나는 【어포트】를 사용하지 않는다. 즉, 어떻게 해도 틀린다.

불확정적인 예지 능력이네. 물론 뭘 해도 변하지 않는 미래라면 보이지 않는 편이 낫다. 몇 초 후에 골절되는 미래를 보았다고 하더라도 회피할 수 없다면 오히려 아는 만큼 손해다.

유미나가 먼저 행동하지 않으면 미래가 변하는 일은 별로 없는 듯하니, 상대가 어디를 공격할지 먼저 읽을 수 있는 것은 고마운 능력이라 할 수 있으려나? 물론 미래를 읽어도 피할 수 없는 공격도 얼마든지 있을 수 있다.

잘 맞는 감 정도라고 생각하는 편이 좋을지도 모른다. 과신하면 그건 그거대로 위험할 것 같다.

"그리고 하나 더 보이는 게 있어요."

"또 있어?!"

마안 능력은 항상 발동되고 있는 것은 아니라, 여러 능력이 있어도 말도 안 되는 건 아니지만.

"토야 오빠한테서 흐릿하게 금색 빛이 보일 때가 있더라고요. 카렌 형님이 여성 기사의 연애 상담을 해 줄 때도 살짝 보였는데, 그건 뭘까요?"

음? 그건…… '신력' 이 보이는 건가? 나도 보이지 않는데. 카렌 누나가 말하길 나의 경우엔 마구 흘러넘친다고 하니, 아무래도 유미나에게는 그것이 보이는 듯하다.

"아…… 그건 신경 안 써도 돼. 아, 그런데 나나 누나들 이외의 녀석에게서 그런 게 보이면 가르쳐 줘."

누나들이 쫓고 있는 종속신일지도 모르니까. 물론 신력을 사용하면 어디에 있든 누나들이 다 알 테니, 그렇게 쉽사리 발견되지는 않겠지만 말이지.

내 대답을 듣고 유미나는 수상하다는 듯이 시선을 내던졌다가, 이윽고 작게 한숨을 내쉬었다.

"······그런가요? 잘 모르겠지만 하라는 대로 할게요."

"미안. 나중에 다 확실히 말해 줄게."

"네, 약속이에요?"

그렇게 말하고 유미나는 또 투욱 하고 머리를 기댔다.

말은 그렇게 했지만, 어떻게 설명하면 좋을지. '실은 나, 하느님에게 살해당했는데, 하느님이 사과의 의미로 나를 이쪽 세계에 부활시켜 줬어~.' ······ 안 되겠다. 수상하다는 듯 째려볼 것 같아.

이쪽에도 일단 '소생' 마법은 있는 듯하니, 그런 점을 크게 추궁하지 않을지도 모르지만, 이세계에서 왔다는 것이 역시 좀. 프레이즈와 같은 종류라고 생각하면 정말 큰일이다.

하느님의 강림을 바랄 수밖에 없는 건가? ······이런저런 핑계를 대지만, 결국 진실을 밝혔을 때 모두가 어떻게 반응할까 무서운 것뿐일지도 모른다, 나는.

"아아~! 치사해요, 유미나 씨! 토야 님을 독점하다니! 저도 끼워 주세요!"

살롱에 들어온 루가 나를 보자마자 이쪽으로 빠르게 달려와 유미나의 반대편 자리에 털썩 앉았다. 그리고 그대로 유미나와 마찬가지로 꼬옥 나에게 안겨들었다.

"어머나. 짧은 독점 시간이었네요."

유미나가 작게 혀를 내밀며 장난스럽게 말했다.

양손에 꽃을 들고 있는 상태나 마찬가지지만, 영 쑥스럽다. 일대일이면 별로 그런 느낌이 안 드는데 말이지.

"이거 참. 하렘을 만끽하고 계시는군요, 마스터. 저희도 가끔은 좀 돌아봐 주고 그러세요."

루와 함께 추가로 차를 가지고 온 메이드복 차림의 세스카가 나를 보고 놀리듯이 말했다.

"돌아봐 달라니 뭘……."

"머리를 쓰담쓰담해 주시든가, 꼬옥 안아 주시든가, 꼬옥 밧줄로 묶어 주시든가, 엉덩이를 때려 주시든가, 알몸에 뜨거운 촛농을 떨어뜨려 주시든가…… 하아하아."

세스카가 거칠게 숨을 쉬더니, 몸을 구불구불 꼬기 시작했다. 아, 싫다, 싫어, 이 녀석은.

"그, 그런 게 토야 오빠의 취향인가요? 부, 부끄럽지만, 토야 오빠가 바란다면……."

"그건…… 처, 처음이니, 부드럽게 해 주세요……."

양쪽에서 두 사람이 뺨을 붉히더니, 시선을 피하며 몸을 꼼지락거리며 중얼거렸다.

"으아————! 아냐————! 그런 취향은 없어!"

멋대로 이상한 취향을 만들지 마! 완벽하게 엉망진창이니까!

나는 아직 상상하며 흥분해 있는 에로 로봇을 쭉쭉 문으로 밀어낸 뒤 복도 밖으로 발로 차 쫓아냈다.

"아앙, 더 과격하게……."

이상한 소리 내지 마! 진짜 이 녀석은 교육상 너무 나쁘다!

"이게 프레이즈 소리의 파장이에요. 이쪽이 중급종이고, 이쪽이 상급종이네요. 아무래도 출현 전이 되면 공간 너머에서도 들리는 듯하니, 그것을 이용하면 대략적인 수나 어떤 수준의 종인지 알 수 있을 거예요."

'창고'의 모노리스에 떠 있는 영상을 조작하면서, 무녀 차림의 파르셰가 설명했다. 파르셰는 이번 전투 때에 외부에서 이것저것 여러 가지를 관찰했다.

"출현 장소나 시간을 확실히 알 수는 없어?"

"공간의 뒤틀림을 관측해, 그 크기나 왜곡률을 토대로 언제 공간이 찢어질지 예측할 수 있어요. 이삼일 정도 틀릴 수는 있지만, 그렇게 크게 차이는 나지 않을 거예요."

이삼일은 꽤 큰 차이인데, 그래도 나름대로 허용 범위인가.

이번에도 3일 정도 차이가 났고 말이야.

"이 데이터를 사용해 프레이즈의 출현을 예측하는 레이더 같은 것을 만들 수 있을까?"

"가능할 거예요. 단지, 아주 넓은 범위를 커버하긴 힘들 거예요."

그래도 출현을 예측할 수 있다면 큰 도움이 된다. 여러 개 만들면 넓은 범위도 커버할 수 있겠지. 바로 로제타한테 만들어 달라고 하자.

로제타는 지금 스우의 프레임 기어를 조립하는 중이지만, 이쪽을 먼저 해 달라고 할까? 프레이즈의 출현을 예측할 수 있으면 대책을 세울 시간도 생기니까.

'공방'에 가서 프레이즈 레이더 제작을 로제타에게 부탁하자, 가볍게 화를 냈다.

"우가~! 이것저것 그렇게 한꺼번에는 못 해요! 소생은 혼자라고요!"

정정. 마구 화를 냈다. 당연하다면 당연하다. 일손 부족이 심각하니까. 미니 로봇들도 증원했지만, 조금 더 도와줄 사람이 필요할 듯하다.

"그래서 저에게요?"

"응."

결국 바빌론의 '성벽'에 있던 리오라에게 부탁하기로 했다. 아니, 선택지가 없었다고 해야 할까……? 덜렁이나 활자 중독자, 잠꾸러기에게 맡길 수는 없으니.

"알겠습니다. 이래 봬도 박사님의 서포트를 맡았으니, 어느 정도는 도울 수 있을 거예요."

역시 바빌론 시스터즈의 장녀. 말이 통한다. 이걸로 로제타의 부담도 어느 정도는 줄었으면 좋겠는데…….

"노엘은?"

"자요."

"여전하구나……. 아, 이거. 클레아 씨가 만든 도시락. 노엘에게 줘. 리오라 몫도 있고."

가져온 두 보자기를 리오라에게 건네주었다. 리오라는 보통 사이즈지만, 노엘의 보자기는 크기가 다섯 배였다. 야에 수준으로 먹으니까, 그 녀석은.

그렇게 먹고 자고 먹고 자고 하는데도 용케 살이 안 쪄서 감탄스럽다. 아, 인조인간이라 살이 안 찌는 건가?

"감사합니다. 저희는 먹지 않아도 괜찮지만, 맛있는 식사는 역시 기쁘네요."

보자기를 건네받은 리오라가 미소 지었다. 리오라와 노엘. 그리고 '도서관'의 팜므는 거의 지상으로 내려오지 않으니까. 파르셰는 자주 내려오면 곤란하지만……. 얼마 전엔 성의 커튼을 태워 버렸다. 그 덜렁이 속성은 어떻게 안 되나?

지상의 성으로 돌아가 보니 마침 코교쿠를 데리고 다니는 사쿠라와 딱 마주쳤다.

그 뒤로 사쿠라의 기억이 돌아올 기미는 전혀 없었다. 본인도 기억이 돌아오지 않아도 상관없는 듯했다.

나는 기억상실증에 걸려 본 적이 없어서 뭐라고 하기 힘들지만, 자신의 과거가 신경 쓰이지 않는 걸까?

일단 신분이 불명확한 만큼, 움직일 때는 코하쿠 일행 중 누군가를 데리고 다니라고 해 두었지만, 이제 감시는 필요 없을 것도 같다.

"임금님. 다행이야, 찾았어."

"응? 무슨 일인데?"

조금 당황한 모습으로 사쿠라가 달려왔다. 이 아이가 이런 표정을 짓다니 웬일이지? 조금 놀라고 있는데, 사쿠라가 곧장 내 손을 잡고 어딘가로 달리기 시작했다.

"앗, 왜 그러는데?"

〈환자입니다.〉

"환자?"

달리는 내 옆에서 날고 있던 코교쿠가 사쿠라 대신에 대답해 주었다. 환자라니, 심상치 않은 얘기네.

〈성 아래를 산책하고 있는데, 쓰러진 사람이 있었습니다. '은월'로 옮겼지만 아무래도 괴이한 병에 걸린 듯, 위험한 상

태입니다.〉

"괴이한 병?"

"마경병(魔硬病). 마족만이 걸리는 병. 감염률은 높지 않지만, 접촉으로 감염되니까 마족은 가까이 다가가지 말라고 말해 뒀어. 발병하면 한 달 내로 죽어."

손을 끌고 달리면서 사쿠라가 해설해 주었다. 유난히 자세히 아네……. 성의 서고에 있는 의학서라도 읽은 건가? 이 아이도 팜프 정도는 아니지만 꽤 활자 중독자이니까…….

하지만 마족만이 걸리는 병이라. 그렇다면 당연히 환자는 마족이라는 거지?

"그런데 왜 나를 찾아? 병이라면 플로라한테 데리고 가면……."

"마경병은 상태 변화 병. 고치기는 거의 불가능. 하지만 무속성 마법 【리커버리】라면……."

아하. 상태 회복 마법인 【리커버리】는 마비나 독, 실명이나 난청, 신체의 컨디션과 상태의 이상을 회복시킨다. 아마 담석이나 신장결석 같은 이물질도 제거할 수 있지 않을까? 어쩌면 암을 고칠 수 있을지도 모른다.

하지만 감기는 낫지 않던데. 왜지? 그래서 평소에는 병을 고치기는 힘들 거라 생각했는데, 그 마경병인가 하는 것에는 효과가 있는 모양이었다.

그럼 서두르는 편이 좋겠다.

하지만 굳이 나를 찾지 않더라도 코교쿠에게 말하면 텔레파시로 부를 수 있었을 텐데. 코교쿠에게 물어보니 갑자기 성을 향해 달렸다고 한다. 사쿠라도 당황해서 그런 것까지는 생각이 미치지 못했던 걸까?

달리는 사쿠라 앞에 【게이트】를 열어, 단숨에 '은월' 앞으로 전이했다.

종업원인 플레르 씨의 안내를 받아 3층의 가장 안쪽 방으로 들어가 보니, 침대 위에 그 사람이 누워 있었다.

너덜너덜한 망토로 몸을 두르고, 몸의 이곳저곳을 붕대로 칭칭 감고 있는 모습이었다. 붕대가 감기지 않은 피부에는 검붉은 딱지 같은 것이 앉아 있었고, 떨어진 피부의 파편 같은 것이 침대의 이불에 무수히 떨어져 있었다. 묘한 광택이 나서 마치 금속 같다.

긴 은발은 풀어 헤쳐져 매우 거칠었고, 얼굴까지 붕대에 감겨 있어 알기 힘들었지만, 아마도 여성인 듯했다. 얕은 호흡과 함께 작게 위아래로 움직이는 커다란 가슴이 그런 생각을 뒷받침했다.

그런데 심하네, 이건 정말……. 벗겨진 피부가 붉게 짓물러 있어.

"살아 있는, 거지……?"

"마경병은 몸의 피부가 금속처럼 딱딱해지고 점점 벗겨져 떨어지는 병. 피부가 떨어져 나간 피부는 또 딱딱해지고 시간이 흘러도 낫지 않아. 그건 환자의 체력과 정신을 좀먹고, 이윽고 목숨까지 빼앗지. 하지만 아직 이 사람은 늦지 않았어. 어서 【리커버리】를……."

사쿠라의 재촉을 받고 나는 서둘러 【리커버리】를 사용했다.

부드러운 빛에 휩싸인 채, 여성의 피부가 잇달아 벗겨져 떨어졌다.

순간적으로 무언가 실패한 것이 아닌가 하여 깜짝 놀랐지만, 피부가 떨어져 나간 뒤의 피부는 반들거리는 땀에 젖어 광택이 났다. 건강한 갈색 피부가 붕대 사이로 엿보였다. 아무래도 성공인 듯했다.

겸사겸사 회복 마법과 【리프레시】도 걸어 주었다. 상처나 체력도 이제 회복되겠지.

플레르 씨가 얼굴의 붕대를 풀고 가지고 온 타월로 닦아 주자, 후득후득 떨어진 피부 아래에서 갈색 살결과 긴 귀가 나타났다.

"다크 엘프……."

"응."

사쿠라가 고개를 끄덕였다. 길드 마스터인 레리샤 씨와 똑같은 긴 귀. 그리고 레리샤 씨와 다른 갈색 피부와 은발.

"다크 엘프는 마족이야? 그럼 엘프도 마족인가?"

"? 엘프와 다크 엘프는 완전히 다른 종족. 닮았지만 달라. 엘프는 마법이 뛰어나지만, 다크 엘프는 신체 능력이 뛰어나."

"서로 증오하고 있다거나……."

"그런 이야기는 들어 본 적 없어."

그런가요? 아무래도 나의 얄팍한 판타지 지식과는 전혀 다른 존재인 모양이었다.

이렇게 보니 꽤 미인이네. 이건 엘프처럼 종족의 특성인가? 흐음, 흥미롭군.

"저어…… 이제 이 여자분의 몸을 닦을 테니……."

"아, 그러는 게 좋겠어요. 빨리 딱딱해진 피부를 떨어뜨리는 게 좋아요."

플레르 씨의 제안에 나도 고개를 끄덕였다. 당연히 빨리 몸을 깨끗하게 해 주는 편이 좋다. 그런데 플레르 씨는 전혀 몸을 닦아 줄 생각을 하지 않고, 나를 힐끔거리며 쳐다보기만 했다.

응? 왜 그러지?

"저어…… 옷을 벗겨야 하는데, 폐하가 이곳에 계시면…… 저어……."

머뭇거리며 플레르 씨가 꺼낸 말을 듣고 나는 겨우 무슨 사태인지 이해했다.

앗, 아! 아니에요?! 이 여자분의 몸을 보고 싶어서 안 움직인 게 아니에요!

나는 곧장 몸을 돌려 문밖의 복도로 나갔다. 안 그래도 여덟 명이나 약혼자가 있는 호색한 국왕이라는 소문이 떠돌고 있다. 더욱 그 신뢰성을 높여서 어쩌겠다는 거야?!

플레르 씨와 사쿠라에게 다크 엘프를 맡기고 나는 '은월'을 떠났다.

"실수했어……."

"폐하!"

식은땀을 닦고 있는데, 눈앞에 우리 기사단의 마족들이 모여들었다. 뱀파이어족의 청년 루셰드, 오거족의 자무자, 알라우네인 라크셰, 라미아족의 쌍둥이 뮤렛과 샤렛.

"실려 온 사람은 어떻게 됐나요?"

"아, 괜찮아요. 병은 나았으니, 얼마 안 있으면 움직일 수 있을 거예요."

내 말을 듣고 모두 안심이 됐는지, 숨을 내쉬며 가슴을 쓸어내렸다. 뭐야, 다들 너무 호들갑스럽네. 같은 마족이라지만 그렇게까지 걱정할 일인가?

"혹시 모두 다 아는 사이예요?"

"아니요. 하지만 같은 마족이니까요. 마족이 마왕국을 나오면 인종차별이나 박해를 받는 일도 가끔 있으니……. 게다가 그 사람은 마경병이라고 하니 상당히 고생하지 않았을까 싶어서요."

걱정스럽다는 듯이 루셰드가 중얼거렸다.

마족만이 걸리는 병. 그 붕대는 마족이라는 것이나, 그 흉한 피부를 가리기 위한 것이 아니라, 다른 마족에게 감염되는 것을 피하려고 감은 것일지도 모른다.

"다크 엘프가 마왕국을 나오다니, 정말 큰일이 있었나 봐요."

"무슨 말이죠?"

"다크 엘프는 뱀파이어족처럼 장수하는 종이니, 명가의 귀족이 많아요. 대부분이 나라의 중요한 관직에 올라 있으니까요."

그렇다면 그 누나, 몇십 살일 가능성도 있다는 건가. 겨우 스무 살을 조금 넘은 것처럼만 보였는데.

그런 말을 가만히 중얼거리자, 눈앞의 루셰드가 '저도 60세를 넘었는데요' 하고 말했다. 으악! 루셰드 씨도 스무 살을 겨우 넘은 것처럼 보이는데?! 아니, 루셰드 씨는 입단 이유로 '독립하고 싶으니까' 라고 하지 않았었나?!

예순을 넘어서 겨우 부모님에게서 독립한다니 그건 좀 그렇지 않나? 마족의 풍습은 잘 이해가 안 돼…….

보통 마왕국의 귀족 수준이라면 마경병에 걸려도, 인간이나 아인을 간병인으로 붙여 죽을 때까지 한 달간, 연금 상태로 지낸다고 한다.

아마 저 다크 엘프는 여행하다가 병에 걸린 거겠지. 우연히 도착한 나라에 내가 있었으니 살았지만, 그렇지 않으면 확실히 죽었다.

……우연이겠지?

◇ ◇ ◇

"오오……."

"이게 우리의……."

눈앞에 서 있는 프레임 기어 두 대를 올려다보면서 야에와 힐다가 그렇게 중얼거렸다.

하나는 연보라색 갑옷의 무사. 일본 갑옷 같은 디자인의 기체로 투구에는 가늘고 긴 초승달 모양 장식이 달려 있었다. 저건 전국 시대의 무장, 다테 마사무네의 투구를 참고했다. 허리에는 긴 칼과 소도를 장비했고, 등과 다리에는 기동성을 높이기 위한 소형 버니어를 장착했다.

마력 슬롯에 담긴 【액셀】의 효과 덕에, 순간적인 초가속을 할 수 있다. 그리고 칼을 빼내자마자 적을 제압하거나, 연속 공격을 하는 것도 가능하다.

방어력은 그렇게 높지 않지만, 빠른 움직임과 날카로운 정재 검 덕에 순식간에 적을 쓰러뜨릴 수 있는 매우 빠른 기체다.

이게 야에의 전용 프레임 기어, '슈베르트라이테' 다.

그리고 그 옆에 서 있는 오렌지색 기체. 중후한 갑옷을 몸에 걸치고, 메인 컬러인 오렌지에 검은 장식으로 단장한 기사. 이 기체는 폭이 넓은 장검과 커다란 방패를 장비해, 야에의 기

체보다 방어력이 높았다.

등에서 크게 뻗은 상어의 등지느러미 같은 부분은 변형하여 상급종용의 거대한 대검이 된다. 【모델링】을 부여하였기 때문에, 두 배나 되는 긴 장검으로도 변화할 수 있다.

이게 힐다의 전용 프레임 기어 '지그루네'다.

두 사람은 각각 자신의 프레임 기어에 올라타 검을 휘둘러 보거나, 달리는 등, 움직임을 확인하면서 연습 운전을 계속했다.

〈반응 속도가 흑기사와는 차원이 다릅니다……. 마치 자신의 몸처럼 움직일 수 있습니다.〉

〈힘도 비교할 수 없을 만큼 뛰어나요. 이거라면 상급종 상대로도 어떻게든…….〉

〈너무 우쭐하면 안 돼. 상대도 더 강한 상급종이 있을지도 모르니까. 방심은 금물이야.〉

실제로 신형이라고 해서 무적은 아니다. 하다못해 그 하전입자포에 견딜 수 있게 하고 싶었지만, 야에와 힐다의 기체로도 그것은 역시 힘들었다.

측정한 데이터를 근거로 그것을 버틸 수 있는 장갑을 현재 제작 중인 스우의 기체에는 장착할 생각이다.

슈베르트라이테와 지그루네의 가동 테스트가 끝나 성으로 돌아간 뒤, 나는 바로 사쿠라와 코교쿠를 데리고 성 아래의 '은월'에 가 보았다. 마경병이 나은 다크 엘프 누나가 의식을 되찾았다는 이야기를 들었기 때문이다. 오늘 아침에 성으로

'은월'의 종업원이 알려 주러 왔다.

컨디션도 문제없고, 식욕도 있다고 하니 완전히 나은 듯하지만, 그래도 혹시 모르니까 상황을 보러 간 것이다.

문을 노크하고 방 안으로 들어가 보니, 의자에 앉아 있던 플레르 씨와 침대에서 상반신만 일으킨 다크 엘프 누나가 있었다.

플레르 씨가 우리를 소개하자, 엘프 누나가 바로 침대에서 내려와 양쪽 무릎을 꿇고 깊이 고개를 숙였다. 앗! 넙죽 엎드리는 것만큼은 제발 참아 줘요!

"목숨을 살려 주셔서 뭐라 감사의 말씀을 드려야 할지. 설마 브륀힐드 공왕 폐하께서 고쳐 주실 줄이야……. 이 스피카 프렌넬, 폐하를 위해 목숨을 바치겠습니다."

너무 호들갑스러워! 아니, 목숨을 구해 준 거니 그렇게도 되는 건가?

"음~ 너무 깊이 생각 마세요. 아무튼 병이 나아 다행이네요. 뭐하면 마왕국 제노아스까지 전이 마법으로 보내 줄 수도 있는데요?"

상공에서 본 것뿐이지만, 제노아스의 가도에는 가 본 적이 있다. 그곳이라면 【게이트】를 연결할 수 있다.

"아니요……. 나라에는 돌아갈 장소가 없습니다……. 이 나라에서 무언가 일을 찾고 싶습니다. 다른 나라에서는 마족을 좀처럼 고용해 주지 않아서요."

괴로운 듯 스피카 씨가 작게 웃었다. 돌아갈 수 없는 이유라도 있는 걸까? 다들 다크 엘프는 마왕국의 명가 출신이 많다고 했는데.

"일이라……. 무슨 특기라도 있나요?"

"제노아스에서는 군적에 몸을 담으며 호위병으로 일했습니다. 가능하다면 이쪽에서도 같은 일을 했으면 합니다만……."

호위병이라. 그럼 상당한 엘리트 아닌가? 확실히 이 사람은 어딘가 말투도 군인 같다. 그런 사람이 자기 나라로 돌아가지 못한다니, 대체 어떻게 된 일일까? 범죄자……는 아닌 것 같은데.

"임금님……. 이 사람, 어떻게 안 될까?"

"응? 음~……. 기사단으로 고용하지 못할 건 없지만……."

사쿠라가 다른 사람을 신경 쓰다니 별일이네. 이 아이, 좋은 의미에서든 나쁜 의미에서든 굉장히 느긋하니까. 스피카 씨도 내 얼굴을 은근히 살폈다.

"부디 부탁드릴 수 없을까요……?"

"이렇게 말하긴 뭐하지만, 평기사예요. 월급도 짜고…… 괜찮나요?"

"상관없습니다. 반드시 폐하의 힘이 되어 보이겠습니다."

스피카 씨가 똑바로 내 눈을 바라보았다. 거기에는 결의라고 해야 할 무언가 빛이 느껴졌다.

"그럼 일단 입단 테스트를 볼까요? 저 혼자서는 결정할 수 있는 일이 아니라서요."

"잘 부탁드립니다!"

다시 고개를 숙인 스피카 씨. 그러니까 제발 그렇게 넙죽 엎드리지는 말라니까요…….

"……다행이야."

"네! 감사합니다, 사쿠라 님."

"님은 필요 없어."

"네? 하지만 폐하의 약혼자시라면, 그 나름대로 경의를 표하는 것이…….."

아니아니아니. 아니에요. 엄청 많지만 이 아이는 아니에요.

내가 사쿠라의 사정을 이야기하자, 스피카 씨는 이해가 됐다는 듯 고개를 끄덕였다.

"그런 것이었군요. 기억을……. 아주 괴로우시리라…….."

"전혀. 이 나라에는 참 많은 것들이 있어서 아주 즐거워. 분명히 스피카도 좋아하게 될 거야. 단언할게."

아무렇지도 않다는 듯 가볍게 대답하는 사쿠라. 그 말을 듣고 순간, 스피카 씨는 어안이 벙벙한 표정을 지었지만, 이윽고 그리운 것을 봤다는 듯한 미소를 지었다.

"이전에 비슷한 말을 들은 적이 있습니다. ……사쿠라 님은 신비한 분이시군요. 저의 지인과 비슷합니다."

"님은 필요 없어."

"아니요. 사쿠라 님도 제 생명의 은인. 은혜도 몰라서는 명가의 이름에 흠이 갑니다. 땅에 떨어진 가문의 이름이지만,

그 정도는…….”

스피카 씨가 문득 입을 닫았다. 깜빡 말실수했다는 듯이 입을 막았다.

아무래도 무언가 마왕국에서 가문의 명예에 흠이 가는 일이 있었던 모양이다. 깊이 추궁은 하지 않겠지만.

아무튼 몸 상태가 괜찮다면, 일단은 유미나에게 데리고 가자. 괜찮을 거라고는 생각하지만, 마안으로 한번 확인할 필요가 있다.

【게이트】를 열어 성의 안뜰로 들어갔다. 처음으로 보는 전이 마법에 놀라면서도 주변을 두리번거리는 스피카 씨를 두고, 나는 코쿄쿠에게 유미나를 불러오라고 부탁했다.

잠시 뒤, 유미나가 나타나자 진짜 약혼자의 등장에 스피카 씨는 황공하다는 듯이 무릎을 꿇고 고개를 숙였다. 유미나는 내 약혼자인 동시에 벨파스트의 공주님이기도 하니, 당연한가?

“일어서 주세요. 스피카 씨, 라고 하셨죠?”

“네.”

일어선 스피카 씨를 유미나의 시선이 똑바로 꿰뚫었다. 잠시의 침묵이 있고 나서, 유미나가 생긋 미소 지었다.

“문제없어요. 브륀힐드의 기사에 걸맞은 마음을 지닌 분이라고 생각해요.”

“감사합니다……?”

무엇이 ‘문제없는’지 신기한 표정을 지으며, 스피카 씨가 어리둥절하게 가만히 서 있었다. 아무래도 유미나의 눈을 통과한 모양이었다.

"그럼 다음은 실력을 한번 볼까요? 따라와 주세요."

안뜰을 빠져나가 뒤쪽의 훈련장으로 향했다.

오늘도 여전히 다들 열심히 훈련하는 듯했다. 훈련장 가장자리에는 지친 기사들이 힘이 다했다는 듯 뻗어 있었다. 하나, 둘, 셋…… 앗, 대체 몇 명이나 있는 거야? 너무 많잖아! 모로하 누나의 짓이구나…….

훈련장을 찾은 나를 보고 다들 손을 잠시 멈추었지만, 내가 상관 말고 계속하라고 신호를 보내자 다시 훈련이 시작되었다.

그래도 스피카 씨가 신경 쓰이는지, 힐끔힐끔 이쪽을 바라보았다. 다크 엘프는 보기 힘들고, 미인이니까. 어쩔 수 없나?

"자, 그럼. 여기요~. 니콜라 씨."

"네. 무슨 일이신가요, 폐하."

나는 마침 구석 벤치에서 훈련용 핼버드를 닦고 있던 부단장 니콜라 씨를 불렀다.

그리고 스피카 씨의 입단 테스트를 할 테니, 상대를 몇 명 정도 추려 달라고 부탁했다.

무기를 선택하기 위해 훈련장 무기 창고에 데려가자, 스피카 씨는 검과 방패를 집어 들었다. 스피카 씨는 무게를 확인하듯 휘둘러 보기도 하면서 훈련장으로 돌아갔다.

니콜라 씨가 고른 대전 상대와 대치하며, 서로 예를 표한 뒤

무기를 겨눴다. 상대는 창을 쓰는 사람이었다.

시합이 시작되자마자, 스피카 씨를 향해 몇 차례의 찌르기 공격이 날아왔다. 스피카 씨는 그것을 모두 방패로 막고, 품으로 파고들더니, 날카로운 검 공격을 날렸다.

창 공격은 모두 방패에 막혀 전혀 상대에게 닿지 않았다. 그 틈을 노린 스피카 씨는 방패와 함께 밀고 들어가며 상대의 균형을 무너뜨린 뒤 다리를 걸었다.

그리고 쓰러진 상대에게 검을 겨눠, 승부가 결정되었다.

"'방패' 입니다."

"'방패' 군요."

어느새인가 옆으로 다가온 야에와 힐다가 그렇게 중얼거렸다. 깜짝이야. 있었어?

방패가 왜? 그냥 평범한 방패처럼 보이는데…….

"저건 적을 쓰러뜨리는 검술이라기보다, 누군가를 지키는 호위술입니다. 적의 공격을 막아 내며, 더 이상 앞으로 나아가지 못하게 하는 것이지요. 상대의 기술에 맞추는 검술입니다."

"굉장한 점은 방패로 막는 위치를 살짝 바꿔 흘려보내 힘을 분산시킨다는 점이에요. 저래선 손에 느낌이 전해지지 않는 것은 물론, 자세까지 흐트러져요. 상대하기가 힘들 것 같아요."

겨에 못 박기, 호박에 침 주기. 그런 것인가? 공격을 막으며, 상대가 다음 공격과 방어로 이동하지 못하는 상태로 내몰아,

그 틈을 이용해 상대를 물리친다. 확실히 그렇게 하면 상대를 죽이지 않고도 전투 불능으로 만들 수 있을 듯했다. 물론 틈을 노려 상대를 죽이는 것도 가능하겠지.

"그럼 방패가 없으면……."

"효과는 반감…… 아니, 그 이하이겠지요."

검으로도 받아넘기는 것이야 할 수 있겠지만, 확실히 방패처럼 버티기는 힘들 것 같다. 방패가 있어야 가능한 검술인 건가. 확실히 보기 드문 검술이다.

"원래는 저 검술 전용인 방패가 있어. 마족 중에서 철벽의 방어술을 자랑하는 것이 저 사람의 프렌넬 가문. 마왕을 보좌하는 다섯 귀족 중 하나."

사쿠라가 두 번째 상대를 같은 방법으로 쓰러뜨린 스피카 씨를 바라보며 말했다. 그런 걸 용케도 아네.

"……라고 책에 적혀 있었어. 프렌넬 가문은 유명해. 아마저 사람도 그쪽 출신이야."

"그렇구나. 그런 명가 출신이 왜 이런 곳으로 흘러들어 온 건지……."

다른 사람에게는 말할 수 없는 이유가 있는 듯하지만, 굳이 깊이 알아보려고는 하지 말자. 유미나가 괜찮다고 보증한 이상, 나쁜 사람이 아닌 것만큼은 확실하니까. 그쪽에서 무언가 되돌릴 수 없는 실수를 한 탓에, 이쪽에서 인생을 다시 시작하려고 하는 것이라면, 그것도 괜찮지 않을까?

니콜라 씨가 시합을 보고 실력은 충분하다고 판정을 내렸기 때문에, 나는 스피카 씨의 브륀힐드 기사단 입단을 인정했다.

"흐~응. 저 사람, 프렌넬 가문 사람이었군요~."

"알아요?"

"물론이죠. 제노아스 다섯 무가 중 하나, '방패'의 프렌넬 가문이라면 유명하니까요."

성의 한 방에서 도면을 정리하면서 라미아의 자매, 뮤렛과 샤렛이 그렇게 말했다. 두 사람은 농림·건설 기관의 수장인 나이토 아저씨의 부하로 일하는 중이다. 마을 구획 정리나, 건축물의 신청, 수속 서류 등의 정리가 주된 임무다.

나이토 아저씨를 만나러 온 뒤 돌아가는 길에 우연히 두 사람을 발견해서, 조금 궁금했던 스피카 씨에 관해 물어봤다. 같은 마족이니까.

가능하면 깊게 파고들지 않으려고 했지만, 그런 실력을 지니고 있고, 명문가 출신이면서 왜 나라 밖으로 나왔는지 아무래도 신경이 쓰일 수밖에 없었다.

"프렌넬 가문이라고 하면 제노아스 왕가의 호위를 맡는 가문으로, 왕가 사람이라면 한 명, 한 명, 프렌넬 가문 사람이 그림자처럼 따라다닌다는 모양이에요. 어디까지나 소문이지만요~."

"그럼 혹시 스피카 씨도 왕가 호위를 맡던 사람 중 한 명이었을까요?"

"음~. 글쎄요. 확실히 프렌넬 가문의 호위자는 각각 왕가 사람과 같은 성별인 사람이 선택된다고 들었는데요. 지금 제노아스 왕가에는 여성이 없었던 것 같아요."

음~. 뮤렛이 생각을 하듯이 팔짱을 끼고 뱀 꼬리로 탁탁 바닥을 두드렸다.

어? 이 사람, 뮤렛이었던가? 아니면 샤렛? 이 두 사람, 정말 똑 닮아서 구별이 안 된다.

같은 쌍둥이지만 에르제와 린제는 구별이 안 되지는 않는데. 전에 그런 말을 했더니, '비늘의 모양이 전혀 다르잖아요' 라는 말을 들었다. 보통은 구별 못 해요.

"여성이 없다니…… 왕비님도요?"

"제1 왕비, 제2 왕비, 모두 병으로 돌아가셨을 거예요~. 왕자님은 각각 한 명씩 있지만, 공주는 없었을 테고요~."

그렇구나. 여성은 여성이 호위하는 편이 확실히 더 낫다. 그렇다면 스피카 씨는 호위가 아니었던 건가? 그럼 '땅에 떨어진 가문의 이름' 이라는 것은…….

"최근에, 프렌넬 가문에 무슨 일 있었나요?"

""글쎄요~. 저희도 제노아스에서 나온 지 꽤 오래돼서~.""

흐음. 결국 알게 된 것은 아무것도 없다. 너무 시시콜콜한 것까지 조사하는 것도 프라이버시 침해라는 생각이 들기도 하지만.

라미아 자매와 헤어져 훈련장으로 돌아와 보니, 마침 스피카 씨가 훈련을 끝내고 벤치에 앉아 땀을 닦고 있는 참이었다.

"안녕하세요."

"폐, 폐하. 무슨 일이라도 있으신지요?"

벤치에서 일어나 한쪽 무릎을 꿇고 고개를 숙이는 스피카 씨. 이 사람처럼 너무 군인 같은 사람은 껄끄럽단 말이야. 일단 일어서라고 했다.

"어때요? 곤란한 점은 없나요?"

"네. 모두 신참인 저에게 이것저것 친절히 가르쳐 줍니다. 마족이라든가 여성이라든가, 그런 구별 없이 대해 주어 정말 감사할 따름입니다."

다른 기사단에 비해 확실히 우리는 여성 비율이 높다. 그리고 아인의 수도. 물론 미스미드처럼 모두 아인인 것은 아니지만.

"그건 그렇고, 이 나라의 기사단은 매우 강하고 수준이 높습니다. 놀랐습니다."

그거야 엄청나게 훈련을 시키고 있으니까. 스파르타식으로. 그렇게 하는데 강해지지 않으면 큰일이다.

"특히 모로하 님은 정말로 강하셔서……."

무슨 생각을 했는지, 스피카 씨의 눈에서 빛이 사라졌다.

"아아……. 벌써 같이 훈련을 했군요."

"지금까지의 자신감이 모두 무너져 내렸습니다. 저의 '방패'가 전혀 도움이 안 된 것은 이번이 처음입니다……. 아무리 익숙지 않은 방패라고는 하지만……."

그 사람은 여러모로 인간을 초월한 존재니 잊는 게 좋을 거예요. 그것을 기준으로 삼는다면, 인간은 넘을 수 없는 벽에 계속 도전해야 한다.

그러고 보니 사쿠라가 프렌넬 가문 전용 방패가 있다고 했었지? 어떤 거지?

"완만한 커브를 그린 돔 형태의 방패입니다. 중심에 찌르기용인 돌기가 있는 것으로……."

"흐음."

나는 【스토리지】에서 정재를 꺼내 【모델링】으로 변형을 했다. 이런 건가?

【모델링】에 놀라면서도 스피카 씨가 방패를 손에 들고 표면을 쓰다듬었다.

"이쪽 커브를 좀 더 완만하게 해 주실 수 있을까요? 그리고 전체적인 사이즈도 조금 더 작게……."

"이렇게요?"

해 달라는 대로 나는 방패를 변형시켰다. 변형이 끝난 수정 방패에 【그라비티】로 경량화를 한 뒤, 이것저것 다양하게 부여하고 끝.

스피카 씨가 완성된 방패를 손에 들고 한 차례 쓰다듬은 뒤, 자세를 잡아 보기도 하고 휘둘러 보기도 하며 여러 동작을 시험해 보았다.

"투명해서 방패 뒤에서도 시야가 방해받지 않아 참 좋습니다. 게다가 믿을 수 없이 가볍기도 하니, 정말 대단한 방패입니다."

"그뿐만이 아니에요. 대부분의 도검류는 상처 하나 낼 수 없고, 마법 공격도 어느 정도는 튕기거나 흡수하는 마법이 부여되어 있어요."

스피카 씨에게는 아직 다른 정검과 갑옷 등, 기사단원의 장비 세트를 지급하지 않았기 때문에 지금 이곳에서 건네주었다. 검과 갑옷은 모두와 똑같은 것이긴 했지만.

"이런 무구(武具)가…… 그때 있었으면……."

스피카 씨가 가만히 중얼거린 말을 내 귀는 놓치지 않았지만, 굳이 그것을 캐묻지는 않았다.

"마스터."

등 뒤에서 목소리가 들렸다. 돌아보니 메이드 차림을 한 셰스카가 서 있었다.

"로제타에게서 연락이 왔어요. 전에 말한 물건이 완성됐대요."

"오, 꽤 빠르네."

조금 더 시간이 걸릴 것이라 생각했는데. 좋아, 그럼 오후 회의 때 선보여 볼까.

나는 스피카 씨와 헤어져 셰스카와 함께 바빌론으로 향했다.

"토야. 이것이 프레이즈 출현을 예측할 수 있는 아티팩트인가?"

"네. '감지판' 이라고 이름을 붙였어요."

그 이름대로 검은 판 모양으로, 이건 이른바 액정 태블릿이다.

프레이즈의 출현음을 감지하면, 그 방향, 거리, 출현할 것으로 보이는 예측 시간, 개체 종별, 출현 숫자를 표시해 주는 편리한 물건이다.

단지, 측정 범위가 그렇게 넓지 않아서, 브륀힐드라면 하나로도 충분하지만, 벨파스트나 레굴루스, 레스티아 같은 대국은커녕, 우리보다 조금 더 큰 소국인 리니에조차 여러 개가 필요했다.

"이걸 각국의 모험자 길드에 설치해, 하급종만 있을 때는 길드에서 모험자에게 의뢰를 하고, 중급종이 포함되어 있으면 프레임 기어로 그 나라가 최선을 다해 대처했으면 해요. 그리고 상급종이 포함되어 있을 경우라면 동서 동맹 전체가 대처하는 것으로 하고요. 물론 너무 숫자가 많으면 그 말대로는 되지 않겠지만요."

"길드는 아무 문제 없습니다. 유론 때처럼 예측을 못 해 큰 피해를 보는 것만큼은 피하고 싶으니까요."

각국의 대표자에 섞여 원탁 앞에 앉아 있던 길드 마스터 레리샤 씨가 그렇게 말했다.

길드에 협력을 요청한 것은, 동서 동맹에 포함되지 않는 나라의 내부까지, 다양한 지역에 거점을 두고 있기 때문이었다. 게다가 연락망도 확실하고.

물론 동맹에 속하지 않은 나라에 프레이즈가 출현할 것으로 예측되면, 사정을 이야기하고 대처를 부탁할 생각이다. 믿어 줄 것인지 믿어 주지 않을 것인지는 또 다른 문제이지만. 물론 믿어 주지 않더라도 프레이즈가 출현하면, 믿을 수밖에 없겠지만.

"흐음. 이게 있으면 프레이즈의 습격이 있어도, 어느 정도는 국내에서 처리할 수 있겠군."

"그리고 프레이즈의 파편…… '정재'였던가? 그것도 사용하기에 따라서는 여러모로 편리할 것 같고 말이야."

레굴루스의 황제와 미스미드의 수왕이 그런 대화를 나눴다. 당연하지만, 각국은 '정재'의 특성을 모두 잘 알고 있었다. 프레이즈와 우리 기사단의 장비, 프레임 기어의 무기를 봤으면 그 정도는 쉽게 알 수 있을 테지.

지금까지는 프레임 기어로 쓰러뜨린 만큼의 '정재'를 거의 내가 다 가져갔지만, 이제부터는 자국에서 프레이즈를 쓰러 뜨렸을 경우, 80퍼센트는 그 나라가 가져가고 나머지 20퍼센트만 프레임 기어의 대여료로서 내가 받아가기로 했다. 물론 프레임 기어 없이 쓰러뜨렸을 때는 나에게는 아무것도 떨어지지 않는다.

'정재'의 특성은.

'마력을 주입하면 경도가 올라간다.'
'주입한 마력이 고갈될 때까지는 스스로 재생한다.'
'촉매로 사용하면 마법의 위력이 증폭된다.'

마지막의 마법의 위력의 증폭되는 것은 마석과 마찬가지이지만, 마력의 전도율이 달라서 정재 쪽이 훨씬 큰 위력을 발휘한다고 한다.

문제는 무게와 가공 기술로, 나처럼 【그라비티】로 경량화하거나 【모델링】으로 복잡한 변형을 하지 못하면 갑옷이나 검으로는 쓰기 어렵다.

가공한다고 해도, 깎는 것은 문제없지만 접합은 할 수 없다. 물론 엄청나게 마력을 주입해 경도를 높인 뒤, 얇게 비늘 모양을 만든 정재로 스케일 아머 정도는 만들 수 있을 듯하지만.

하지만 가장 문제는 마력 주입으로, 린이 말하길, 주입하면 주입할수록 경도가 올라가긴 하지만, 마력의 저항치도 올라가기 때문에 점점 주입하기 어려워진다고 한다.

RPG의 레벨업 같은 것이라고 할까? 레벨이 올라가면 올라갈수록 많은 경험치가 필요한 것 같은, 그런 느낌이다.

참고로 나는 마력 저항을 느낀 적이 없다. 평범하고 자연스럽게 주입이 된다. 한계까지 주입한 적은 없어서 잘 모르겠지만, 너무 많이 주입하면 쪼개질 것 같은 생각이 안 드는 것도 아니다. 게다가 단단해진다고 해도 한계는 있을 테니까.

"그럼 오늘 회의는 이것으로……."

"죄송합니다, 하나 보고가 있습니다."

마무리하려고 하는 내 말을 끊고, 새 로드메어 전주 총독인 오드리 씨가 손을 들었다. 뭐지?

"일단 말씀드리는 것이 좋을 것 같아서요. 지난번에 일어난 우리 나라의 무장 골렘 폭주 사건……. 그 골렘의 연구·배양의 총 책임자였던 에드거 보만이 광산 수용소에서 탈주했습니다."

응? 그 젊은 대머리 박사가 탈주했다고?

"아무래도 외부에서 협력하는 자가 있는 듯, 아직 행방을 알 수 없습니다. 국외로 도망쳤을 가능성도 있으니 일단 보고합니다."

그렇다면 누군가가 그 젊은 대머리를 도망치게 해 주었다는 건가. 대체 누가……. 그런 사람이지만 일단 천재 마공학자라는 평판을 듣고 있으니, 그 힘을 이용하고자 하는 녀석들이 있어도 이상하지는 않지만…….

"검색. 마공학사 에드거 보만."

공중에 지도가 표시되었지만, 그곳에 검색 결과는 나타나지 않았다.

〈검색 종료. 해당하는 대상 없음.〉

으음.

"이미 죽었다는…… 걸까요?"

"개인을 판별할 수 없는 시체가 되었다든가, 마력 장벽이 펼쳐진 곳으로 도망쳤다거나, 그런 장벽을 펼칠 수 있는 도구를 가지고 있다거나…….."

새 전주 총독에게 그렇게 대답하면서, 나는 이번에도 불길한 예감을 억누를 수 없었다. 공포나 불안 때문에 엄습하는 불길한 예감이 아니었다. 그냥 귀찮은 일이 늘어날 것 같은, 그런 성가신 예감이었다.

'어중간하게 똑똑한 바보만큼 성가신 것은 없다.' 돌아가신 할아버지가 그랬었지.

나도 그렇게 생각한다.

길드에 감지판을 건네준 지 며칠, 바로 반응이 있었다. 출현한 것은 하급종 세 마리. 장소는 리프리스 북서쪽 항구 마을. 그건 리프리스의 모험자들이 해치웠다고 한다.

하급종이라면 빨간색 랭크 모험자 몇 명이 모여 쓰러뜨릴 수 있으니까. 꽤 고전할지는 모르지만.

단지, 역시 문제가 있었는데, 출현 장소와 수는 어느 정도 예측할 수 있어도, 출현 시간은 꽤 어긋나 고생했다는 모양이었다. 24시간 태세로 3일간 잠복하는 것은 나름 힘든 일이다.

그 대신 정재는 길드에서 비싸게 매입하기 때문에 그것을 고려하면 그래도 할 만한 가치는 있다는 것일까. 매입한 정재는 출현국에서 매입하거나, 길드가 상인에게 판매한다.

프레이즈 토벌은 지정 의뢰이기 때문에, 아무나 맡을 수는 없다. 길드를 통해 신뢰할 만한 모험자에게만 의뢰가 간다.

의뢰만 맡고 도망가 버리면 큰 문제니까.

아무튼 감지판의 성능을 확인할 수 있어 다행이다. 아무래도 문제는 없는 듯하다.

대수해 쪽에서도 팜이 속한 라우리족의 힘을 빌려 다른 부족에게 배부한 덕에, 다른 부족 쪽에 무슨 일이 있으면 라우리족으로 전서조(傳書鳥)(비둘기가 아닌 듯하니)가 날아가 소식을 전하고, 팜은 게이트미러로 내가 있는 곳으로 연락을 주는 시스템이 완성되었다.

문제는 해상에서 출현한 경우인데, 그것만큼은 어쩔 도리가 없다.

아무튼 이제는 큰 피해가 없길 기도할 뿐이다.

그건 그렇다 치고.

"엇차. 이거면 될까?"

"호오. 이게 수동 광차라는 것인가."

그러던 중, 나는 각국 수뇌진 앞에서 수동 광차를 설명했다. 브륀힐드의 넓은 평야에 똑바른 레일을 깔고 그 위를 이동하는 광차를 선보였다.

"조금 전에 설명해 드린 대로, 이 핸들을 상하로 움직이면, 이 수레가 레일 위를 이동합니다. 운반하기 위한 도구죠."

"그렇군. 구조는 그다지 어렵지 않아. 하지만 이래서는 그다지 많은 양을 옮길 수 없지 않나?"

"지금은 그렇지만, 광차 대신에 고속으로 많은 양을 옮길 수 있는 다른 물건도 생각하고 있으니, 지금은 이것을 여러분에게 공개해 두고, 문제가 없다 싶으면 계획을 진행할 생각이에요."

갑자기 증기 기관차를 만들면, 선로나 열차의 존재를 모르고 누군가가 뛰쳐나왔다가 치일 수도 있는데, 그것만큼은 정말 원하지 않는 일이었다. 그래서 일단 노선과 그 위를 달리는 무언가가 있다는 사실을 인식시키는 게 어떨까 생각한 것이다. 광차라면 사고가 나도 엄청난 참사는 벌어지지 않을 테니까.

셰스카 일행이 말하길, 고대 왕국에도 열차가 있었다고 한다. 이건 이세계의 기술을 가져왔다기보다도, 이쪽 세계의 기술을 부활시켰다고 하는 편이 더 정확했다. 물론 고대 문명의 열차는 완벽한 마법 열차였다는 듯하지만.

"흙 마법을 사용하는 자라면 레일을 깔 때, 길을 평탄하게 하는 것도 간단할 테니, 광산 안에서 파낸 광석을 밖으로 옮기기도 편리해요."

"흐음. 그렇겠군."

"단지, 지켜야 할 것은 레일의 폭이에요. 이건 가능하면 통일했으면 해요. 언젠가 리프리스에서 로드메어까지 노선이 연결되면 유통이 상당히 편해지니까요. 다시 만들려고 하면 귀찮잖아요?"

레일의 폭……. 궤간. 게이지라고도 하는 듯한데, 세계에서 가장 많이 사용되는 '표준궤'는 폭이 1435밀리미터이지만, 일본에서는 그것보다 좁은 '협궤'라는 1067밀리미터가 가장 많이 보급되어 있다는 듯했다.

사실 우리 할아버지는 이 노선의 폭을 재며 걷는 일을 한 적이 있어서, 그 중요성을 나에게 자주 이야기해 주셨다. 레일이라는 것은 과도한 더위나 추위가 닥치면 늘어나기도 하고 줄어들기도 한다. 그 뒤틀림을 눈치채지 못하고 방치하면, 최악의 경우 탈선 사고가 일어날 수도 있다. 그만큼 자신의 일이 중요하다고 하신 할아버지의 말이 기억난다.

"우리 나라는 여러분의 나라와 국경을 접하고 있지 않은데요……."

리니에 국왕인 클라우드 씨가 손을 들었다. 그곳은 섬나라라 국경을 맞댄 곳은 북쪽의 파르프 왕국밖에 없다.

"같은 레일 폭을 사용하는 편이 다른 나라에서 사용하던 광차를 양도받을 때 더 유용하게 사용할 수 있어요. 굳이 다른 폭으로 만들 이유는 없을 것 같은데요."

"아, 그런가."

기본적으로 상행과 하행, 두 개를 깔면 정면에서 충돌하는 사고가 일어나지 않는다 등, 다양한 주의 사항을 이야기한 뒤에는 평소처럼 임금님들의 놀이 시간이 찾아왔다.

200미터짜리 직선 레일을 이리 갔다 저리 갔다하고, 즐겁게 떠들며 핸들을 올렸다 내렸다 하며 광차를 달렸다. 애들이냐.

역시 교황 예하와 전주 총독인 두 여성분은 광차에 타지도 않았고, 떠들지도 않았지만.

대신에 모두에게 나눠 준 광차 설명서와 도면을 뚫어져라 쳐다보았다. 그리고 벌써 무언가 이용법을 떠올린 모양이었다.

로드메어와 라밋슈는 큰 강을 끼고 이웃하는 나라였기 때문에, 다리만 건너면 꽤 무역이 활발하게 이루어진다고 한다.

참고로 리프리스 황왕과 미스미드 수왕이 잔뜩 들떠서 너무 속도를 내는 바람에 브레이크를 걸어도 끝에서 멈추지 않고 저 멀리 날아가 버렸는데, 사고가 났을 때의 좋은 표본이 되었다. 물론 내가 회복 마법으로 긁힌 상처 등을 고쳐 줬지만. 당연히 그런 속도로 돌진하면 그렇게 될 수밖에.

◇ ◇ ◇

계절도 슬슬 봄이 되려고 했다. 추운 날도 적어지고, 따뜻한 날이 늘었다.

그에 따라 여행객도 많이 늘어난 듯했다. 성 아래의 거리도 활기가 넘쳐 떠들썩해졌다.

던전에 들어가기 위해 모험자가 모이고, 그 모험자에게 팔기 위해 무기 상인 등이 거리에 가게를 냈다.

이 나라도 상당히 발전했구나. 처음에는 어떻게 될까 걱정했는데.

〈폐하.〉

"응? 츠바사 씨인가요?"

거리를 걷는데, 울타리 위에 있던 고양이가 말을 걸었다. 소환수는 아니다. 타케다 닌자의 인술(忍術)이라고 하는데, 목소리를 다른 방향에서 낼 수 있는 기술이라고 했던가? 근처에 츠바사 씨가 숨어 있는 거겠지.

굳이 이럴 필요 없이 직접 말을 해도 되지 않을까 하는 생각이 들었지만, 양식미라고 하는 것일까?

〈잠시 들어 주셨으면 하는 정보가 있어서 말씀드립니다. 이센에서 전쟁이 시작된 듯합니다.〉

"이센에서요? 어디랑 어디가요?"

〈오다, 하시바, 초소카베, 모리, 시마즈, 토쿠가와, 우에스기, 다테, 이렇게 여덟 영주 중, 초소카베가 오다·하시바 연합군에게 패해, 영토를 빼앗겼습니다. 그 바로 뒤에 오다의 영주·오다 노부나가가 암살당했는데, 하시바의 영주·하시바 히데요시가 오다를 빼앗아 단독으로 대(大)세력을 이루었다고 합니다. 그에 토쿠가와는 다테와 동맹을 맺고 저항하는 중입니다.〉

으음? 오다 씨와 그 노부나가(信長)…… 노부나가(信永)? 가 살해당했구나. 예상대로인가?

"오다의 영주를 죽인 사람은 부하인 아케치 씨? 한밤중에 절에서 습격당했나요?"

〈……네. 아케치 미츠히데라는 자에게 혼노지라는 절에서 숙박 중, 배반을 당해……. 어떻게 알고 계신지요?〉

"음~. 그냥 그런 느낌이 들었어요."

역시나. 모두 내가 있던 세계의 역사대로 흘러가는 것은 아니지만, 어느 정도는 비슷한 모양이다. 토쿠가와와 다테가 동맹을 맺었다는 것은 잘 모르겠지만.

"그래서 하시바군은 어떻게 되었죠?"

〈그대로 모리, 시마즈를 세력 아래에 두어, 남은 것은 토쿠가와, 다테, 우에스기뿐입니다. 하지만…….〉

"무슨 일 있나요?"

〈하시바군은 이셴 동부로 군을 이동시키면서도, 한편으로

는 군선을 만들고 있습니다. 아무래도 바다를 건너, 유론을 침공할 생각도 있는 듯합니다…….〉

아이고야. 확실히 내가 있던 세계에서도 해외를 침공했지만……. 어라? 지금 상황에서 공격당하면 유론이 위험하지 않아?

"유론은 지금 어떤가요?"

〈유력 귀족이 천제의 서자라는 자를 각각 새 천제로 세우고 세력 다툼을 하고 있습니다. 얼마 전의 이센과 비슷합니다.〉

그런 상황에서 하시바군이 공격하면 위험하지 않을까. 유론 전부를 지배할 수야 없겠지만, 일부는 정복할 수 있을지도 모른다.

솔직히 말해 유론이 어떻게 되든 상관은 없지만…….

유론이 이런 상황에서도 지금까지 다른 나라의 침략을 받지 않았던 것은, 먼저 프레이즈 때문이었다.

그런 대학살이 일어났던 나라에서 또 같은 일이 벌어질지도 모른다는 불안과 그에 대처할 수단이 없었으니까.

물론 마왕국 제노아스나 호른 왕국처럼 원래부터 침략할 생각이 없는 나라나 하노크 왕국처럼 유론과 얽히고 싶지 않은 나라도 있으므로 한데 뭉뚱그려 말할 수는 없지만.

로드메어도 일단 침략할 의사는 없는 것 같고. 하지만 펠젠 왕국과 노키아 왕국이 이센의 행동의 영향을 받아 마찬가지로 진군하지 않을까 하는 불안은 있다.

최악의 경우, 유론을 무대로 그 세 나라 사이에 전쟁이 일어날지도 모른다. 국력으로 따지면 이셴은 다른 두 나라에 비해 상당히 떨어지는 듯하지만, 글쎄.

"펠젠과 노키아의 움직임은 어떻죠?"

〈현재로서는 특이 사항은 없습니다. 단지, 펠젠은 서쪽에 로드메어, 남쪽에 레스티아라는 대국이 있어서 쉽게는 움직이지 못하리라 생각합니다.〉

그렇구나. 그렇다면 역시 하시바군의 행동은 그것을 예상했기 때문인가? 아니면 다른 목적이 있어서……?

그런 섬나라 하나 제압하지 못하는데 외국을 침략한다고?

"히데요시는 어떤 남자죠?"

〈자세히는 모릅니다. 어느새인가 영주의 지위를 왕에게 하사받았더군요. 그 후에 오다의 환심을 사 연합군을 결성한다 싶었는데, 내전이 발발했습니다. 금 표주박을 말의 깃발로 삼은 원숭이 얼굴의 작은 남자라고 들었지만, 하시바 쪽 사람들 이외에는 본 사람이 없습니다.〉

본 사람이 없어? 암살을 경계하는 건가? 내 기억 속의 히데요시는 눈에 띄고 싶어서 안달인 사람이었는데, 이쪽에서는 다른가 보네.

아무래도 이야기를 들어보면, 노부나가라는 사람의 뒤에 숨어서 움직인 사람이 이 히데요시라는 것 같은데. 게다가 왕이 아직 있었구나. 일단 이셴의 국왕은 영주들을 억누를 힘이 없다고 들었는데, 히데요시란 사람은 왕의 지배권이 미치는 사람일까? 그렇지 않고서야 그렇게 쉽게 영주가 될 수 있을 리가 없다.

"이에야스 씨는 어떻게 하고 있죠?"

〈다테와 손을 잡았고, 지금은 그에 더해 우에스기와도 손을 잡으려 하고 있습니다. 우리 타케다…… 아니, 전(前) 타케다에게 필적할 만한 군을 가진 우에스기를 같은 편으로 끌어들여, 하시바군에 대비하고 싶은 거겠지요.〉

으~음. 어떻게 한담. 쉽게 이에야스 씨가 이셴을 통일할 거라고 생각했는데.

〈어떻게 할까요?〉

"일단 상황을 보죠. 정말로 하시바군이 유론이나 이에야스 씨 쪽을 공격할 것 같으면 또 연락 주세요."

〈네.〉

여전히 울타리 위에서 고양이가 하품하고 있지만, 츠바키 씨의 기척은 사라졌다.

뭔가 여러 방면으로 수상한 냄새가 난다. 한 번 이에야스 씨를 찾아가 이야기를 들어 보는 것이 좋을지도 모른다.

야에의 고향이자 가족이 사는 곳 이외에는 나와 상관없다고 하면 상관없는 곳이긴 하지만 말이지.

◇ ◇ ◇

"일단 이 정도려나?"

"아주 훌륭합니다."

옆에 있던 나오토 아저씨가 턱을 쓰다듬으면서 눈앞의 시계탑을 바라보았다.

성 아래의 중앙 광장에 커다란 시계탑을 설치했다. 시계는 보통 대귀족만이 가지고 있는 것이라, 지금까지는 종을 울리거나 해서 시간을 알렸다. 하지만 깜빡 듣지 못하고 놓치는 사람이 있거나, 시간을 자세히 알고 싶은 사람도 있어서, 생각이 난 김에 건설했다.

이전에 '미래시의 보옥'으로 본 몇 년 후의 브륀힐드에도 있었고 말이지.

참고로 삼은 곳은 런던의 빅 벤이다. 정식 명칭은 클록 타워, 아, 엘리자베스 타워가 됐던가?

'창고' 안에 있던 거대 시계를 달아 놓은 것뿐이지만, 문자판에 광마법이 부여되어 있어서 형광 염료처럼 빛을 발해 밤에도 볼 수 있다. 문자판은 고대 파르테노 숫자이지만, 12로 분할된 것은 같으므로 곤란할 것은 없다.

종은 정오에만 울리도록 만들었다. 탑의 사방 전체에 문자판이 있어서 종을 울리지 않아도 보기만 하면 한눈에 시간을 알 수 있다. 결점은 시계탑의 바로 밑에서는 시간을 볼 수 없다는 것 정도인가?

런던에 있는 시계탑처럼 이 마을의 상징이 되면 좋겠는데…….

"오오, 이것 참 멋진 시계탑이군요."

"아, 오르바 씨. 아루마도 안녕."

"오랜만이에요! 토야 오…… 아, 폐하."

"그냥 토야라고 불러. 오랜만이야."

돌아보니 미스미드의 상인 오르바 씨와 딸 아루마가 서 있었다. 두 사람 모두 여우 귀가 쫑긋거리며 움직였다.

오르바 씨는 자주 브륀힐드에 오지만, 아루마가 오다니 웬일일까.

"오늘은 강철 재료를 납품하러 왔습니다. 아루마는 학교가 장기 휴가인데, 같이 이 나라에 오고 싶다고 말을 꺼내서……."

"그렇군요."

오르바 씨는 야구 도구에서 쇠팽이, 켄다마까지, 내가 생각한(정확하게는 내가 생각한 것이 아니지만) 상품을 판 이익의 몇 퍼센트인가를 강철 재료로 지급해 주었다. 프레임 기어의 재료가 되는 강철 재료는 많다고 해서 곤란할 일은 없다.

"그리고…… 얼마 전의 부탁하신 것 말입니다만……."

"어디 짐작 가는 곳이 있었나요?"

"펠젠입니다."

아하, 펠젠 왕국이라. 아마 틀림없겠지.

프레임 기어의 각 부분의 부품에는 오레이칼코스 등의 희소 금속이 사용된다. 프레임 기어 전체의 양으로 따지면 얼마 안 되지만, 그래도 한 대에 사용되는 오레이칼코스의 양은 꽤 많다. 검으로 다시 만들면 다섯 개 정도는 나오는 양이다.

프레임 기어의 부품을 훔친 녀석들이 가장 먼저 할 것으로 예상되는 일은 분해해서 구조를 파악하는 것이다. 그리고 그다음에는 자신들이 만들어 보려고 할 게 틀림없다.

그래서 오르바 씨에게 부탁해 오레이칼코스를 대량(이라고는 해도 프레임 기어 한 대에 사용될 분량이지만)으로 시장에 유통했다. 물론 누가 사들이는지 보려고 내가 내놓은 것이다. 물론 오르바 씨의 상회가 아니라 가짜 상회를 세워서.

오레이칼코스 같이 귀중한 금속은 시중에 그렇게 많이 유통되지 않는다. 게다가 사려고 해도 가격이 상당하다.

일단 철저하게 오레이칼코스를 팔고 싶다는 사람이 있다고 소문을 흘리고, 사고 싶다는 사람이 나타나도 소량만을 원하면 적당한 이유를 붙여 거절한다.

보통은 검 한 개 정도를 사려는 사람이 대부분이다. 오레이칼코스는 귀중한 데다 가공이 어렵다. 값이 싸면 몰라도 시세보다도 높은 가격을 매겼는데도 있으면 있는 대로 다 사려고 하는 손님은 사실상 없다고 보면 된다.

그런데 없어야 할 손님이 온다. 값이 나가도 좋으니 있는 대로 다 팔아 달라고 하는 손님이. 정말 엄청나게 수상할 수밖에 없다.

"판매한 곳은 라오 공방. 조사해 보았는데, 그런 공방은 존재하지 않았습니다. 오레이칼코스는 그대로 펠젠으로 보내졌고, 그곳부터는 추적할 수 없었습니다……."

"어째서죠?"

"그 나라는 상인 길드가 없습니다. 장사도 마공상회가 휘어잡고 있어서 말입니다."

마공상회. 펠젠의 마법사, 직인, 상인 등을 모두 제어하는 거대 길드라고 한다. 상인 길드와는 달리 펠젠 국내에만 있는 상회라, 오르바 씨도 개입하지 못했다는 건가.

"그렇다면 오레이칼코스를 누가 구매했는지 알 수 없다는 거군요……?"

존재하지 않는 공방의 이름을 내세운 것을 보면 한없이 범인에 가깝다. 그걸 샀으니, 상당한 자금력이 있는 곳이라는 생각이 드는데…….

크게 생각하면 펠젠 왕국 전체, 작게 생각하면 개인 자산가……. 어느 쪽이든 간에 별 볼 일 없는 녀석들일 게 뻔하다.

참고로 그 오레이칼코스는 표면만 진짜고 안은 같은 무게가 되도록 【그라비티】로 조정한 철 부스러기다. 금 도금이 아니라 오레이칼코스 도금? 게다가 철 부스러기 안에는 오레이칼코스의 대금과 같은 가치의 보석을 넣어 두었다.

괴롭히기 그 이상도 뭐도 아니지만, 도둑들에게 오레이칼코스를 건네줄 수는 없고, 그렇다고 속여서 돈을 가로채서는 안된다는 생각에 그런 방법을 사용한 것이지만, 잘 생각해 보니 그 녀석들도 나한테서 프레임 기어의 부품을 훔친 녀석들이 잖아. 굳이 보석을 넣을 필요는 없었던 건가.

이게 펠젠 왕국이 주도해 한 일인지, 아니면 일부 조직이라든가 그런 녀석들이 한 행동인지, 그런 점이 신경 쓰인다. 무엇보다 유론의 난민이 가장 많이 들어간 나라라는 게…….

"펠젠 왕국은 마법이나 아티팩트 연구로도 유명한 나라입니다. 동방에서는 '마법의 펠젠, 검의 레스티아' 라고 할 정도입니다."

그러고 보니 부품을 훔칠 때, 이상한 시각 차단 마법을 사용했었지? 그것도 펠젠의 기술인가?

마법 기술이 뛰어난 나라. 프레임 기어를 만들 수 있는 기술을 지니고 있다고는 생각하기 어렵지만…….

일단 이 단계에서는 펠젠 왕국이 범인이라고 단정할 수는 없다. 단지, 펠젠 왕국 내에 프레임 기어의 부품을 훔쳐 간 범인이 있다, 또는 조직이 있다는 것만큼은 십중팔구 확실하다고 할 수 있었다.

"오르바 씨, 펠젠에서 뭔가 이상한 움직임이 있다면 가르쳐 주세요. 사례는 하겠습니다."

"아니요, 무슨 말씀을. 안 그래도 이렇게 큰 성공을 거두게 해 주셨는데, 그 이상 더 받으면 벌을 받습니다."

"그런가요? 사실은 따뜻한 음료나 차가운 음료 등을 오래 보존할 수 있는 물통이 있는데요."

"자세히 말씀해 주셨으면 합니다!"

나는【스토리지】에서 보온병을 꺼냈다. 이중(二重) 용기의 안을 진공으로 만드는 것은 바람 속성의 마법을 사용할 수 있는 사람이라면 그다지 어렵지 않다. 물론 지구의 보온병에 비하면 성능은 떨어지겠지만.

나는 지면에 도면을 그리면서 구조를 설명했다. 어느새인가 나이토 아저씨도 지면을 들여다보며 설명을 들었다. 하지만 아루마는 따분해 하는 것 같아서【게이트】를 열어 유미나가 있는 곳으로 보내 주었다.

나는 샘플로 크고 작은 몇몇 보온병과 구조를 파악할 수 있도록 한가운데를 반으로 자른 보온병을 오르바 씨에게 건네 주었다. 그리고 나이토 아저씨도 아주 가지고 싶은 표정을 지어서 내 것을 아저씨에게 주었다.

그러고 보니 나이토 아저씨는 밖에 나갈 때가 많으니, 이런 물통이 있으면 좋을 것 같아. 눈치채지 못해 죄송하다고 반성했다.

그다음엔 오르바 씨의 마차 몇 대에 실려 있던 강철 소재를【게이트】를 이용해 바빌론의 '공방'으로 보내고, 나는 두 사람과 헤어졌다. 오르바 씨는 곧장 자신의 브륀힐드 지점에 얼굴을 비칠 예정이라고 한다. 나이토 아저씨도 건설 현장의 시찰을 가야 했다.

【게이트】를 이용해 성으로 돌아가려고 했을 때, 문득 거리에서 낯익은 얼굴이 보여 말을 걸었다.

"안녕. 잘 있었어?"

"어? 앗, 폐, 폐하!"

가지고 있던 창을 떨어뜨리며 소년 롭이 깜짝 놀란 얼굴로 돌아보았다. 그에 반응해 일행 세 사람도 나를 보고 눈을 휘둥그렇게 떴다. 반응이 없었던 것은 멍한 소녀의 머리 위에 올라가 있던 흰 쥐뿐이었다. 네 사람이 무릎을 꿇으려고 해서 나는 곧장 말렸다.

전의 그 노예선 사건 때의 신인 모험자들, 롭, 프란, 클라우스, 이온, 이렇게 4인조다. 이온 머리 위에 올라가 있는 흰 쥐는 내 소환수이기도 하다.

"그 녀석, 도움 많이 돼?"

"네! 스노는 마수의 접근을 감지해 주고, 함정도 꿰뚫어 보고 경고해 줘요."

"호오. 너, 제법인걸?"

마법사 소녀, 이온의 머리 위에 서서 수염을 움찔거리는 흰 쥐. ……잠깐, 방금 쑥스럽다는 듯이 머리를 긁지 않았어? 이 쥐, 진짜 똑똑한 것 같은데…….

그건 그렇고 스노라는 이름이 생겼구나. 종족 이름인 스노

랫에서 딴 이름인가?

"덕분에 어제 탐색으로 저희, 보라색 랭크로 승격했어요!"

검사 소녀, 프란이 기쁘게 보고했다. 와아. 꽤 빠르네. 이제 초보자 졸업이구나.

던전 수색은 의뢰를 받아 하는 일이 아니라 기본적으로 승격 포인트는 쌓이지 않는다. 하지만 숨겨진 문, 새로운 마수, 하층으로 가는 계단을 발견하는 등, 이른바 지도 데이터 갱신에 공헌했을 때는 포인트가 쌓인다.

길드 카드의 랭크는 검은색→보라색→녹색→파란색→빨간색→은색→금색으로 올라간다. 보통 검은색에서 보라색까지는 시간을 들이면 올라가기 때문에 그렇게 어렵지는 않다.

"스노가 숨겨진 통로를 발견했어요. 그리고 그 앞에 보물 상자가 있었는데, 여러 물건 안에서 이걸 발견했어요~!"

그렇게 말하며 프란이 보여 준 것은 미스릴제 검이었다. 오래됐지만 겉보기도 나쁘지 않았다. 꽤 가치가 나갈 것 같은데…….

"이거, 어떻게 할 거야?"

"모두 다 같이 상의해 봤는데, 기껏 발견한 거니 제가 장비해서 사용할까 하고…….."

"파는 게 좋아."

"네?"

나는 어리둥절해 하는 네 사람에게 설명했다. 검은색에서 보라색으로 승격했다고는 하지만, 아직 신출내기 젊은 모험자다. 그런 햇병아리가 팔면 꽤 값이 나가는 미스릴 검을 차고 다닌다. 자, 이럴 때 돈이 모자란 건달 같은 모험자가 몇 명 있다고 했을 때, 어떻게 행동할까?

"아……."

"도둑맞는 거는 몰라도, 습격당할 가능성도 있어. 그런 사람들의 주목을 받지 않는 편이 좋을 것 같은데."

나는 경험을 거울삼아 충고했다. 만약 그런 사람들이 노린다고 해도 힘으로 제압할 수 있으면 문제없지만 말이지. 하지만 이 아이들에게는 아직 그런 실력은 없을 테니까.

"으~음. 이 검이 마음에 들었는데……."

"하지만 우리에겐 리스크가 너무 커. 위험은 피하는 게 좋아."

"하지만……."

활을 사용하는 클라우스의 말을 듣고 프란이 입을 삐죽였다. 클라우스의 말이 지당하다는 것쯤을 알고 있겠지.

"팔아서 생긴 돈으로 장비를 모두 새로 맞추는 편이 낫지 않아? 다들 장비가 많이 상했을 테니까."

"……그러네요. 다 같이 발견한 건데 저 혼자 새로운 검을 가지면 미안하기도 하고요. 팔겠습니다."

조금 머뭇거리기도 했지만, 프란은 결국 내 말대로 따라 주었다.

"좋아, 그럼 내가 그 검을 살게. 시세보다 조금 높이 쳐서. 승격 축하 선물이야."

그렇게 말하며 금화 40닢을 꺼내려고 했을 때, 이 아이들에게 거금을 주어도 될지 조금 망설여졌다.

갑자기 거금을 건네면 그 돈을 노리고 건달 같은 모험자가 습격할지도 모른다. 열세 살인 아이들에게 400만 엔이나 되는 돈을 건넨다고 생각하면 조금 주저하게 되는 것이 사실이다.

"……아니면 돈으로 말고, 미스릴 검 대신 내가 너희에게 장비를 새로 맞춰 줄 수도 있는데…… 어떻게 할래?"

""""정말요?""""

와~ 받아들였어. 조금 가슴이 아프네. 꼭 이 아이들에게서 미스릴 검을 빼앗는 것 같잖아.

금화 40닢 분량의 일은 해야겠어.

숙소 '은월'의 뒤뜰을 빌려 나는 【스토리지】에서 소재를 꺼내 【모델링】으로 가공하기 시작했다.

롭에게는 갑옷과 창, 프란에게는 경장(輕裝) 갑옷과 검, 클라우스에게는 가죽 갑옷과 활, 이온에게는 지팡이와 로브인가.

소재는 미스릴을 사용할 수는 없었기 때문에, 평범한 철이었다. 단, 갑옷은 상당히 가볍도록 【그라비티】로 조정했다. 겉보기에는 평범한 갑옷처럼 보인다. 장비해 보면 알지만, 다른 사람의 갑옷을 장비해 보는 녀석은 없을 테니 들킬 리가 없다.

검과 창도 날 부분을 얇게 정재로 코팅했다. 이렇게 하면 날카로워지고, 그에 더해 어느 정도 가벼워진다.

클라우스의 활에는 살짝 화살에 【액셀】이 부여되도록 만들었다. 이렇게 하면 평소와 같은 힘으로 쏴도 지금까지보다 더 위력 있는 활을 쏠 수 있다. 현 부분도 정재를 줄처럼 만들어 더욱 잘 어우러지게 만들었다. 가죽 갑옷은 밖과 뒤의 가죽 사이에 용의 비늘을 넣어 주었다. 겉만 봐서는 가죽 갑옷 그 자체다.

이온의 지팡이는 끝에 붉은색과 노란색 마석을 박아 두었다. 이온의 속성이 불과 빛이기 때문이지만, 사실 이건 붉은색과 노란색으로 위장한 정재다. 이렇게 하면 적은 마력으로 더욱 위력이 강한 마법을 사용할 수 있다. 로브도 평범한 천에 정재를 실처럼 만들어 짜 넣었다. 이것도 겉만 봐서는 알 수 없다.

이런 느낌으로, 겉보기에는 수수한 장비가 완성되었다. 수수한 완성품을 보고 딱 봐도 실망하는 눈치였지만, 장비에 관해 설명해 주자, 네 사람은 놀라면서도 확인하듯이 각자 자신의 장비를 손에 들어 보았다.

"미리 말해 두지만, 다른 모험자한테는 가르쳐 주면 안 된다? 일단 세계에서 단 하나뿐인 장비이니까. 만약 판다면 오르바 씨의 스트랜드 상회를 이용해 줘."

틀림없이 금화 40닢 이상을 받고 팔 수 있다. 그 가게의 감정 능력은 확실하니까.

인사를 하는 네 사람에게 신경 쓰지 말라고 말하면서, 나는 겸사겸사 용고기 4인분을 선물했다. 중앙 광장의 시계탑에서 종이 울렸다. 딱 정오다.

'은월'의 미카 누나에게 고기를 건네며 네 사람에게 요리를 성대하게 해 달라고 부탁한 뒤, 나는 그 자리를 떠났다.

나도 성으로 돌아가 점심을 먹자.

"흠흠. 그건 남자 친구가 잘못한 거야. 사과할 필요 없어."

"그, 그렇죠?!"

"그래. 반대로 말하면 그건 당신에 대한 신뢰가 크지 않다는 것. 즉, 신뢰하지 않는다는 거야. 만약 자신이 그런 상황이라면…… 그렇게 생각하기에 당신을 믿지 않는 거지. 아마 자신이라면 분명히 바람을 피웠을 테니까."

"그렇죠……? 답답했던 마음이 확 풀린 것 같아요. 역시 헤어질래요. 저를 믿어 주지 않는 사람과 함께 있을 수는 없으니까요."

"응. 나도 그편이 좋다고 생각해. 세상에는 좋은 남자가 아주 많거든."

"네! 카렌 님, 감사합니다!"

자리에서 일어서 깊숙이 고개를 숙이고 떠나는 여성 기사에게 카렌 누나가 작게 손을 흔들었다.

훈련장 한쪽 구석에 만든 정자 같은 장소는 점심시간에 도시락을 지참한 여성 기사들이 휴식을 취하는 공간이었다.

하지만 그 이외의 시간에는 가끔 카렌 누나가 앉아 있기도 하는데, 그 모습이 보이면 금세 고민을 간직한 사람들의 상담처로 변했다. 물론 연애 상담뿐이었지만.

대부분은 여성이었지만, 가끔 남성이 뒤섞일 때도 있었다. 사랑에 관한 고민은 남녀 가리지 않고 가져도 이상하지 않지만, 설마 사랑의 신에게 상담을 받는 것이라고는 꿈에도 모르겠지.

"일국의 왕이 엿보기를 하다니 별로 좋은 모습은 아니야."

"아, 역시 들켰어요?"

【인비저블】을 해제한 나는 모습을 드러냈다. 너무 진지한 얼굴로 이야기를 해서 조금 신경 쓰인 거예요.

"생각보다 진지하게 상담 상대가 되어 주는군요."

"그게 전문인 신이니까. 상대가 뭘 원하고, 어떤 충고를 해 줬으면 하는지는 손에 잡힐 듯이 다 알아."

에헴, 하고 카렌 누나가 가슴을 폈다.

"어라? 그럼 방금 그건 카렌 누나의 생각 아니에요?"

"아니야. 굳이 헤어지지 않아도 좋다는 생각이 들기는 하지만, 저 아이는 헤어지고 싶어 했어. 결심을 하지 못했을 뿐이었지. 나는 그런 저 아이의 등을 떠밀어 줬을 뿐이야."

정말 그래도 되는 건가…….

아니지. 원래 사람이 누군가에게 상담을 할 때는 이미 마음속으로는 대답이 나와 있다고들 하니까. 누군가에게 그 생각을 인정받고 싶어 하는 것뿐일지도 모른다. 그렇게 해서 자신은 틀리지 않았다는 자신감을 가지게 되니까. 연애 상담이란 원래 그런 것인지도 모른다. 정확한 대답이란 없는 거기도 하고. 결국 자신의 마음이 중요하다.

"이곳의 기사단은 여성이 많아서 그만큼 사랑의 고민이 많아. 물론 남성도 그렇지만."

"와아. 결국 카렌 누나는 카운슬러 같은 사람인 걸까요?"

우리 기사단은 기혼자가 30퍼센트 정도다. 그리고 기혼자는 대부분 이셴에서 흘러온 츠바키 씨의 부하인 전(前) 타케다 닌자 및 전 타케다 사천왕의 부하인 사람들이다. 물론 대부분이 남성이지만.

그런데 새로 채용된 기사들은 대부분이 독신이었다.

원래 이쪽 세계에서는 열다섯 정도면 성인으로 인정받고, 스무 살 전에 결혼하는 것이 일반적이다.

하지만 그것은 이른바 촌민들이고, 모험자 등은 이름을 드높이고 은퇴, 결혼이라는 루트이기 때문에, 혼기가 늦기도 한다(상대는 젊기도 하지만).

브륀힐드에 온 입단 희망자도 전 모험자들이 많으니, 스무 살 전후의 독신이 많은 것도 어쩔 수 없는 일일지도 모른다.

그렇다면 남녀 독신끼리 사이좋게 되어서 결혼————이 쉽게 되지 않는 것이 세상일이다.

단적으로 말하면 독신 여성이 결혼을 원하지 않는다.

그것에는 우리 기사단 특유의 이유도 있다. 보통 나라의 기사단은 대부분이 남자다. 여성 기사는 없거나, 있어도 귀족이라든가 연줄로 입단한 자가 대부분이다.

우리는 종족, 남녀를 불문하고 받아들이기 때문에 여성 기사가 다른 나라에 비해 많다. 다른 나라에서 기사가 되지 못한 여성들이 모인다. 그런 사람들이다 보니 남성에게 지지 않겠다고 열심히 노력하고 있어, 결혼은 부차적이라고 생각하는 사람이 대부분이다. 단장 레인 씨부터가 여성이기도 하고.

조금 전 여성 기사같이 애인은 있지만, 결혼은 하지 않는 사람도 많은 듯하다.

"이건 역시 좋지 않은 걸까요?"

"좋지 않긴. 단, 나이를 먹고 경험을 쌓고, 지위도 얻은 사람이 결혼하려고 할 때…… 여성이 불리한 건 확실해. 누구 씨처럼 젊은 아이만 색시로 받아들이는 남자가 많으니까."

히죽히죽 카렌 누나가 미소를 지었다. 괜한 걸 건드렸어. 물론 린 이외에는 모두 연하긴 하지만.

"결혼하지 않는 것은 가정에만 전념하고 싶지 않아서일까요?"

"그것도 있겠지. 겨우 기사가 됐는데, 그만두고 싶지는 않을 테니까. 맞벌이도 좋지만, 아이가 생기면 그렇게 하기도 힘들잖아. 역시 뭐라 결론을 내리기 힘든 일이야."

결혼한 뒤에도 기사단에 머물러 있으면 좋을 텐데. 우리는 여성 기혼자도 대환영이다. 물론 비교적 편한 성안 근무나 서무대 쪽으로 돌려줄 수도 있고 말이다.

아, 하지만 역시 아이가 있으면 어려울까? 근처의 지인에게 계속 맡겨 둘 수도 없는 거니까.

"탁아소가 필요하려나……?"

보육원, 유치원. 그런 장소의 건설과 인원 확보를 나이토 아저씨에게 상담해 볼까?

"하지만 그 이전에 결혼 상대가 없으면 아무것도 안 되지만."

"결혼 상대라~. 이쪽 세계의 결혼은 연애결혼이 일반적이죠?"

"뭉뚱그려서 그렇게 말할 수는 없어. 귀족은 정략결혼도 하고, 어릴 때부터 약혼자가 있기도 하고, 부모님이 결정해 버리는 일도 많거든. 서민은 연애결혼이 많지만 아는 사람의 소개 같은 패턴도 있어."

"맞선이라."

맞선까지는 아니라도 남녀가 서로 알 수 있는 이벤트가 필요할지도 모른다. 기본적으로 순찰 기사 이외에는 성안에 계속 틀어박힌 생활이니까. 만날 기회가 없을 수밖에.

"맞선 파티라도 열까요?"

"성 내에서? 기사단만이라면 다들 얼굴을 알고 있어서 신선함이 떨어질 거라고 생각하는데."

"그건 그렇겠죠. 동료니까요. 그렇게 해서 친해질 거였으면 벌써 사귀었으려나요?"

실제로 우리 나라엔 기사단 커플도 있고, 헤어진 사람도 있다. 그리고 옛 남자 친구나 여자 친구가 같은 직장이면 마음이 괴로운지, 몇 명인가는 배치를 바꾸어 달라고 희망하기도 했다.

"그렇다면 다른 곳에서 참가자를 데리고 온다……거나? 성 아래 마을에서?"

"그 던전에는 모험자들이 가득하지만, 그 사람들은 기반을 잡고 움직이는 사람들이 아니라 역시 어려워. 결혼은 생각도 하지 않고 있을 테고."

으음, 어렵네. 남성 기사 상대는 의외로 발견할 수 있을 것 같은데……

일단 이쪽은 기사 계급이니 결혼하면 수당도 제때 지급하고, 집도 대출을 받아 세울 수 있다. 그렇게 나쁜 조건은 아니다.

"여성 기사의 결혼 상대를 찾기는 힘든 건가……"

"아무튼 바로 어떻게 할 수 있는 문제는 아니야, 이건. 일단은 여성이 결혼해도 안심하고 기사단에서 일할 수 있는 환경을 만들 필요가 있어."

따끔한 충고다.

기사단원은 아마 앞으로도 계속 늘어난다. 다른 나라와 비교해 우리는 여성 기사가 더욱 많아지겠지. 확실히 대처해야 한다. 여성을 적으로 돌리는 것만큼 어리석은 일은 없다.

"여어, 두 사람, 무슨 얘기해?"

나와 카렌 누나가 이야기를 하고 있을 때, 목검을 든 모로하 누나가 다가왔다. 아침부터 계속 우리 기사들을 훈련시키고 있었을 텐데, 땀 하나 흘리지 않았다. 물론 신이니까⋯⋯.

　모로하 누나가 카렌 누나 옆에 앉았다. 나는 【스토리지】에서 스트로가 있는 차가운 음료를 꺼내 두 사람 앞에 놓아 주었다.

　"흐~응. 결혼이라. 일단 보아하니, 지금은 그럴 때가 아닌 것 같은 느낌이지만. 다들. 이 나라를 발전시키려고 열심히 노력하는 중이기도 하고."

　모로하 누나가 스트로로 과실수를 마시면서 대답했다. 그건 기쁘지만, 그 탓에 혼기를 놓친다면 너무 안타까운 일이다.

　"기혼자가 일하기 편한 환경을 만드는 것은 좋지만, 결혼 상대까지 어떻게 하려고 하는 건 쓸데없는 참견 아닐까? 굳이 토야가 거기까지 책임을 질 필요는 없어."

　"그거야 그렇지만요."

　확실히 이래선 결혼 상대를 찾아 주는 것이 취미인 친척 아주머니랑 다를 바가 없다. 그렇게까지 신경 쓰지 않아도 결혼하는 사람도 있고, 안 할 사람은 애를 써도 안 한다.

　"게다가 약혼자가 여덟 명이나 있는 토야가 신경을 써 봐야 사람을 놀리는 것처럼 밖에 안 보여."

　"맞아."

　두 누나가 절절히 고개를 끄덕였다. 앗, 또 괜한 것을 건드린 느낌이야.

"그러고 보니 모두에게 들었는데, 토야는 아이가 아홉 명이라고?"

"아니, 그건……. 진짜일지 어떨지는 모르겠지만, 그건 미래의 일로……."

"몇 년 후에는 우리도 고모 아주머니가 되어 버려. 모로하. 시간 참 빨리 지난다, 그치?"

아니, 처음 만난 지 아직 1년도 안 지났잖아요, 이보세요들. 이 두 사람은 벌써 절대로 '고모'니 '아주머니'라고 부르지 말라고 신신당부를 하는데, 너무 성급하다…….

"토야의 아이들이 태어나면 정말 큰일이야. 신의 가호가 터무니없는 숫자로 붙을 것 같거든."

"틀림없어. 세계신을 비롯해 나나 모로하, 아마 위에서 보고 있는 구경꾼들도 축복해 줄 테니까."

"그렇게 가호를 안겨 줄 신들이 있어요?"

농경신이나 수렵신이 흥미를 느끼고 있다는 것은 세계신인 하느님에게 들어서 알고 있지만. 그 외에 대체 얼마나 많길래.

"다른 세계에 비하면 적은 편이야. 네가 원래 있던 세계는 오락신이나 발명신 같은 신들이 가호를 팍팍 내려 주고 있거든."

이 경우 '가호'란, 바꿔 말하면 재능 비슷한 것인 듯했다. 아무래도 지구는 신들에게 상당히 사랑을 받는 모양이다. 많은 천재, 영웅, 위인이 태어나 세계를 더욱 좋은 쪽으로 발전시켰다.

때로는 그 탓에 혼란이 일어나기도 하지만, 그것도 문명의 발전에는 필요한 것일지도 모른다.

참고로 마법신은 내가 있던 세계에는 흥미가 없었다는 모양이다. 마법의 근본이 되는 마소가 없으니 흥미를 잃는 게 당연하다는 생각도 들지만.

"원래 이쪽 세계는 수많은 세계 중에서도 신들이 흥미를 느낄 만한 게 거의 없었어. 가장 먼저 오락신이 흥미를 잃었다는 모양이야. 다른 신들도 흥미를 느낀 것은 토야가 이쪽 세계에 온 뒤이기도 하고 말이지. 그때까지 이쪽 세계는 별 대접을 못 받았어."

그거야 어렴풋이 깨달았지만. 종교적인 것도 적고, 역사가 긴 것 치고는 문화가 정체되어 있었다. 세계신도 나를 이쪽에 보내지 않았으면 앞으로 1만 년은 내버려 뒀을지도 모른다고 말했고.

신들에게 잊힌 세계……. 그렇게 말하니 뭔가 슬프다.

"잊고 있었던 건 아니야~. 너무하네. 별로 이쪽 상황을 보지 않았을 뿐이지."

"나는 나름 꽤 봤었는데? 굳이 따지자면 토야가 원래 있었던 세계보다 이쪽을 훨씬 좋아해."

"그거야 모로하 누나는 검의 신이니, 총이나 미사일의 세계가 된 지구보다 이쪽을 더 좋아하는 거겠지만요."

마법의 신도 지구보다는 이쪽 세계를 더 좋아하겠지? 과거에 가호를 부여한 자들도 꽤 있지 않을까? 어쩌면 바빌론 박사도 그중 한 사람일지도 모른다…….

결국 신들은 변덕쟁이라는 건가. 신에게 사랑받은 세계는 발전하고, 그렇지 않은 세계는 정체된다. 무언가 계기가 있어 주목을 받으면 단숨에 발전하는 일도 있을지 모른다.

내가 이쪽 세계에 온 덕에 조금이라도 신들의 관심을 받는다면, 그것은 틀림없이 이쪽 세계에 있어 좋은 일이겠지. 그렇게 믿고 싶다.

"그러고 보니 새로 기사단에 들어온 그 사람. 그 아이도 가호를 받았더라고."

"새로? 아, 스피카 씨요?"

마경병으로 쓰러진 다크 엘프인 스피카 씨. 우리 기사단에 들어와 열심히 실력을 연마하는 중이라고 한다. 아침부터 밤까지 이 누나에게 철저하게 훈련을 받으면 강해지기 싫어도 강해질 수밖에.

"가호라면, 역시 '방패'인가요?"

"응. 본인은 모르는 것 같지만, 틀림없이 방패의 신의 가호……. 방패 재능을 부여받은 것 같아. 그 녀석도 나랑 마찬가지로 이쪽 세계를 좋아하니까."

검과 방패. 서로 떼어 놓고 생각할 수 없는 것들이다.

"그 하느님도 이쪽을 내려다보고 있을까요?"

나는 무심결에 하늘을 올려다보았다. 다른 하느님들도 온종

일 감시하고 있는 것은 아닌 듯하지만.

"방패의 신은 별로 관심 없는 것 같았어. 토야는 방패를 사용하지 않아서."

"【실드】는 자주 쓰는데요?"

"그건 마법의 신 분야겠지. 방패 녀석은 까다로워서 웬만큼 마음에 든 상대가 아니면 가호를 내려 주지 않아."

그럼 스피카 씨는 굉장히 마음에 들었다는 말이구나. 물론 신들은 재능을 내려 주는 것뿐, 그것을 꽃피울 것인지 아닌지는 본인의 노력 여하에 달린 것이겠지만.

그러니 나의 아이들도 신들에게 다양한 재능을 받는다 해도 노력을 하지 않고 게으름을 피우면, 아무것도 꽃피우지 못하고 그냥 평범한 사람으로 생애를 마치게 되겠지.

내가 아이들을 어떻게 키우느냐에 달려 있겠구나……. 아직 태어나지도 않았는데 벌써 아빠에게 이상한 압박을 가하면 어쩌자는 건지.

미래에 공연한 불안을 안은 채 성으로 돌아와 보니, 북쪽 대훈련장에서 무언가 마력의 파동이 느껴졌다. 그곳은 실제 프레임 기어로 훈련하는 것 외에 마법 훈련장으로도 사용되기 때문에, 누군가가 마법을 사용해도 이상하지는 않지만, 누구지?

신경 쓰여서 가 보니, 그곳에는 린과 린제, 그리고 스우와 메이드 수습생 레네가 있었다.

"앗, 토야 씨."

"안녕. 뭐 해?"

내가 왔다는 사실을 깨닫고 린제가 달려왔다. 손에는 책 같은 것을 들고 있었다.

스우와 레네는 눈앞의 표적에 마력을 집중한 채였고, 린은 폭주하지 않도록 옆에서 서포트하는 중이었다. 폴라가 그 주변에서 이리저리 움직이고 있는데, 저건 응원을 하는 건가……?

"마법 훈련 중이에요. 스우는 빛 마법, 레네는 바람 마법 훈련을 하고 있고……. 저는 이것, 을."

린제가 두꺼운 책을 보여 주었지만 문자를 읽을 수 없었다. 이건 고대 마법 언어인가? 【리딩】을 발동해 읽어 보았다.

"합성 마법 대전……?"

합성 마법? 들어 본 적 없는 계통인데, 고대 마법인가?

"합성 마법, 즉, 두 개의 마법을 섞어 발동하는 마법이에요. 예를 들어, 【파이어스톰】이라는 마법이 있는데, 그건 원래 불 속성과 바람 속성을 합친 합성 마법이었어요. 그것이 점점 간략해져서 지금의 불 속성 마법인 【파이어스톰】으로 변한 거죠. 원래는 더 위력이 높은 마법, 이었다고 해요."

"아~. 열화된 거구나."

정확하게 말하면 열화가 아니라, 모든 사람이 쓸 수 있도록 변한 것이라고 할 수 있지만.

F1 레이서밖에 못 타는 포뮬러카를 팔아 봐야 일반 시민은 탈 수 없다. 일반 시민에게는 더욱 타기 쉽고 쉽게 구매할 수 있는 경차가 더 잘 팔리는 것처럼.

어느새 오리지널이 다른 것으로 대체되고, 역사가 사라졌다. 그런 느낌이겠지.

"흐~웅……. 확실히 굉장한걸? 이【인비저블애로우】같은 건 쓸 만해 보여."

팔락팔락 페이지를 넘기면서 눈에 들어온 마법을 언급해 보았다. 보이지 않는 화살이라니, 반칙이잖아.

"네. 그건 빛 마법과 애로우 계열 마법의 합성 마법이라 저도 쓸 수 있을 것 같아요."

린제가 기쁘게 말하긴 했지만, 그거 꽤 고도의 마법 아닌가? 합성할 때, 다속성의 적성을 지니고 있지 않으면 사용할 수 없기도 하니까.

"【빛이여 오너라, 반짝이는 연탄(連彈), 라이트 애로우】!"

"【바람이여 오너라, 꿰뚫는 연탄(連彈), 윈드 애로우】!"

"오."

스우와 레네가 마법을 발동했다. 연탄이라고는 하지만, 약한 빛의 화살과 바람의 화살이 몇 발인가 날아가 각각 딱 하나만이 멀리 있는 목표물에 적중했다. 다른 화살은 빗나가 소멸했다.

"그럭저럭이네. 알겠어? 연탄 마법은 너무 목표물을 노리지 않아도 어느 것은 항상 맞게 되어 있어. 하지만 이런 연탄을 발사한다면, 당연하지만 전부 맞을 수 있도록 노력해야 해. 이렇게."

린이 얼음 연탄 마법을 외우자, 발사된 모든 화살이 잇달아 명중해 순식간에 목표물을 산산조각 냈다.

"역시 대단하구먼~. 괜히 브륀힐드의 궁정 마술사가 아니야…… 오, 토야!"

"안녕. 두 사람 모두 굉장한걸?"

나를 보고 스우 일행이 달려왔다. 스우는 빛 속성 적성을 지니고 있지만, 나와 만나기 전까지는 【라이트】 등의 초보적인 마법밖에 사용하지 못했다는 모양이었다.

그런데 이렇게까지 성장한 것은, 역시 자신이 할 수 있는 것을 스우 나름대로 모색했기 때문이다.

"레네도 열심히 하는구나?"

"응! ……이 아니라, 네! 일류 메이드는 전투도 잘해야 한다고 라피스 씨가……."

우리 메이드장은 이렇게 작은 아이에게 뭘 가르치는 건지……. 아무튼 그 사람 자신이 벨파스트의 첩보 부대 출신이니 어쩔 수 없는 건가.

린도 우리가 있는 곳으로 다가와서는 의미심장하게 한 가지 제안을 했다.

"마침 잘 왔어. 달링, 이곳에 팽 보어를 전이시켜 줄 수 있을까?"

"응? 못 할 건 없지만, 왜?"

"오늘의 마무리를 할까 해서. 움직이는 표적으로 실전 훈련. 그리고 적어진 성의 음식 재료 확보를 위해서."

팽 보어란 아장저(牙長猪)라고도 불리는 마수를 가리킨다. 그 이름 그대로 송곳니가 긴 멧돼지로, 신참 모험자에게는 상대하기 쉬운 상대이기도 하다. 고기를 팔면 돈이 되기 때문에 길드에 의뢰가 붙으면 젊은 사람들 사이에서 쟁탈전이 벌어질 정도다.

하지만 돌진력은 확실히 위협적이다. 얕보고 덤비면 크게 다칠 수도 있다.

"이 두 사람만으로 상대하게? 괜찮을까……?"

조금 걱정이 되어 두 사람을 힐끔 보자, 린이 한숨을 내쉬며 말했다.

"너무 과보호하는 것도 좋지 않아. 이 두 사람도 매일 성장하고 있거든. 정말로 위험해지면 우리가 어떻게든 해 주면 되잖아?"

음, 그거야 그렇지만. 의외로 린은 스파르타식이다.

"괜찮네, 토야. 우리를 믿게."

"맞아. 모두에게 이것저것 많이 배워서 강해졌으니까!"

으으음……. 본인이 이렇게까지 말하니 상대하게 해 줄

까……? 린의 말대로 위험해지면 내가 물리치자.

스마트폰으로 검색하니, 바로 근처 숲에서 한 마리가 있었다. 국내라면 여기저기 걸어서 돌아다녔기 때문에 【게이트】를 쓰면 어디든 갈 수 있다.

그럼 데리고 올까.

나는 직접 그 녀석이 있는 숲으로 이동했다. 갑자기 나타난 나를 보고 잔뜩 경계하는 팽 보어를 나는 지면에 【게이트】를 열어 대훈련장으로 보냈다.

돌아와 보니, 벌써 팽 보어가 두 사람과 싸우고 있었다.

"바, 【바람이여 오너라, 대기의 방벽, 에어 월】!"

〈부키이이!〉

레네가 만든 대기의 벽이 돌진하던 팽 보어를 튕겨 냈다.

"지금이야, 스우 언니!"

"조, 좋아! 【빛이여 오너라, 반짝이는 연탄(連彈), 라이트 애로우】!"

스우가 【라이트 애로우】를 발사했지만, 한 박자 늦었다. 뒹굴고 있던 팽 보어가 달리며 날아오는 빛의 화살 세 발을 모두 피했다.

"큭, 이 녀석!"

그 뒤에도 몇 발인가 쐈지만, 좀처럼 맞지 않았다. 아아, 역시 안 되는 건가. 앞을 전혀 못 읽고 있어.

"【바람이여 오너라, 꿰뚫는 연탄(連彈), 윈드 애로우】!"

레네도 바람의 화살을 쏘았지만 좀처럼 잘 맞지 않았다. 무조건 막 쏘아서는……

"우왓?!"

팽 보어가 눈앞을 달려갔고, 동시에 레네가 쏜 바람의 화살이 나의 바로 옆을 날아갔다. 위험해!

두 사람 모두 흥분했구나. 주변을 전혀 살피지 못하고 있어.

팽 보어가 도망만 다니다 공격적으로 나오기 시작하며, 두 사람을 향해 돌진했다. 나는 방어 마법을 언제든 전개할 수 있도록 그쪽에 주의를 기울였다.

스우가 마법을 외우기 시작했다.

"【빛이여 내뿜어라, 빛나는 섬광————.】"

앗, 이 마법은, 큰일이야.

"————플래시】!"

〈부키잇?!〉

눈 부신 빛이 스우의 손끝에서 발사되었다.

나는 순간적으로 팔로 눈을 가려서 괜찮았지만, 팽 보어는 정면으로 빛을 봤기 때문인지, 엉뚱한 방향으로 달리기 시작했다.

그리고 스우의 빛의 화살이 날아갔다. 조금 전처럼 전혀 맞지 않았지만, 팽 보어의 움직임이 둔해진 것만큼은 틀림없었다.

〈부키잇!〉

몇 번인가 날린 빛의 화살 중 하나가 겨우 맞아 팽 보어가 넘

어졌다. 그리고 다시 일어서려고 할 때, 레네가 날린 바람의
화살이 목을 꿰뚫어 팽 보어가 완전히 쓰러졌다. 오, 쓰러뜨
린 건가?

"야호! 성공이야!"

"해냈어! 스우 언니!"

"―――60점, 정도이려나?"

기뻐하는 두 사람에게 린이 찬물을 끼얹었다. 엄격하네. 75
점 정도는 줘도 되지 않을까?

"70점, 이에요."

린제도 점수가 짜. 물론 크게 칭찬해 줄 수 있을 정도의 사냥
은 아니었지만, 처음은 다들 이런 정도 아닌가?

"뭐가 안 좋았다는 겐가?"

"먼저 너희는 마법을 외우는 데 시간이 너무 많이 걸려. 그건
어쩔 수 없지만, 목표물을 노릴 거라면 그 주문을 외우는 시간
도 생각해야 해. 레네는 주변을 더 잘 살피는 편이 좋아. 달링
에게 맞을 뻔했잖아. 다음은 스우. 그곳에서 【플래시】를 사용
하는 것은 좋았지만, 미리 동료인 레네에게도 그 사실을 전해
줬어야 했어. 레네도 눈이 부셔서 잠시 움직이지 못했잖아?"

"으, 응. 갑자기 번쩍해서……."

"그, 그런가……. 미안하구먼, 레네."

스우가 추욱 어깨를 늘어뜨렸다.

"움직이는 목표를 마법으로 명중시키려면, 그만큼 빠르게

주문을 외워야 하고 정확하게 컨트롤해야 해. 그러려면 주변의 상황을 잘 파악해야 하지. 파티를 짜서 행동할 때에는 특히나 더. 마법을 사용하는 사람은 항상 냉정할 필요도 있어."

"알겠네."

"응, 알았어."

린의 말을 듣고 고개를 끄덕이는 두 사람. 아무래도 풀이 죽지는 않은 듯하다. 다행이야.

나는 【스토리지】에서 수레를 꺼내 쓰러진 멧돼지를 담았다. 아직 살아 있네. 움직이지는 않지만.

"좋아. 그럼 이 녀석을 요리장인 클레아 씨한테 가져가 줘."

오늘 중에 처리하는 편이 좋다. 스우와 레네가 사이좋게 수레를 밀면서 성 쪽으로 달려갔다.

"어느새인가 성장했구나, 저 아이들도."

"따라잡히지 않도록 저희도 힘내야, 해요."

린제가 흐음! 하고 기합을 넣었다. 이 아이는 노력가이니 따라잡힐 염려는 없다고 생각하는데……. 아무튼 우리도 이것저것 열심히 노력해야 하는 것만큼은 확실하다.

"그러고 보니 야에랑 힐다의 프레임 기어를 다 만들고, 이번엔 저 아이의 프레임 기어를 만들고 있지? 어떤 거야?"

"아, 그쪽은 로제타가 맡아서 하고 있는데……. 베이스가 되는 기체와 그것을 서포트하는 기체가 변형 합체해서……. 아~. ……으음, 한마디로 말하면 거대한 녀석이야."

두 사람 모두 쉽게 이해할 수 없을 것 같아서 나는 단적으로 쉽게 설명했다. 생각해 보니 이 두 사람에게는 그 애니메이션을 안 보여 줬었지?

"두 사람은 어떤 기체가 좋아?"

"저는 특별히 원하는 게……. 아, 언니처럼 치고받는 기체는 좀 그렇지만요……."

역시 그렇게는 만들어 주기 어렵다. 아마 린제의 기체는 모두의 서포트 역할을 하는 방향이 되리라 생각한다.

"나는 거대한 마법을 날릴 수 있는 기체가 좋아. 하지만 프레이즈한테는 마법이 효과가 없다니 의미가 없겠구나. 하지만 서포트 역할을 하는 기체보다는 직접 때리는 기체가 더 좋으려나?"

린의 경우에는 직접 마법으로 프레이즈를 공격하는 것이 아니라, 마법을 이용한 공격으로 대미지를 주는 쪽이 좋을 듯하다. 【아이스록】을 머리 위로 떨어뜨리거나, 【익스플로전】으로 총알을 날린다거나.

응. 충분히 가능할 것 같아. 그런 것은 로제타한테 맡겨야 하겠지만. 응?

누군가가 바지를 쭉쭉 잡아당겨서 발밑을 보니, 폴라가 '나도, 나도' 하는 포즈를 취했다.

"저기……. 네 전용기는 없어."

폴리는 싫어, 싫어, 라고 하듯 고개를 젓더니 마지막에는 넙죽 엎드리기까지 했다. 린은 어디서 이런 【프로그램】을 입력한 건지.

"아니, 너는…… 풋 페달에도 조종간에도 손발이 안 닿잖아."

쿠우우우우우우우웅! 쇼크를 받은 듯 쓰러지는 폴라. 눈치를 못 챘던 건가?

아니, 그런 것보다 점점 연기력이 늘어나는 것 같은데……. 이걸로 돈을 벌 수 있지 않을까?

'공방'에서는 걸려 있는 부여 마법까지 사라지기 때문에 복제할 수 없지만, 폴라를 양산할 수 있다면 극단을 만들어도 충분히 잘 해 나갈 수 있을 것 같은 느낌이 들었다. 말하지 않아도 대사를 해 줄 사람이 한 명만 있으면 어떻게든 될 것 같다.

그런 바보 같은 생각을 하면서, 아직도 연기를 계속하는 폴라를 두고 우리도 성으로 돌아가기로 했다.

곧장 무시당한 폴라가 온 힘을 다해 쫓아왔지만.

이상한 녀석이야.

ᴥ 제3장 황금 표주박

"꽤 속도가 나오네."

"그치?"

나는 '격납고'에 잠들어 있던 고속 비행정을 타고 하늘을 날았다. 현재 위치는 레굴루스의 상공. 조종은 모니카가 담당했다.

고속 비행정 '궁니르'. 선체는 짧은 조릿대 잎처럼 생겼는데 한가운데만 부풀어 있는 모양으로…… 창끝과 비슷한 형태인 후방에 작은 날개를 달아 놓은 모습이었다.

항공역학적으로 보면 도저히 날 수 없을 것 같지만, 실제로 날고 있는 이상, 어떠한 힘이 작용하고 있다고 볼 수 있다.

비행정으로 분류된 만큼, 물 위에 착수하는 것도 가능하지만, 육상에서도 착지할 수 있다. 상당한 속도로 날기는 하지만, 솔직히 말해 내가 【플라이】를 사용해 전속력으로 나는 편이 더 빠르다.

탑승 인원은 스무 명 정도. 공간은 나름대로 넓은 편이다.

원래 에테르리퀴드를 연료로 사용하지만, 시스템을 다시 조합해 개량한 덕분에 신형 프레임 기어와 마찬가지로 빛과 대기의 마력을 증폭해 에너지로 삼는 모양이었다.

"이 기체가 스우의 프레임 기어와 합체하는 거지?"

"이 기체는 등 쪽 부품으로 변형해. 물론 그때는 자동 조종으로 합체하니, 우리는 필요 없지."

이 기체는 자동 조종으로 전환하는 것도 가능하다. 음성 인식 기능도 있어서, 솔직히 말하면 올라탄 뒤, '～로 데려다줘'라고 부탁하기만 해도 목적지까지 날아간다. 단, 예상외의 사태에 대처할 수 없으므로 모든 것을 자동 조정에 맡기는 것도 문제라 생각한다.

"일단 은폐를 위해 장벽도 펼쳐 두었으니, 비행 중에는 보이지 않을 거야. 물론 비행음은 들리겠지만."

"이 비행정, 장비는 뭐가 있어?"

"아무것도 없어. 하지만 튼튼하니까 몸통박치기로 프레이즈도 쓰러뜨릴 수 있지."

그야 하급종이라면 괜찮겠지만……. 이 녀석으로 상급종에게 자살 공격 같은 건 하지 말아 줬으면 한다.

궁니르는 로드메어를 지나 유론 상공에 도착했다.

"황야와 폐허가 눈에 띄네……."

프레이즈가 짓밟고 지나간 대지와 쓰러진 나무들, 부서진 가옥, 그런 것들이 유난히 눈에 들어왔다.

그런 가운데 여기저기서 복구가 진행되는 마을과 도시가 보였다. 그런 일이 있어도 열심히 이 땅에서 살기로 결심하고 생활하는 사람들도 있구나.

그런 사람들이 자신을 적으로 여긴다고 생각하니, 어딘가 조금 우울해졌지만.

〈주인님.〉

"응? 코하쿠야?"

눈 아래에 펼쳐진 광경을 바라보는 중에 코하쿠가 텔레파시로 연락했다. 무슨 일 있나?

〈야에 님이 주인님과 이야기하고 싶다고 말씀을…… 크윽! '토야 님! 들리십니까?!'〉

"들려. 잘 들리니까 너무 코하쿠를 난폭하게 괴롭히지 마."

야에의 목소리가 코하쿠의 텔레파시에 섞여 들려왔다. 조금 전의 비명은 코하쿠였구나. 대체 왜 이렇게 서두르는 건지.

〈조금 전에 게이트 미러를 통해 어머니에게서 편지가 도착했습니다! 오에도에도 하시바군이 침공을 시작해 전쟁이 시작되었다 합니다! 하시바군은 20만, 토쿠가와 · 다테 연합군은 6만……. 전력 차가 세 배에 달하는 데다, 첫 전투에서 이에야스 님이 다쳤다는 소식이…….〉

"뭐라고?!"

츠바키 씨가 말했던 하시바 히데요시의 군대인가. 유론을 침공하기 전에 이셴을 통일하려고 움직인 건가?

〈소인이 '슈베르트라이테'에 올라타 하시바군을 물리치겠

습니다!〉

"아니, 그건 좀 그런데."

인간끼리 싸우는데 프레임 기어를 투입하는 것은 아무래도 마음에 걸린다. 진정하시오, 야에 님. 너무 당황하면 안 돼. 가족이 위기이니 어쩔 수 없는 건가.

"모니카, 이센의 오에도로 진로 변경."

"알겠어!"

전쟁터가 어디인지 모르니 직접 가 보기로 했다. 이곳이라면 10분 정도면 오에도 근처까지 도착하니까.

"아무튼 【게이트】를 열게."

조종실에서 나와 객실로 간 뒤, 내가 【게이트】를 열자, 안에서 야에와 코하쿠가 튀어나왔다. 튀어나왔다고 해야 하는 건지, 코하쿠는 목덜미를 붙잡혀 거의 질질 끌려온 느낌이었다.

"토야 님! ……앗, 이곳은 어디입니까?!"

실내를 두리번거리며 둘러보더니 야에가 코하쿠를 그대로 놓아 버렸다. 바닥에 떨어진 코하쿠가 비틀거리며 벌렁 누웠다.

〈크으으…….〉

작게 신음소리를 내며, 코하쿠가 눈이 핑핑 돈다는 듯이 뻗었다. 너무해.

"이곳은 비행정 안이야. 테스트 비행 중이었거든. 지금은 이센으로 가는 중."

"감사합니다……. 아버지와 오라버니도 전투에 나섰다는

소식을 듣는 바람에······.”

　전에도 이런 적이 있었지? 그때는 타케다의 귀면병(鬼面兵)이 상대였지만.

　그런데 어떻게 한담. 동맹국이라면 몰라도 내전이니······. 게다가 일개 영주에 지나지 않는 이에야스 씨의 편을 드는 것도 문제 아닌가? 프레임 기어 같은 걸 사용하면 완전히 들킬 테고 말이야.

　‘이센을 속국으로 삼으려고 한다’ 같은 말을 하는 녀석들도 나올지 모른다. 유론 쪽에서.

　“이럴 때는 역시 그냥 지나가는 가면 무장 정도로 변장하는 게 좋으려나?”

　“가면······ 말씀입니까?”

　나는 【스토리지】에서 미스릴 파편을 꺼내, 얇게 변형하여 가면을 만들었다. 얼굴 전부를 뒤덮는 철 가면 같은 것이 아니라, 윗부분만 뒤덮는 녀석이다. 이걸 쓰면 가면무도회에도 나갈 수 있겠는걸? 뿔도 붙여 둘까?

　그리고 자낙 씨에게 받은 이센풍 옷이 분명히 있었을 텐데. 무사 갑옷과 버선에 조리. 진바오리(陣羽織)라고 하는 갑옷 위에 걸치는 겉옷. 이렇게 하면 이센 사람으로 보이겠지. 【미라주】로 환영을 둘러도 괜찮지만, 그건 그거대로 귀찮다.

　주위에 【인비저블】을 걸고, 나는 투명해진 채로 빠르게 옷을 갈아입었다. 약혼자라고는 하지만 야에 앞에서 옷을 갈아

입는 것은 아무래도 저항감이 느껴진다.

앗, 칼을 잊었어. 야에에게 만들어 준 '투화'의 시제품이 남아 있었지? 나는 그것도 꺼내 갈아입은 옷의 허리띠에 찼다.

마지막으로 가면을 쓰면, 그냥 지나가던 강한 무사가 완성된다. 진바오리는 검은색에 은색 자수가 되어 꽤 멋지다.

"어때?"

"글쎄요……. 아무튼, 이셴 사람처럼 보이긴 합니다……."

야에가 뭐라 말하기 힘든 표정으로 나를 바라보았다. 그렇게 이상한가? 가면 같은 걸 쓰고 있는 녀석이 제대로 된 사람처럼 보일 리는 없겠지만.

"마스터. 이셴 상공이야."

조종실에서 모니카의 목소리가 들려 창문으로 밖을 내다보니 조금 전의 유론과는 달리 푸른 나무가 이어진 대지가 펼쳐져 있었다.

"오에도 북서쪽에 있는 평원에 사람들이 모여 있네. 저쪽이 전쟁터인가 봐."

"그쪽으로 서둘러 줘. 전속력으로."

"알았어. 1분이면 도착할 거야."

이윽고 펼쳐진 평원에 언덕을 등지고 세워진 성이 보였다. 성은 일본풍 성에 조금씩 서양풍 성이 섞인 느낌이었다. 주변에는 몇 겹이나 되는 해자가 파여 있었다.

그리고 그것을 둘러싸듯이 활을 겨눈 몇 만의 병사들. 병사들 중 몇 명인가는 황금 표주박이 늘어선 깃발을 등에 꽂고 있었다.

저게 하시바군인가. 도저히 20만으로는 보이지 않지만, 선행 부대려나? 그래도 몇 만은 되어 보인다.

해자를 건넌 다리의 끝, 성문 앞에는 파성추라고 불리는 통나무를 손에 든 병사들이 기세 좋게 몇 번이나 돌진하는 중이었다. 그들을 향해 성에서 활을 쏘았지만, 바람에 휘말려 활은 빗나가고 말았다. 바람 속성의 마법사가 있는 모양이다.

그러는 사이에도 통나무는 성문을 계속 부쉈다. 앗, 보고만 있을 때가 아니야. 서둘러야 해.

"야에는 성 안에 들어가서 주베에 씨나 주타로 씨를 찾아가 내가 왔다는 사실을 알려 줘. 아, 다른 사람들에게는 비밀로 하고. 나는 코하쿠랑 성문 앞에 있는 녀석들을 흩뜨려 버릴게."

"알겠습니다. ……소인은 그 가면을 쓰지 않아도 괜찮은 것이지요?"

"괜찮겠지. 유미나 일행과는 달리 야에와의 약혼은 대대적으로 발표하지 않았으니까. 왜? 쓰고 싶어?"

"무슨 농담을. 아버지와 오라버니가 걱정하십니다."

무슨 의미일까?

아무튼 야에를【게이트】로 천수각 근처로 보내고, 나는 원래대로 크게 돌아온 코하쿠를 데리고 성문 위로 전이했다.

"아니?!"

"뭐지?!"

눈앞에 갑자기 나타난 백호와 은색 가면을 쓴 남자를 보고 양쪽 진영 사람들이 깜짝 놀랐지만, 나는 신경 쓰지 않고 성문 앞에 내려섰다.

"에에잇! 방해다! 비켜라!"

파성추를 지휘하던 무장이 병사들에게 돌격 명령을 내렸다. 나까지 휩쓸며 성문을 부수려는 건가.

엄청난 기세로 다가오는 통나무를 향해 나는 오른손을 뻗었다.

"【그라비티】…… 【파워라이즈】."

쿠웅! 나는 한쪽 손으로 통나무를 받아냈다. 그리고 통나무를 붙잡고 매달려 있는 사람들까지 통째로 들어 올려 성의 해자 쪽으로 던져 버렸다. 내 체중을 무겁게 하고, 근력을 증가시키는 무속성 마법 【파워라이즈】를 이용해 통나무를 받아낸 것이다.

"아, 아니?!"

당황하는 하시바군과는 달리, 지금까지 성벽 위에서 나에게 활을 겨누고 있던 토쿠가와 · 다테 연합군은 적이 아니라고 판단했는지 활을 거두었다.

코하쿠의 엄청난 포효가 충격파가 되어 다리 위에 있던 하시바군을 단숨에 날려 버렸다.

"충고한다. 여기서 철퇴하라. 그러지 않으면……."

"그, 그러지 않으면, 어쩌겠다는 것이냐?!"

해자 너머에서 겁을 먹은 지휘관이 그렇게 물었다. 나는 스마트폰을 품에서 꺼내 타깃 지정이 완료되었다는 사실을 확인했다. 물론 표적은 하시바군이다.

"【슬립】."

"으악?!"

다음 순간, 쿠구궁, 하고 가벼운 지진 같은 충격이 발밑에서 울려 퍼졌다. 오오, 역시 이렇게 많은 사람이 한꺼번에 넘어지니 장관이구나. 눈앞의 병사들이 잇달아 쓰러졌다.

말에 타고 있던 녀석들은 무사한 모양이었다. 타깃 지정이 '하시바군 병사 발밑의 지면' 이었기 때문인가. 아무튼 좋다. 말을 다치게 하는 것은 내키지 않는 일이니까.

"뭐 하는 거냐! 일어서라!"

"장난치지 마라! 지금은 전쟁 중이다!"

말 위에서 상황을 파악하지 못한 상관이 분노에 차 마구 소리쳤다. 저런 녀석 밑에서 일하고 싶지는 않아. 이런 이변을 눈치채지 못하다니, 따끔한 맛을 보게 될걸?

"자, 가끔은 운동이라도 할까."

나는 【스토리지】에서 이센풍 창을 꺼냈다. 이건 날이 없는 것으로, 【패럴라이즈】 효과도 부여되어 있어 이런 상황에는 딱 안성맞춤이다.

전원(이라고는 해도 부적을 하고 있어서 팅겨 내는 녀석도 있지만)을 【패럴라이즈】로 마비시키는 것도 좋지만, 그 뒤가 귀찮으니까. 포로로 삼기에는 수가 너무 많고, 움직이지 않는다는 사실을 알게 된 토쿠가와 · 다테 연합군에 학살당하기라도 하면 뒷맛이 나쁘다.

이번엔 어느 정도 따끔한 맛을 보여 줘 후퇴하게 하자.

나는 훌쩍 코하쿠의 등에 올라탔다.

"코하쿠, 준비됐어? 단숨에 적진을 돌파하자."

〈알겠습니다.〉

나는 부웅, 창을 한 번 회전시키고 옆구리에 놓으며 자세를 잡았다.

"은색 귀무자, 참전하겠소!!"

한번 말해 보고 싶었다.

적진을 달려서 돌파했다. 창을 휘두르며, 가로막는 적들을 날려 버렸다. 코하쿠의 포효와 함께 충격파로 정면의 병사들이 날아가 길이 생겼다. 그곳을 빠져나가 단숨에 적진을 돌파했다.

U턴하여 창을 다시 겨눴다.

우와아. 많기도 해라. 아직도 우글거리네.

휘잉, 휘잉 하고 화살이 비처럼 쏟아졌다.

"【실드】."

방어 장벽을 펼쳐 화살을 막았다. 날아온 화살이 잇달아 튕겨 나가 떨어졌다.

자, 한 번 더 돌파할까. 코하쿠와 달려가려고 할 때, 적진에서 말에 올라탄 젊은 무사가 나타났다.

"워워. 나는 하시바의 부하, 후쿠시마의 마사노리라는 자이다! 창을 잡으면 천하무쌍, 나에게 이길 자는 없다! 그곳의 귀무자는 누구인가?! 이름을 말하라, 그렇지 않으면."

"【슬립】."

"크아악?!"

길고 긴 자기소개를 한 젊은 무사가 말에서 무참하게 굴러떨어졌다. 말의 안장과 등자의 마찰 계수를 떨어뜨렸다.

전쟁 중에 자기소개를 하다니 바보 아냐? 내가 있던 세계에서도 원나라의 침공 이후에는 거의 하지 않았다고 하던데. 이쪽 사정은 잘 모르지만.

비겁하다! 라든가, 정정당당하게 승부해라! 같은 말이 들려왔지만, 몰라, 난, 그런 거.

나는 아무 말 없이 적진을 돌파했다. 으아아!! 하고 새끼 거미가 흩어지듯이 병사들이 도망쳤다. 이게 뭐야. 그런 주제에 용케도 비겁하다는 소릴 했구나.

그래도 맞서는 자들이 있었지만, 나는 날아오는 창을 피하고, 반대로 말 위의 무사를 떨어뜨렸다.

조금 사람들이 밀집해 와서, 나는 귀찮은 마음에 주문을 외웠다.

"【바람이여 소용돌이쳐라, 폭풍의 선풍, 사이클론 스톰】."

"우와아아아아아아아아아?!"

적진에 용오름이 일어나 병사들이 상공 높이 날아가 버렸다. 그야말로 폭풍. 폭풍이 일어나는 모습을 옆에서 보면서도 나는 창을 휘둘러 잇달아 눈앞의 하시바군을 쓰러뜨렸다.

"기다려라! 나는 하시바의 가신, 카토."

"【사이클론 스톰】."

"우효와아아아아아아아아?!"

하늘 높이 날아가 버린 카토 아무개. 난 그런 거 모른다고 했잖아.

"뭐 하는 거냐?! 상대는 한 명이다. 둘러싸서 일제히 신체를 꿰뚫어라!"

밤색 말에 탄 무장의 목소리를 듣고 모든 병졸들이 360도로 나를 둘러싸고 동시에 창을 뻗었다.

하지만 그것보다도 먼저 코하쿠가 수직으로 도약하여 우리는 공중에 떴다.

"【모래여 오너라, 맹목의 모래 먼지, 블라인드샌드】."

"크아아악! 눈이!!!"

모래가 눈에 들어가 괴로워하는 병사들. 코하쿠가 바로 아래에 날린 충격파로 그들은 원형으로 날아가 버렸다.

착지한 코하쿠가 단숨에 달려 나가, 내가 그에 맞춰 창을 휘두르자 잇달아 적이 그 자리에서 쓰러져 갔다.

"【바람이여 꿰뚫어라, 나선의 창인(槍刃), 스파이럴 랜스】."

바람을 두른 창을 정면으로 내지르자, 그것은 폭풍의 창이 되어 일직선상에 있는 하시바군을 모조리 날려 버렸다.

"귀, 귀신이다! 귀무자다!"

"살해당하겠어! 이러다 전멸이야!"

누가 들으면 오해할 소릴. 죽은 것 같지만 전부 마비되어서 움직이지 못할 뿐이야.

발끈하는데, 성문 쪽에서 고함소리가 들려왔다.

"토쿠가와군이 밖으로 나왔다! 응전하라!"

"안 됩니다! 우측 진형이 여전히 무너진 상황입니다! 맞설 수 없습니다!"

오, 야에가 주베에 씨에게 나를 알린 건가?

내가 엉망진창으로 휘젓고 다닌 덕에 하시바군은 이미 오합지졸이 되어, 대부분은 싸울 기력이 없었다. 그 결과.

"후, 후퇴하라! 후퇴다! 후퇴!"

"전군 후퇴!"

쿠구구구구. 발에 올라탄 무장들이 쏜살같이 달려갔다. 그에 뒤질세라 졸병들도 나 살려라 하고 그 자리에서 도망가기 시작했다. 남은 사람들은 마비되어 움직일 수 없는 병사들뿐이었다.

　오오오오오———————! 하고 토쿠가와 · 다테 연합군 쪽에서 내지른 함성과, 승리의 포효가 주변에 울려 퍼졌다. 아무래도 추격은 하지 않을 모양이다.

　"일단 격퇴한 건가."

　〈그런 듯합니다.〉

　코하쿠에게서 내려와 나는 【스토리지】 안에 창을 되돌려 놓았다. 성문 쪽으로 시선을 돌려 보니, 이쪽을 향해 달려오는 야에와 주타로 씨의 모습이 보였다.

　"토……!"

　"쉬~잇!"

　깜빡 내 이름을 부르려고 해서 나는 손짓으로 부르지 못하게 막았다. 그리고 다가온 두 사람에게 작은 목소리로 말을 걸었다.

　"오랜만입니다, 주타로 씨."

　"토야 님. 도와주셔서 감사합니다. 정말로 큰 도움이 되었습니다."

　야에의 오빠, 주타로 씨가 깊게 고개를 숙였다. 여전히 딱딱하네~.

　"그건 그렇고 그 모습은……."

　"일단 입장이 입장이라서요. 브륀힐드가 얽혀 있다는 사실이 밝혀지면 귀찮아져요. 그래서 수수께끼의 귀무자인 거로 해 두려고요."

"네에……. 저희야 상관없습니다만, 뭐라고 부르면 될까요?"

"이름? 으~음……. 그럼 시로가네로 하죠."

대충 지은 거긴 하지만, 아마 괜찮지 않을까 한다. 굳이 이미지에 맞출 필요는 없다.

"그런 것보다도 이에야스 씨는 괜찮으신가요? 다치셨다고 들었는데요."

"아, 네. 주군은 어깨에 화살을 맞아 상처를 입으셨지만, 목숨에 지장은 없습니다."

"만나 뵐 수 있을까요? 회복 마법으로 치료할 수 있을 테니까요."

야에도 그렇지만, 이셴은 마법 속성을 지닌 사람이 거의 없다. 그러니 희소한 빛과 어둠 속성을 지닌 사람은 더욱 없겠지.

마력을 지니지 않은 것은 아니라, 대신에 독자적으로 발전한 간이 마술이 있다고 한다. 부적술이라든가 인술이라든가. 츠바키 씨가 목소리를 고양이 쪽으로 이동시킨 것도 그것이다.

"정말 감사합니다. 성에서 아버지도 기다리고 계십니다. 가시죠, 토…… 시로가네 님."

주타로 씨의 안내를 받아 나는 토쿠가와 병사들의 주목을 받으며 코하쿠 위에 올라탄 야에와 함께 성문 안으로 들어갔다.

"이것 참, 미안합니다. 토…… 시로가네 님에게는 또 빚이 생겼군."

이에야스 씨의 어깨 부상을 회복 마법으로 고치고 겸사겸사 그 외의 부상자들도 치료해 주었다.

나와 이에야스 씨는 성안에 있는 큰 방에서 만났다. 주변에는 중신들도 모두 모여 있었다. 그중에는 야에의 아버지인 주베에 씨의 모습도 보였다.

"소문은 이셴까지도 전해졌습니다. 아주 화려하게 일을 벌이고 있다고요?"

코밑수염을 기른 이에야스 씨가 흥미진진하다는 듯, 눈을 잔뜩 번뜩이며 작은 목소리로 그렇게 말했다. 벨파스트 국왕이나 미스미드 수왕과 비슷한 냄새가 나네…….

"혹시 무슨 소문이죠?"

"다양한 나라의 공주를 휘어잡았다, 악마의 군대를 혼자서 섬멸했다, 거인을 조종해 일국을 멸망시켰다 등, 열거하자면 끝이 없습니다."

이야야스 씨의 이야기를 들으면서, 나는 뻣뻣한 미소를 지었다. 미묘하게 진실도 섞여 있어 부장하기가 어렵다. 세세한 부분은 생략되거나 과장되어 이상한 식으로 전달되었겠지?

일단 지금은 관계없는 일이니 그냥 놔두자.

"영주님. 그분은 대체⋯⋯."

중신들 사이에서 의문스러워하는 목소리가 들렸다. 당연하다. 가면을 쓴 너무 수상한 남자가 왔으니 경계할 수밖에.

"음. 이분은 시로가네 님이라고 해서 말이네. 저기 코코노에 주베에의 손님이네. 그대들도 조금 전에 봤듯이, 그 강함은 천하무쌍, 그야말로 일귀당천(一鬼當千)의 강자지. 우리의 위기를 감지하고 이렇게 달려와 주신 것이야."

모두의 시선이 주베에 씨에게로 향했다. 그러자 주베에 씨는 가볍게 고개를 끄덕이며 그 말을 맞다고 확인해 주었다. 그 옆에는 야에의 모습도 보였다. 참고로 코하쿠는 작아져서 야에의 무릎 위에 올라 몸을 둥글게 말고 있었다.

"아~. 이에야스 님. 그런데 전황은 어떻게 돌아가는 중인지요?"

"압도적으로 불리합니다. 수적으로는 하시바군이 우리를 훨씬 뛰어넘지요. 이기려고 한다면 상대의 약한 결속을 노릴 수밖에 없습니다."

"약한 결속?"

"하시바군이라고는 하나, 원래 오다, 모리, 시마즈, 초소카베의 병사들이 대부분입니다. 때문에 모두가 충성심이 있어

따르는 것은 아닙니다. 다들 히데요시의 힘을 두려워하는 것뿐이지요."

공포에 의한 통제는 오다 노부나가의 전매특허라고 생각했는데. 물론 잔혹함으로 따지면 히데요시도 만만치야 않으니까. 분명히 아들인 히데요리가 태어나자 이제는 볼일이 없다며 조카인 히데츠구를 할복하도록 몰아넣었었지? 게다가 히데츠구의 정실·측실 그리고 아이들까지, 약 30명 정도를 참수했다던가?

하지만 전국 시대의 무장은 오히려 잔혹하지 않은 사람이 드물었다. 토쿠가와 이에야스도 타케다와 내통한 가신·오가야시로를 톱질형으로 죽였다는 이야기를 할아버지에게서 들었다.

눈앞에 있는 이에야스 씨와는 별로 이미지가 겹치지 않지만, 히데요시는 아무래도 다른 듯하다.

"왜 다들 히데요시를 따르는 거죠? 그렇게 강한가요?"

"히데요시는 황금 표주박으로 신기한 술수를 쓴다고 합니다. 그 힘에는 아무도 거스를 수 없어, 모두 따를 수밖에 없다고 하더군요. 오다 노부나가 님이 암살당한 것도 아케치 미츠히데가 그 힘에 조종을 당했기 때문이라는 소문이 있습니다."

황금 표주박······? 혹시 아티팩트일지도 모르겠어. 설마 '불사의 보옥' 처럼 또 '창고' 에서 떨어진 건 아니겠지?

서둘러 스마트폰을 꺼내 '창고' 의 행방불명 리스트를 열어 보았다. ……아니, 해당하는 물건은 없네. 그렇다면 용왕 사건 때처럼 다른 제작자의 작품인가?

"그렇다면 히데요시가 가지고 있다는 황금 표주박을 어떻게든 하면, 상대측은 와해할 거란 말이죠?"

"아마도 그렇지 않을까 합니다. 다만 히데요시는 자신의 성에서 한 발짝도 나오지 않고 있습니다. 같은 영주인 나조차 모습을 본 적이 없지요. 이것도 소문이지만, 상당히 원숭이 같은 얼굴이어서 사람들 앞에 나오지 못한다고 합니다."

원숭이 얼굴이라. 머리가 까지면 대머리 쥐가 되는 걸까?

그건 그렇고 방콕족 영주라. 애초에 태생도 모르는 사람이 갑자기 영주가 된다는 것도 이상한 이야기다.

우연히 황금 표주박을 주운 원숭이 얼굴 같은 남자가 그 힘을 사용해 오다에게 접근하고, 이윽고 왕을 조종하여 영주가 되었다……?

하지만 그냥 왕을 조종하는 편이 편하지 않을지……. 아, 이셴은 왕이 실제로는 권력이 없었던가?

그리고 이제 쓸모없고 방해만 되던 오다를 죽이고, 자리를 빼앗았다. 그다지 틀린 점은 없을 것 같은데, 과연 어떨까?

"히데요시는 어디에 있죠?"

"오사카 성. 히데요시가 만든 황금의 성에 있습니다."

황금이라. 확실히 히데요시 같긴 하지만, 너무 화려하잖아.

스마트폰으로 지도를 공중에 투영해 검색했다. 주변 중신들이 깜짝 놀라 큰 소리를 냈지만, 신경 쓰지 말자.

쳇. 아주 정성스럽게 결계를 펴 놨구나. 성에다가. 【게이트】로 가는 건 어려운가. 그럼 비행정 '궁니르' 를 타고 직접 갈까.

"토…… 시로가네 님. 대체 뭘 하실 생각이신지요?"

"직접 히데요시를 치러 갈까 합니다. ……천수각에 직접 궁니르를 부딪치는 건 좀 그런가……. 전부 날아가 버리니까. 귀찮지만, 성안으로 들어갈 수밖에 없으려나?"

중얼거리는 내 말을 듣고 이에야스 씨가 어이없다는 듯이 말했다.

"새삼스럽지만, 그게 가능합니까?"

"네, 가능해요. 이쪽은 이래저래 비장의 수단이 있거든요. 작전은 성에 들어가 히데요시를 찾고, 그 뒤엔 황금 표주박을 어떻게든 하는 것인데요……."

"그 작전, 소인도 함께 갈 수 있겠습니까?"

복도에서 갑자기 목소리가 들려 모든 사람의 시선이 그쪽을 향했다.

그곳에는 눈이 가늘고 키가 큰 종을 거느린 나와 비슷한 또래의 소년이 한 명 서 있었다. 검은 하카마에 검은 갑옷, 컬러풀한 물방울 모양의 보라색 진바오리. 의상도 화려했지만 가장 눈에 띄는 것은 그런 것이 아니라, 오른쪽 눈에 걸린 안대였다.

척안에 이런 모습이라면, 설마…….

"시로가네 님이라고 하셨습니까? 조금 전의 전투, 실로 훌륭했습니다. 소개가 늦었군요. 소인은 다테령의 영주—— 다테 토지로 마사무네라고 합니다. 앞으로 잘 부탁드립니다."

역시나.

"다테…… 마사무네? 그럼 그쪽 사람은……."

"가신인 카타쿠라 코주로 카게츠나입니다."

"처음 뵙겠습니다."

실눈인 청년이 조용히 고개를 숙였다. 역시. 다테 마사무네 하면 카타쿠라 코주로 카게츠나. 떼려야 뗄 수 없는 명콤비다.

아니, 그런 것보다.

"데려가 달라니…… 오사카 성에요?"

"그렇습니다. 히데요시라고 하는 자를 한번 보고 싶어서 말입니다. 그리고 그 황금 표주박이라는 것에도 흥미가 있습니다."

대담하게 웃는 마사무네. 그야말로 악동 같은 웃음이다. 뭔가 꾸미고 있는 듯한…….

그 모습을 보고 이에야스 씨가 한숨을 내쉬며 어이없다는 듯이 말했다.

"마사무네. 보아하니, 황금 표주박을 손에 넣어 자신이 이용하려고 하는 듯하네만, 그만두는 게 좋아."

"아니?! 어떻게 소인의 마음을?!"

"마사무네 님. 생각이 완벽하게 얼굴에 드러나 있었습니다."

당황하는 마사무네에게 뒤에서 충고하는 코주로 씨. 무심코 진실을 말한다는 것은 이걸 두고 하는 말인가.

"말해 두지만, 상황에 따라서는 표주박을 파괴할 거예요. 아무래도 별로 좋지 못한 아티팩트인 듯하니까요."

"으으음……. 어쩔 수 없지. 시로가네 님의 말씀도 지당하십니다. 따르지요."

말은 그렇게 하면서도 마사무네는 히죽이는 표정을 짓고 있었다. 정말 얼굴에 다 드러나는 녀석이네.

"……부수기 직전에 옆에서 슬쩍할 생각이죠?"

"아니?! 어떻게 소인의 마음을?!"

"마사무네 님. 이번에도 생각이 얼굴이 고스란히 드러나고 있습니다."

조금 전과 마찬가지 대화를 하는 다테 주종. 으~음. 나쁜 녀석은 아닌 것 같은데. 원래 있던 세계의 다테 마사무네도 모략을 좋아한다는 평이었지? 그게 완벽하게 겉으로 드러난다는 점은 전혀 다르지만.

"그런데 이에야스 님, 다테의 영주를 적진 한가운데에 데리고 가도 괜찮을까요?"

"그것은 다테 가문의 문제이니 내가 뭐라고 말하긴 뭐하군요."

이에야스 씨에게는 동맹 상대였지만, 그것까지 간섭할 생각은 없는 듯했다. 하지만 만약 마사무네가 죽으면 다테와의 동맹도 파기되는 것은 아닐는지.

"아니, 솔직히 말해 오사카 성에는 나도 가고 싶습니다. 전투를 모두 손님에게 맡기고 가만히 뽐내고 있을 정도로 후안무치는 아니니 말입니다."

으음. 확실히 나 혼자 처리를 해 버리는 것도 좀 그런가?

"그럼 오사카 성을 포위해서 시선을 다른 곳으로 돌려주실 수 있을까요? 그 사이에 제가 표주박을 어떻게든 할 테니, 나머지는 이에야스 님 일행이 알아서 하시는 거로 하시죠."

"그것은 상관없습니다만…… 여기서 오사카 성까지 얼마나 먼지 아시는지……. 아, 토…… 시로가네 님은 전이 마법을 사용할 수 있었군요."

이 성을 텅 비게 놔두는 것은 위험하므로, 토쿠가와 · 다테를 합쳐 3만 명 정도를 원정에 보내기로 했다. 급습하는 것이니 이 정도로도 충분하겠지.

"하지만 히데요시를 어떻게 처리한다고 해도, 이 내란이 과연 진정될까요?"

"원래 오다가 시작한 전쟁을 하시바가 이어서 지금 상태가 된 것입니다. 하시바를 어떻게든 처리하면 전쟁은 끝나리라 생각합니다만……."

"하지만 왕에게 이 나라를 다스릴 힘은 없습니다. 과연 천하의 종이풍선은 누구의 손에 떨어질까요."

마사무네가 그렇게 말하며 팔짱을 끼었다. 이봐요, 얼굴에 나쁜 생각이 다 드러나거든요? 틀림없이 무언가를 꾸미고 있는 얼굴이다. 그래서는 이에야스 씨처럼 산전수전 다 겪은 너구리를 당해 낼 수 없어요.

만약 이것으로 오다를 흡수한 하시바를 쓰러뜨렸을 경우, 순조롭게 가면 이에야스 씨가 가장 큰 힘을 지닌 영주가 된다.

응? 어라? 그럼 이제부터 시작되는 것은 세키가하라 전투? 하지만 장소는 오사카 성이니, 오사카 전투가 되는 건가? 아니, 그건 히데요시의 사후였고, 지금은 겨울이잖아. 곧 봄이 되긴 하지만.

아무튼 그런 건 생각을 해 봐야 소용없다. 어차피 히데요시가 이 나라를 통일해 유론을 침공하면 성가시기도 하니까. 일단 '궁니르'를 타고 오사카 성까지 가 볼까.

"저게 오사카 성……?"

저건 또 뭐야. 완전 금색으로 번쩍거리잖아. 벽도 기와도 담벼락도 금색으로 빛났다. 혹시 금각사 아니야? 형태도 내 기억 속의 오사카 성이랑 다르고 말이지. 대체 얼마나 들었을까.

계속 보니 태양빛이 반사되어 눈이 따끔거렸다.

저곳에 히데요시가 있는 거구나. 일단 지도 검색을 해 보았는데, 역시 아무것도 검색되지 않았다. 가 볼 수밖에 없는 건가.

일단 모두를 전송시키자.

황금 성을 빙글 둘러싸고 있는 해자와 성벽의 외곽, 그 사방에 토쿠가와·다테 연합군 병사들이 나타났다.

이윽고 어디에선가 나각(螺角) 소리와 북소리가 울려 퍼졌다. 그리고 일제히 사방에서 오사카 성으로 병사들이 몰려왔고 서로 활을 쏘아대기 시작했다.

갑작스러운 기습이라 그런지, 별 준비도 못 한 오사카 측은 철저히 방어에 전념했다.

"좋아, 지금이야. 성 안으로 침입할까?"

"저어……. 오사카 성은 결계가 쳐져 있어 전이 마법으로는 들어갈 수 없다고 들었습니다만. 그렇다면 어떻게…… 설마……."

"물론 날아서."

내 말에 노골적으로 싫다는 표정을 짓는 야에. 그렇게 싫어?

상공에서 로제타가 타고 있는 '궁니르'가 대기하고 있지만, 굳이 그걸 타고 성안으로 가는 것보다는 직접 날아서 가는 편이 더 빠르다고 생각하는데.

"뭐하면 여기서 기다리고 있어도 돼……."

"아니요, 소인도 가겠습니다. 미래의 아내로서, 남편과 운명을 같이 하는 것은 바라던 바입니다."

가슴 앞에서 양손을 쥐고 기합을 넣는 미래의 아내. 기쁘지만, 죽으러 가는 것 같은 말투는 그만뒀으면 한다.

"그럼 갈까? 야에는 코하쿠 등에 타 줄래?"

"이렇게 말입니까?"

코하쿠와 그 위에 걸터앉은 야에에게 나는 【레비테이션】을 걸어 공중에 떠오르게 했다.

그리고 둥실 하고 떠오른 야에 일행을 데리고 【플라이】를 사용해 단숨에 오사카 성으로 날아갔다. 당연히 그 모습은 【인비저블】로 지웠기 때문에 화살에 맞을 걱정은 없었다.

천수각을 통해 내부로 들어가 보니, 그곳은 넓은 나무판자가 깔린 방이었다. 뭐야 이건. 안까지 금색이야……? 천장에서 벽, 기둥까지 반짝거렸다.

"악취미이군요……."

"동감이야."

금색을 좋아하는 사람은 출세 지향이 강하다고 하는데, 이렇게까지 심각하면 아무래도 좀…….

아무튼 이곳에는 히데요시가 없는 것 같아서 계단을 따라 아래로 내려갔다.

한 층 더 내려가 봤지만 역시 아무도 없었다. 하지만 긴 판자가 깔린 복도를 빠져나가는 도중에 묘한 기척이 느껴졌다. 흐릿하긴 하지만 명백하게 이질적인 기척. 야에 일행은 느끼지 못한 듯했지만, 나는 확실히 알 수 있었다.

나는 신중하게 이동하여 금박으로 뒤덮여 있는 장지문을 하나하나 열고 기척이 나는 곳으로 가까이 다가갔다.

"어?"

"왜 그러시는지요?"

모습을 살피려고 장지문을 조금 열고 안을 들여다본 나는 곧장 문을 닫았다. 방금 그거 뭐야?! 눈이 이상해졌나 싶어서 가볍게 비비고 한 번 더 문을 살짝 열어 보았다.

안은 큰 방으로, 한 단 높이 올라와 있는 곳에 누군가가 누워 있었다. 붉은색과 보라색 같은 화려한 색으로 물든 옷과 금색 바지, 그리고 금색 겉옷을 걸쳐 번드르르한 그 녀석은 엉덩이를 긁적이는 중이었다. 게다가 허리에는 2리터 페트병 정도 크기의 금색 표주박이 매여 있었다. 설마 저 녀석이 히데요시?!

할 말을 잃은 내 옆에서 안을 들여다본 야에가 그 모습을 보고 가만히 중얼거렸다.

"……원숭이군요."

"아, 역시 잘못 본 게 아니었구나."

야에의 말을 듣고 은근히 안심되어 나는 가슴을 쓸어내렸다. 내 눈이 이상한 게 아니었다.

몇 번을 봐도 큰 방에서 쉬고 있는 존재는 원숭이였다. '얼굴이 원숭이 같은 인간'이 아니었다. 원숭이다.

크기는 야에보다 조금 작은 정도. 일본원숭이처럼도 보이고 오랑우탄처럼도 보였다. 저렇게 큰 일본원숭이는 없지만. 마수인가?

"어떻게 된 거지? 저 녀석은 히데요시가 키우는 애완동물인가 뭔가인가?"

〈거기 있는 자는 누구냐?〉

말했다. 원숭이가 말했다. 이쪽을 바라보며 손에 든 부채를 탁탁 두드리면서.

들켰다면 어쩔 수 없다. 드르륵 장지문을 열고 우리는 원숭이와 대치했다.

〈호오. 도깨비와 여자, 흰 호랑이라. 이것 참 신기한 손님이군. 밖에서 소란을 피우는 녀석들의 동료인가?〉

"……설마 정말로 네가 히데요시야?"

〈카카카. 그렇고말고. 내가 하시바 치쿠젠노카미 히데요시다.〉

목소리는 들렸지만, 그와 동시에 끼이끼이 하는 원숭이 소리도 들렸다. 뭐지, 이 위화감은. 서투른 탤런트가 더빙한 영화의 대사를 듣고 있는 기분이었다.

〈용케도 여기까지 왔군. 칭찬해 주마. 상으로 내 측근으로 발탁해 주겠다.〉

"그거 참 고맙네. 하지만 거절하겠어."

〈너희는 거절하지 못한다.〉

히데요시의 눈이 아주 잠깐 붉게 빛났다. 그때 허리의 표주박에서 새어 나온 것을 나는 놓치지 않았다.

갑자기 옆에 있던 야에와 코하쿠의 몸이 경직되더니, 눈의

초첨이 풀리기 시작했다. 마치 최면유도제를 맞아서 의식을 빼앗긴 듯했다.

"……너, 뭘 한 거지? 아니, 그런 것보다……."

〈아니?! 왜 네놈은 멀쩡한 것이냐?!〉

원숭이가 당황한 듯 벌떡 일어섰다. 다시 원숭이의 눈이 번뜩이며 황금 표주박에서 '그것'이 새어 나왔다. 역시 이 녀석…….

〈왜지?! 왜 효과가 없는 것이야?!〉

"넌 역시 그냥 원숭이구나. 그리고 본체는 그쪽의 표주박……. 아니, 정체를 드러내라, 총속신."

〈네 이놈! 정체가 뭐냐―――――!〉

원숭이의 눈이 새빨갛게 물들었다. 그리고 표주박에서 살짝 새어 나온 것은 틀림없는 신기(神氣). 신계의 사람만이 지닌 기력인데, 세계신이나 카렌 누나 등과는 달리 탁하게 보였다.

종속신은 하급신보다도 아래인 신이었다고 했었지? 말단이라고는 하지만 신은 신. 인간을 조종하는 것 정도야 식은 죽 먹기인 게 당연하다.

나에게는 신력이 있어서 저항할 수 있었던 거구나. 코하쿠는 내 마력으로 존재하고 있어서 저항할 수 없었던 것일지도 모른다.

브륀힐드 성에 있는 루리와 염력으로 연결했다.

〈루리, 들려?〉

〈네, 주인님. 무슨 일이신가요?〉

〈지금 카렌 누나나 모로하 누나를 찾아 줘. 종속신을 찾았다고 하면 바로 알 거야.〉

〈알겠습니다.〉

신기를 사용하면 세계 어디에 있든 알 수 있다고 누나는 말했지만, 아마 이 녀석은 감지되지 않을 만큼만 아주 아슬아슬하게 신기를 사용했던 게 틀림없다. 그래서 그 힘을 발하는 순간에만 신력이 새어 나오는 것이다.

그러고 보니 내 신기도 새어 나오고 있을 텐데, 이 녀석, 눈치채지 못한 건가? 아니면 어느 정도 컨트롤할 수 있게 되었다든가? 시험해 볼까?

나는 눈을 감고 의식이 몸 안쪽을 향하게 했다.

······아, 확실히 몸 안에 있는 마력과는 다른 무언가가 느껴진다. 뭐라고 하면 좋지? 공기의 온도 차 같이 확실히 느껴지는데. 이걸 마력이 나오지 못하게 하면서 몸 밖으로———.

다음 순간, 내 몸에서 눈부신 섬광이 뿜어져 나와, 주변이 빛의 소용돌이에 휩싸였다. 눈이 부실 정도의 반짝임이 방 안에 난무했다.

"으······."

그게 좀 진정됐다 싶어서 보니, 어느새인가 몸이 은은하게 빛을 내뿜고 있었다. 놀라서 자신의 손을 보려고 고개를 숙였는데, 매끄럽게 어깨에서 무언가가 흘러내렸다. 응? 머리카락?

머리에 손을 대 보니, 허리 부근까지 머리카락이 자라 있었다. 이게 뭐야……. 색까지 금색이라고 해야 할지, 백금? 같은 색이야?!

〈네, 네 이놈! 그, 그 신력은! 신계의 심부름꾼이냐?!〉

원숭이가 겁을 먹은 듯이 뒤로 물러섰다. 표주박이 원숭이의 허리에서 굴러떨어져 탁한 금색 빛을 내더니, 점점 사람의 형태로 변해 갔다.

그곳에는 밉살스럽다는 듯이 이쪽을 노려보는 마르고 흰 수염을 기른 노인이 서 있었다.

'오, 나는 손오공 토야!'라는 대사를 무심코 할 뻔할 만큼, 내 머리카락은 플라티나블론드로 변해 허리까지 뻗어 있었고, 몸에서는 엄숙한 빛이 새어 나왔다. 머리카락이 위로 뻗어 있지 않은 것만 해도 다행인가?

눈앞의 노인에게서도 마찬가지 현상이 일어났지만, 그 빛은 금색은 금색이라도 탁한 금빛이었다. 다크골드라고 해야 할까. 수상함 대폭발이다.

"히얏!"

아주 마른 사마귀 같은 노인이 손바닥에서 신기를 내뿜었지만, 나는 그것을 똑같이 손바닥을 뻗어 막았다. 다음 순간, 우리가 있던 큰 방 주변이 모두 다 날아가 버렸다. 황금 천수각도 바닥도 벽도, 우리를 중심으로 모든 것이 날아가 산산조각이 났다.

"우끼————————————————?!"

금색 의상으로 몸을 두른 원숭이는 완전히 뒤집혀 잔해와 함께 계단 아래로 떨어졌다. 원숭이도 나무에서…… 아니, 성에서 떨어진다는 건가.

나와 노인…… 정체를 드러낸 종속신과 나는 공중에 뜬 채, 서로를 계속 노려보았다.

어? 나 지금 【플라이】도 【레비테이션】도 사용하지 않았는데 떠 있네? 신력의 효과인가?

신기하게 생각하는데, 수염이 난 사마귀 노인이 입을 열었다.

"네놈은 대체……. 신계에서 나를 잡으러 온 하급신이나 종속신……."

"양쪽 다 아니고, 그건 내 역할도 아니야. 그런 것보다 얌전히 그냥 잡히지? 멋대로 지상에 내려오면 안 되잖아? 게다가 마구 간섭해서, 지금 이셴이 엉망진창이야."

"시끄럽다! 매일매일, 따분한 나날을 보내야 하는 고통을 네놈이 알기나 하냐?! 어떤 신도 되지 못하는 허무한 우리의 갈증을 말이다!"

아~. 하급신보다 아래쪽 신은 직책이 없다는 건가. 카렌 누나는 연애를 관장하는 연애신, 모로하 누나는 검을 관장하는 검신. 즉, 이 녀석은 백수? 니트구나.

"나는 아직 최선을 다하지 않았을 뿐이다! 걸맞은 지위와 힘이 있으면 누구나 숭배하는 신이 될 수 있을 터인데……!"

하는 말까지 완벽한 니트다. 니트의 신이 되면 딱 좋지 않나?

결국 이 녀석은 자신의 실력을 인정해 주지 않는 신계에 불만이 있어 이쪽 세계에 내려와 몰래 세계를 변혁시키려고 했단 말인가.

그리고 그것을 실적으로 내세워 취직…… 아니, 하급신이 되려고 생각한 것이구나. 진짜 민폐다.

"하지만 당신이 한 짓은 신계의 룰을 어긴 거잖아? 얌전히 자수하는 게 좋을 것 같은데?"

"흥. 느껴진다. 네놈의 신기는 아직 고르지 못하구나. 보아하니, 아직 신이 된 지 얼마 되지 않은 신신(新神)이군. 그런 녀석에게 내가 붙잡힐 것 같으냐?"

"아니, 그러니까 그건 내 역할이 아니라……."

종속신의 말을 정정하려고 했을 때, 갑자기 우리 주변의 경치가 일그러졌다.

정신을 차려 보니, 주변이 유백색 공간에 반짝이는 빛의 입자가 떠다니는 세계로 변해 있었다. 아름답고 신비한 공간이 한없이 펴져 있었다. 지면이 없는 곳에서 우리는 마치 우주 공간에 있는 것처럼 떠다녔다.

"이곳은……."

"정령계야. 이곳이라면 신력을 사용해도 지상에 영향을 주지 않거든."

내 옆에 휘익 하고 카렌 누나가 나타났다. 누나가 전이시킨 거구나. 앗! 야에하고 코하쿠는?!

"야에하고 코하쿠라면 최면 상태를 해제해서 아군 진영으로 보냈으니 걱정할 거 없어. 실수는 없으니 걱정 마."

마찬가지로 휘익 하고 이번엔 모로하 누나가 나타났다. 그 모습을 보고 종속신이 깜짝 놀란 표정으로 뒷걸음질 쳤다.

"연애신에 검신?! 왜, 왜 이런 곳에……?!"

"왜냐니, 지상에 민폐를 끼치는 너를 붙잡기 위해서지. 생각보다 우리의 눈을 잘 속이고 있었던 모양이지만, 이제 포기할 때야."

모로하 누나가 허리의 검을 빼냈다. 그것은 그냥 평범한 강철 검이었다. 하지만 가지고 있는 사람이 검신이라면 이야기는 다르다. 그냥 강철 검도 신검으로 변한다.

"지상에서는 신의 힘을 신의 힘을 행사하려면 여러 가지 규칙이 있어. 너는 그걸 깬 거거든? 아니, 무직이니까 쓰면 안 돼."

"크으으……! 무직, 무직, 무직……! 이놈이고 저놈이고……!"

카렌 누나의 말을 듣고 이를 가는 종속신. 기본적으로 누나들은 각각 연애나 검과 관련된 것 이외에는 힘을 사용하지 않았다. 일단 규칙이 있는 모양이지만, 내 위치가 애매하다는 것은 이전에 들은 적이 있다.

신의 힘이 깃들어 있지만 신은 아니다. 신은 아니니 힘을 제한받아야 할 이유도 없다. 그런 느낌이다.

세계신이 '너는 ○○신이다!' 하고 승인하면, 신들의 동료가 된다는 모양이지만. 일단 현재로써는 그럴 생각이 없다.

"자, 얌전히 잡히면 우리도 편할 거야. 정상참작을 해 줄 이유는 보이지 않지만."

"하등 생물로 전생하는 형벌 1억 년 정도야."

"큭…… 웃기지 마라!"

종속신이 또다시 신력을 방출했지만, 그것보다도 빨리 모로하 누나가 움직여 뻗은 그 오른팔의 팔꿈치를 일도양단해 버렸다.

"크으으윽?!"

절단된 팔에서는 피가 흐르지 않았고, 절단되어 떨어져 나간 팔은 그대로 공중을 떠돌았다.

말단이라고는 해도 신은 신. 역시 불로불사의 존재인가. 지금 힘껏 노화하여 할아버지인 척을 하지만, 이 녀석은 어쩌면 위엄을 내고 싶었던 것뿐일지도 모른다. 겉모습부터 갖추고 뭘 시작하려는 녀석 꼭 있지.

"더 이상 저항하면 그 목을 치고 데리고 갈 거야. 속죄만 잘하면 또 신으로서 전생할 가능성도 있는데, 그냥 소멸하길 원하는 건가?"

신이라도 불로는 어쨌든 불사는 아닌 듯했다. '호기심은 고양이를 죽이고, 따분함은 신을 죽인다'라고 하니까. 신도 죽는 거겠지. 아마도.

"하등생물 따위로 태어나느니 마지막까지 발버둥 치겠다!

하앗!"

"음?! 그렇게 둘 줄 알고?!"

갑자기 눈 부신 빛이 종속신에게서 뿜어져 나오는가 싶었을 때, 모로하 누나의 검이 그 종속신의 머리를 일도양단, 두 개로 나눠 버렸다. 으아아. 피는 흘리지 않지만 역시 보기는 굉장히 안 좋아.

"크흐흐, 다음은 그렇게 안 될 거다……."

"다음이라고?"

"모로하, 그 녀석의 팔!"

쓰러지면서 웃는 종속신을 무시한 채 카렌 누나가 그렇게 외쳤다.

잘려 나가 떠다니던 팔이 흔들리면서 그 자리에서 사라졌다. 이윽고 칼에 베여 쓰러진 종속신의 본체가 모래처럼 무너져 갔다.

"큭, 나쁜 머리는 정말 잘 돌아간다니까."

"……안 되겠어. 신기를 끊어 버렸나 봐."

"응? 지금 어떻게 된 거예요?"

무슨 일어났는지 이해를 하지 못한 내가 두 사람에게 물었다.

"그 녀석은 자신의 신격이나 신력을 거의 오른팔에 옮기고, 그것을 분신 삼아 지상으로 전이했어. 게다가 또 신력을 지우고 무언가로 모습을 바꾸어서 말이야."

"즉, 도로아미타불. 처음부터 다시 시작이야."

이럴 수가. 여기까지 궁지로 몰아넣었는데 놓치고 말다니.

신력을 지우고 있어서 눈치채지도 못하고, 무엇으로 모습을 바꾸었는지도 몰라 【서치】로 찾을 수도 없다.

도마뱀의 꼬리 자르기인가. 이런 경우에는 본체가 잘려 나간 부분에 속하지만.

"그건 그렇고…… 토야? 그 모습은 뭐야?"

카렌 누나가 내 모습을 보고 흠칫한 표정을 지었다. 그거야 가면을 쓰고 있으니 이상할지는 모르지만.

"브륀힐드와 관계있다는 사실이 밝혀지면 곤란하니 변장한 거예요. 앗, 그런 것보다 이건 뭐예요? 갑자기 머리카락의 색이 변하고 길게 자랐는데?!"

"흐음. 각성한 신력이 머리카락을 변질시킨 거겠지. 참고로 눈치채지 못했을지도 모르지만, 눈도 금색이 됐어."

네?! 【스토리지】에서 거울을 꺼내 들여다보니, 정말로 눈도 금색이었다.

"……이거 원래대로 돌아오나요?"

"신력을 끊으면 원래대로 돌아올 거야. 컨트롤 가능하게 된 거잖아?"

"앗, 이곳(정령계)에서는 그만두는 편이 좋아. 지금은 신력이 발산되고 있어서 아무것도 접근하고 있지 않지만, 인간이 이곳에 있다는 걸 알면 정령이나 환수들이 다가와 성가셔지거든."

그렇구나. 모로하 누나의 말대로 나는 신력을 끊으려다가 말았다.

　문득 품에 넣어 둔 스마트폰의 진동이 울리기 시작했다. 매
너모드로 설정해 둔 그것을 꺼내 보니, 화면에는 '전화 하느
님' 이라는 문자가 떠올라 있었다.

　"여보세요?"

　〈이보게, 토야인가? 신력이 각성한 듯하구먼.〉

　"이거 혹시 부작용 같은 거 없을까요?"

　〈음냐? 신이 된 것도 아니니, 특별히 문제는 없을 걸세. 단
지, 자네의 몸을 신계에 데리고 와서 고쳐 준 것은 나이니, 신
기의 질이 나와 비슷하지만 말이지.〉

　신기에도 질이 있는 건가? 아, 그러고 보니 종속신의 신기는
어두운 기운이 났었어.

　누나들을 보니, 카렌 누나는 어딘가 옅은 핑크색이 섞인 금
색 신기였고, 모로하 누나는 금색에 조금 스카이블루가 섞인
것처럼 보였다. 이게 질의 차이인가?

　〈흐음, 어떻게 된 것인지. 같은 질의 신기라면 완전히 권속
이 되어 버리는데……. 아무튼 좋네. 토야라면 문제없겠지.〉

　"무슨 말씀이세요?"

　〈자네는 인간이면서 신의 힘을 지녔네. 일단 신계인 이쪽의
위치를 확실하게 정해 두는 편이 좋아. '~신' 이라는 지위를
줄 수는 없고, 그렇다고 종속신으로 둘 수는 없으니, 내 권속
이라는 것으로 해 둠세.〉

"즉, 가족이라는 거야."

잘 이해가 안 되어서 고개를 갸웃하자, 카렌 누나가 그렇게 가르쳐 주었다. 아하. 그런 것보다, 전화 내용을 엿듣지 말아 주세요.

가족. 내가 세계신의 가족이라니…… 정말 괜찮은 걸까?

〈깊게 생각하지 않아도 되네. 이미 누나가 둘이지 않은가. 새로 할아버지가 생겼다고 생각하면 그만이야.〉

아니, 꽤 허들이 높은데요. 아, 그렇지.

"도망친 종속신의 향방을 알 수 없을까요?"

〈모르겠구먼. 모래 입자 같은 기척이었으니 말이야. 게다가 그건 내 일이 아니네. 오히려 발견하면 발견했다고 주변 신들에게 한마디 들을 것 같구먼…….〉

무슨 말인지 이해가 안 되어 다시 고개를 갸웃하자, 이번엔 모로하 누나가 살짝 귀엣말해 주었다.

"지상에 내려올 대의명분이 없어진다는 말이지. 나도 명분상으로는 카렌 언니를 도와주기 위해서인 것으로 되어 있거든."

음~. 그런 이유……. 잠깐, 설마.

가만히 모로하 누나를 노려보자, 당황한 듯 힘껏 손을 좌우로 흔들었다.

"아냐아냐. 일부러 놓친 건 아니야. 그렇게까지 공사를 혼동할 리가 없잖아."

정말인가? 지금 모습을 보면 진짜인 것 같긴 하지만. 응? 그렇다면 또 다른 신이 내려오려고 준비 중인 건가?

〈아무튼 그런 것이니 잘 부탁하네. 그럼 이만.〉

앗, 추궁당하기 전에 끊어 버렸어.

으~음. 일단 이 신 모드일 때는 무엇을 할 수 있는지 시험해 볼까. 주문을 외우지 않고 마법을 쓸 수 있다는 것은 알겠는 데, 제대로 파악을 해 두지 않으면 무서우니까.

그런 생각을 하면서 우리는 정령계를 떠났다.

지상에 돌아와 보니 오사카 성이 불타고 있었다. 승패는 이 미 결정되었는지, 여기저기에서 승리의 함성이 울려 퍼졌다. 토쿠가와·다테군의 완전 승리다.

갑작스러운 습격에 하시바군은 손도 못 쓴 모양이었다.

이에야스 씨의 진영으로 돌아가기 전에 신기를 끊고 나는 평소의 모습으로 돌아갔다. 머리카락의 색은 원래대로 돌아갔지만, 길게 자란 머리카락은 그대로였다. 혹시 신기를 개방할 때마다 자라는 건가? 반복해서 그런 일이 벌어지면 어느새 머리카락이 더 자라지 않는 건……

그런 불안을 한구석에 품은 채 이에야스 씨가 있는 곳으로 돌아가 보니, 야에와 코하쿠가 나를 맞이해 주었다.

"그 머리는 어떻게 된 것입니까?!"

"이런저런 일이 있어서. 아, 일단 히데요시는 쓰러뜨렸어."

내 보고를 듣자 이에야스 씨 진영은 함성을 질렀다. 이것으로 정말 승리가 결정된 것이니 그 마음을 모르는 것은 아니다.

아마도 이것으로 하시바군은 와해, 이센의 대부분은 이에야스 씨의 토쿠가와 가문이 장악하게 된다. 어떻게 보면 역사대로이지만, 전혀 다르다고 해야 할지.

부상자를 회복 마법으로 치료하고, 우리는 떠나기로 했다. 여기서부터는 이센의 문제니까. 히데요시에게 조종당했던 다른 영주들도 원래대로 돌아오겠지.

일단 이에야스 씨에게 이시다 미츠나리라는 녀석을 조심하라고 충고했더니, 누구야 그 사람은? 같은 반응이었다. 아무래도 이곳에는 미츠나리가 없는 모양이었다. 음, 잘 모르겠다.

로제타가 조종하는 궁니르를 타고 누나들도 포함해 다 같이 브륀힐드로 돌았다.

그날은 어딘가 모르게 피곤해서, 보고도 대충하고 바로 잠자리에 들었다. 왜 그렇게 머리카락이 길었냐고 여러 사람에게 질문을 받았지만.

그리고 다음 날, 컨디션이 완벽하게 엉망이었다. 열도 나고, 멍하고, 몸에 힘이 안 들어갔다. 식욕도 없고, 아무튼 나른했다……. 일단 【리커버리】라든가 【리플래시】를 사용해 봤지만 효과는 없었다.

"감기 증상과도 비슷하지만 아무래도 다른 것 같아요. 열이 난다고 했는데, 열은 없고요."

체온계를 보면서 간호사복을 입은 플로라가 고개를 갸웃했다. 나는 침대 위에서 이불을 덮은 채 멍하니 그 모습을 바라보았다.

"무, 무슨 병일까요? 어, 어쩌면 좋지……?!"

침대 옆에서 웬일로 유미나가 허둥댔다. 하하. 이 아이도 이렇게 당황할 때가 있구나.

침대 옆에는 약혼자인 유미나, 에르제, 린제, 야에, 루, 스우, 힐다, 린이 있었고, 실내에는 그 외에도 재상인 코사카 씨, 집사인 라임 씨, 기사단장인 레인 씨, 메이드인 라피스 씨와 레네, 셰스카, 플로라, 카렌 누나에 코하쿠, 루리, 코교쿠, 코쿠요, 산고, 폴라까지, 모두 모여 있었다. 저기요 모여도 너무 많이 모여 있는 거 아닌가요.

걱정해 주는 것은 고맙지만요.

"자자, 토야는 괜찮으니까 다들 일하러 돌아가세요. 어제의 피로가 몰려왔을 뿐이니 문제없어요. 나머진 나한테 맡겨요."

카렌 누나가 손뼉을 치며 모두를 내쫓았다. 아픈 사람은 가만 놔두는 게 제일이라든가, 이렇게 많이 몰려오면 민폐라든가, 그런 목소리가 들려왔지만, 아무튼 나른해서 일어나고 싶지가 않았다.

타악 하고 문이 닫히자, 카렌 누나만이 들어와서 침대 옆 의자에 앉아 나를 들여다보았다.

"들려? 몸이 안 좋은 이유는 아마 신력을 처음으로 발동한 반동 때문이야. 하루 정도 잠을 자면 몸도 익숙해질 테니, 오늘은 얌전히 푹 쉬는 게 좋아."

아~. 역시나. 어렴풋이 그런 게 아닐까 하고 생각은 했다. 특별히 어딘가가 아프다거나 그런 건 아니니 그나마 다행인가…… 뭐라고 하면 좋을까, 힘이 안 들어가서 나른한 점이 은근히 버티기 힘들다. 머리도 둥실거려 꼭 꿈을 꾸는 것 같고.

물론 카렌 누나가 말한 대로, 얌전히 자는 게 좋으려나? 멍하니 그런 생각을 하자, 수마가 찾아와서 나는 얕은 잠에 빠졌다.

"응……."

눈을 떴는데, 아직도 나른하고 몸에 힘이 들어가지 않았다. 눈꺼풀을 뜨니 흐릿하게 방 안이 보였다. 익숙한 천장이다.

"아, 눈을 뜨셨나요?"

침대 옆 의자에 앉아 책을 읽고 있던 린제가 고개를 들고 이쪽을 바라보았다. 계속 옆에 있어 준 건가? 읽고 있던 책의 장미틱한 타이틀은 그렇다 치고.

사이드 테이블 위에 있던 주전자로 물을 따라서 린제가 컵을

건네주었다. 조금 몸을 일으켜 가볍게 물을 마시고, 나는 다시 이불 속으로 파고들었다.

아~. 나른해…….

"열은 없는데요……. 정말 괜찮으세요……?"

"아~. ……괜찮아, 괜찮아……. 자면 낫는대~."

"하지만 토야 씨도 이렇게 몸져누울 때가 있군요. 안심돼요."

사람을 무슨 괴물처럼……. 아, 비슷한 건가……. 나중에 제대로 이야기를 해 줘야겠어~…….

"참 신기해, 요. 토야 씨와 처음으로 만난 곳은 리플렛 마을의 뒷골목으로, 그때부터 계속 활약해서 지금은 한 나라의 임금님이니까요. 마치 머나먼 사람이 되어 버린 것 같은 기분이 들어요. 그래서 그러면 안 되지만, 아파하는 토야 씨를 보니 조금 친근감이 느껴져서 안심된 거예요."

"……나는 아무것도 변하지 않았어. 언제나 린제랑 약혼자들 곁에 있을 거야. 그러니까 린제도 언제나 내 옆에 있어 줘. 너희 곁에 있으면 난 언제나 강해질 수 있으니까……. 반드시…… 행복하게 해 줄게……."

으으으……. 또 졸린다……. 멍한 의식 속에서 뺨에 입술이 닿는 감촉을 느끼면서, 나는 또 잠에 빠져들었다.

다음 날 아침, 눈을 떠 보니 다시 태어난 것처럼 몸이 가벼웠다. 정말로 하루 동안 자니 다 나았다.

어서 귀찮은 머리카락을 손재주가 좋은 루에게 잘라 달라고 말하려고 했는데, 혹시 또 신기를 내면 자랄지도 모른다고 생각해 일단 그건 나중에 하기로 했다.

"아! 이제 괜찮아? 토야 오빠."

복도로 나가 보니, 레네가 빨래가 든 바구니를 들고 달려왔다. 아침부터 부지런하네.

"응. 이제 아무렇지도 않아. 걱정해 줘서 고마워."

나는 레네의 머리를 쓰다듬어 주고 그 자리를 떠났다. 정말 많은 사람에게 걱정을 끼쳤구나.

일단 신기에 관해서 자세하게 물어봐야 한다. 음, 카렌 누나……는 자고 있겠지, 틀림없다. 그렇다면 모로하 누나인가. 이 시간이라면 연습장에 있겠지?

아침부터 기사단의 수련에 힘쓰는 모로하 누나를 인적 없는 곳으로 데리고 가 신기에 관해서 물었다.

"신기를 사용하는 법이라. 신마다 다 달라서."

모로하 누나는 난처하다는 듯 고개를 갸웃했다.

"모로하 누나는 어떻게 사용하세요?"

"나? 나는 그대로 상대에게 발산해 견제할 때 사용하는데, 역시 가장 많이 사용할 때는 무기를 생성할 때려나?"

그렇게 말하며 모로하 누나는 허리에서 단검을 꺼내더니, 순식간에 그것에 신기를 둘러 반짝이는 칼날을 만들어 냈다.

단검의 짧은 도신 위로 빛의 도신이 뻗어 있었다. 오오오! 빔 소드인가?!

"기본적으로 쓰는 방법 같은 건 없어. 어떻게든 사용할 수 있는 것이 신의 힘이니까. 단지, 너무 많이 쓰는 것은 추천하지 않아."

"왜요?"

"일단 지상에는 없는 힘이라는 것이 첫 번째. 마력을 사용하지 않으니 마법이 아니라는 것을 틀림없이 들키게 돼. 다음으로는 역시 몸에 부담이 간다는 것이 두 번째. 점점 익숙해지기야 하겠지만, 무리하지 않는 것보다 좋은 것은 없어. 마지막으로 그렇게 빨리 신들 쪽으로 오지 않아도 되지 않나 하는 점이야."

모로하 누나의 말도 이해가 된다. 린제도 말했지? 원래는 신의 힘이란 필요 없는 것이다.

그래도 긴급할 때 힘이 없어서 후회하고 싶지는 않았다. 그럴 때를 위해서 할 수 있는 것은 다 해 두고 싶었다.

나는 몸 안의 마력과 신력을 나눠, 신력만을 증폭해 온몸에 휘돌게 했다.

그러자 몸 안에서 눈부신 신기가 발산되었고, 머리카락의 색이 또 플라티나 블론드로 변화했다. 게다가 역시나 또 머리카락이 길었다……. 나는 무릎까지 길게 자란 성가신 머리카락을 등 뒤로 넘겼다.

"이거, 어떻게 안 될까요?"

"으~음. 잘못 손대면, 신기를 발산할 때마다 머리카락이 다 빠지게 되고 그럴지도……."

"이대로도 좋아요."

중이 될 생각은 없다. 나중에 루한테 확 잘라 달라고 하자.

"변화할 때마다 【신위해방(神威解放)】을 하는 것도 좀……. 저항력이 없는 작은 동물이라면 매일 기절할지도 몰라."

"성가시네요."

그리고 모로하 누나를 흉내 내, 신기를 손에 든 단검에 집중시켰다. 으으으……. 마력을 흘리는 것보다도 어려워.

그래도 간신히 단검에서 신기의 칼날을 뻗어 나가게 하는 데 성공했다. 순식간에 만들어 낸 모로하 누나와 비교하면 꽤 시간을 들이고 말았지만.

아직 실전에서는 못 쓰겠어.

"점차 익숙해지면 잘 쓸 수 있을 거야."

"그러고 보니, 이 상태면 마법을 외우지 않고도 사용할 수 있는데, 원래 그런 건가요?"

"글쎄. 우리는 마법을 써 본 적이 없으니까."

안 되겠어. 전혀 참고가 안 돼. 결국 스스로 어떻게 해 볼 수밖에 없는 건가.

시험 삼아 공중을 향해 【파이어 애로우】를 쏘아 보니, 엄청나게 두꺼운 불꽃 기둥이 튀어 나갔다.

우오오. 이런 걸 쏘아 대도 괜찮을까?

응? 꽤 신력이 줄었네……. 마력과는 달리 회복량도 많지 않았다. 이건 아직 익숙하지 않아서 그런가, 원래 이런 건가 구별이 잘 안 되었다.

일단 신화(神化)(라고 이름 붙였다)를 풀고, 원래 상태로 돌아갔다. 응, 확실히 조금 나른해지긴 했지만 이전 정도는 아니야.

모로하 누나와 훈련장으로 돌아간 나는 아침 훈련을 하던 루를 붙잡고 훈련장 구석 벤치로 데려가 머리를 잘라 달라고 부탁했다.

나는 【스토리지】 안에서 가위를 꺼내 루에게 건네주었다.

"왜 어제오늘 이렇게 머리가 자란 거죠?!"

"글쎄. 나도 알고 싶어."

가위로 싹둑싹둑 솜씨 좋게 머리를 자르는 루. 그렇게 꼼꼼하고 신중하게 자르지 않아도 되는데. 완전히 실패해도 어차피 머리는 다시 자라니까.

머리가 다 빠지지 않을까 그게 걱정인데……. 평생 자랄 머리가 다 자라면 모근이 죽는다는 말이 근거 없기를 바랐다. 플로라의 '연금동'에 모발제가 있었던가……?

"왜 그러세요?"

"아니, 나중에 대머리가 되지 말았으면 해서……."

"저는 신경 안 써요. 대머리라도 뚱뚱해도, 토야 님은 토야

님이니까요."

루는 그렇게 말해 주었지만, 대머리에 비만은 좀……. 대머리는 어쩔 수 없다 해도, 뚱뚱해지지 않도록 힘내자…….

"그러고 보니, 토야 님. 얼마 전에 펠젠 왕국에 관해 여쭤 보셨는데, 무슨 일 있었나요?"

"아~. 응. 조금. 신경 쓰이는 점이라도 있어?"

"네. 언니가 유학을 간 곳이라 조금 신경 쓰여서요. 만약 무슨 일이 일어날 조짐이 있으면, 귀국하는 게 좋지 않을까 생각했거든요."

응? 아, 그런가. 나는 아직 만난 적이 없지만, 레굴루스 제국의 제2 황녀…… 루의 바로 위 언니가 유학하고 있는 나라가 펠젠 왕국이었구나.

마법 왕국이라고도 하는 펠젠에 유학을 갈 정도니, 제2 황녀도 마법 재능이 있는 거겠지.

하지만 그렇다면 조금 불안한데……. 아직 나라 자체가 범인이라고 확정된 것은 아니지만, 프레임 기어를 훔친 녀석들이 잠복해 있는 것만큼은 거의 확실하다. 역시 레굴루스의 황녀를 어떻게 해 볼 생각은 하지 않겠지만…….

"응? 그렇다면 레굴루스와 펠젠은 꽤 우호국인 건가?"

사이가 나쁜 나라에 자신들의 공주를 유학 보내지는 않을 테니까, 보통은.

"그러네요. 우호국……이라고 해야 할지, 서로 돕는 관계라고 해야 할지. 상대는 마법 기술이나 마도구, 이쪽은 강철 재료나 무기, 방어구, 귀중한 마석 등을 나름대로 각각 수출하고 있으니까요."

"루는 그쪽 임금님을 만나 본 적 있어?"

"딱 한 번이요. 그쪽의 식전에 초대되었을 때에 봤어요. 뭐라고 해야 할까요……. 마법사 같지 않은 분이었어요. 굳이 따지자면 힘이 센 용병 같은 느낌이더라고요."

용병?! 영문 모를 임금님이네…….

흐음. 확실히 펠젠은 레스티아와도 교류가 있는 듯하니, 연줄을 활용해서 한번 찾아가 볼까?

미끼가 없으면 물고기는 낚을 수 없으니까.

머리를 자른 나는 '게이트 미러'로 레스티아에 연락하기 위해 루와 함께 성으로 돌아갔다.

"무리한 부탁을 드려 죄송합니다."

"아니요, 신경 쓰지 마시길."

웃으면서 레스티아의 기사왕은 손을 흔들었다. 여전히 꽃미남이다. 역시 라인하르트 형님. 아직 힐다와 결혼하지는 않았지만.

우리는 지금 레스티아 기사왕국의 마차를 타고 펠젠 왕궁으로 가는 중이다. 기사왕이 펠젠 국왕과 만날 수 있도록 자리를 마련해 준 것이다.

【게이트】를 열어 갑자기 왕궁으로 가는 것도 문제일 것 같아서, 왕도 바로 앞까지 호위기병과 함께 마차까지 통째로 전이한 뒤, 그곳에서 따가닥따가닥 하고 라인하르트 기사왕과 왕궁으로 들어갔다.

기사왕에게 이전 도난 사건의 조사 결과를 보여 주고, 펠젠이 수상하다고 말하자, 기사왕은 팔짱을 끼고 고개를 갸웃했다. 이유를 물어보니.

"뭐라고 해야 할까요……. 그 펠젠 국왕이 그런 일을 할 사람인가 하는 생각이 들어서요."

레스티아와 펠젠은 이웃나라다. 레스티아는 지리상, 펠젠과
라일 왕국과만 국경을 맞대고 있어서, 기본적으로는 두 나라
와의 교류가 활발했다.

긴 역사를 살펴보면 서로 적대시한 때도 있었던 듯하지만,
현재는 딱 알맞은 교류가 이어지는 모양이었다.

기사왕이 말하길, 펠젠 국왕은 호방뇌락(豪放磊落)하고 천
의무봉(天衣無縫). 작은 일에 집착하지 않는, 전혀 마법사에
어울리지 않는 성격이라고 한다. 취미가 근육 트레이닝이라
고 하니 참 별나다.

펠젠 왕국의 선왕은 마술 연구에 몰두하다가 연구 중에 사고
로 붕어했다고 한다. 그리고 그 뒤를 이은 사람이 그 남동생인
현재의 국왕이라는 듯했다.

현 펠젠 국왕, 불랑제 프로스트 펠젠은 어릴 때부터 형과는
달리 마법보다는 무술 쪽을 더 좋아하는 편이었다고 한다. 그
것은 국왕이 된 지금도 다르지 않은 듯했다.

이번에 표면적인 방문 이유는 로드메어, 펠젠, 라일, 레스
티아, 네 나라의 중앙, 가우의 대하로 연결되는 론도해(海)의
섬, 엔러시섬 때문이었다.

그 섬은 일단 레스티아의 영토이지만, 채굴되는 자원도 없
고, 섬에는 강력한 마수도 많다는 모양이었다. 토지는 척박해
작물도 잘 자라지 않고, 근처의 대하에도 배를 습격하는 마수

가 숨어 있기도 해서, 솔직히 처치 곤란인 섬이었다.

하지만 나는 그 섬의 위치를 보고 한 가지 떠오른 생각을 레스티아 기사왕에게 제안했다.

간단히 말하자면 그 섬을 중심으로 네 개의 나라를 다리로 연결하자는 것이었다.

굉장히 긴 다리가 되겠지만, 불가능한 것은 아니었다. 그게 실현되면 레스티아에서 로드메어, 라일에서 펠젠으로의 교역도 가능해지고, 매우 편해진다. 또 이 섬에서 매입이나 거래가 가능해지면, 상업 시장으로 발전할지도 모른다.

물론 각국에 세관 등을 설치해, 수출입 물건 단속은 해야겠지만.

섬에서 각각의 나라로 연결되는 다리는 내가 만든다. 그리고 섬의 마수 퇴치도 맡는 대신 그 섬을 경유하는 통행세 일부를 받기로 했다.

로드메어와 라일의 허가는 이미 받았다. 이제는 펠젠의 허가를 받으면 그만이다. 만약 허가가 나지 않더라도 세 나라의 교역로를 만들 생각이니, 이런 상황에서 자국만 손해 보는 짓은 하지 않을 가능성이 크다.

"펠젠은 마법 기술이 발전했다고 들었는데요."

"네. 아티팩트나 고대 마법의 연구, 각인 마술, 부여 마술, 부적술, 인술, 짐승 조종술 등을 비롯해 이미 쓰이지 않는 마술도 연구하고 있다고 하더군요."

기본적으로 '마법'은 일곱 속성밖에 없지만, 그것들과는 달리 독자적으로 발전한 것으로, 마력을 사용한 '술(術)'이라는 것도 존재한다. 알기 쉬운 예를 들자면 츠바키 씨가 사용하는 인술이 있다.

　그러한 것들은 마법처럼 적성에 좌우되지 않는다. 누구나 몸에 익힐 수 있다고 한다. 하지만 굉장히 엄격한 수련을 해야 한다. 습득하는 데 5년이 걸리는 사람도 있고, 10년을 수행해도 초보 기술밖에 습득하지 못하는 사람도 있다고 한다. 그런 의미에서는 마법보다도 재능이 필요한 분야일지도 모른다.

　또 일부 지방이나 일부 가문에서만 전해지는 것도 존재하기 때문에, 모든 것을 파악하기는 힘들다. 확실히 부적술은 유론의 것으로 도사(道士)라고 하던 녀석들이 사용하는 술수라고 생각했는데…….

　"토야 님도 가지고 계시지만, 마법이 부여된 무기나 방어구의 거의 60퍼센트는 펠젠에서 만들어지고 있습니다. 토야 님의 【인챈트】와는 달리, 성공률이 100퍼센트는 아니므로 안정된 양산이 가능할 정도는 아니겠지만요."

　"실패를 많이 한다는 건가요? 어느 정도의 확률일까요?"

　"열 번 중 한 번 성공하면 좋은 편이라는 듯합니다."

　10퍼센트가 채 안 되는 건가……. 그러니 비쌀 수밖에.

　부여 마술의 성공률을 높이는 방법도 '도서관'에 있을 것 같다. 아니, 독자적으로 발전한 계통이면 없을지도 모른다. 실제로 인술이 탄생한 곳은 이셴이지만, 5000년 전에는 그곳에 사람이 살지 않았다는 모양이니……

【인챈트】한 마도구를 내가 만들어 팔면 크게 돈을 벌 수 있겠다는 생각이 들었지만, 펠젠이 큰 타격을 받을 것 같으니…… 하지 말자.

그런 생각을 하는 사이에 마차는 성 아래 마을을 빠져나가 펠젠 왕궁 안으로 들어갔다.

펠젠의 성은 어딘가 모르게 프랑스의 성 같은 곳들과는 달리, 영국의 성채 같은 정취가 있었다. 중후한 역사가 느껴진다고 해야 할까? 언덕 위에 세워진 복고풍의 마법사의 성. 그런 느낌이려나?

성의 현관에 도착해 기사왕에 이어 내가 내려 보니, 현관홀의 입구에 남자 한 명이 서 있었다.

나이는 마흔 이상. 꽤 장신에 울퉁불퉁한 근육질이 도드라져 보이는 갑옷을 입고 있었다. 미식축구 선수나 프로레슬러 같았다.

수염이 얼굴의 아래쪽을 다 뒤덮었고, 난잡하게 쓸어 넘긴 올백 머리카락에서는 몇 가닥 흰 머리가 뒤섞여 보였다. 그리고 짧은 흰 망토에는 금색으로 자수가 되어 있었고, 손에는 백금 왕홀을 쥐고 있었다.

그런 것보다도 눈에 더 띈 것은 뺨에 크게 난 발톱 자국이었다. 응? 뭐지? 호랑이랑 싸우기라도 했나?

"펠젠 왕국에 어서 오십시오. 레스티아 기사왕과 브륀힐드의 젊은 공왕이시여."

그렇게 말한 그 거한———— 펠젠 왕국의 국왕, 불랑제 프로스트 펠젠은 빙긋 웃었다.

"호오, 엔러시에 다리를 말인가. 정말로 그게 가능하면 각 나라의 이익이 상당히 크겠지. 하나……."

우리 이야기를 들으면서 턱수염을 쓰다듬는 펠젠 국왕.

"무슨 문제라도 있나요?"

"다리로 연결된다 하더라도 엔러시는 레스티아의 영토가 아닌가. 그렇다면 레스티아의 의도에 따라서는 다른 나라의 무역을 정지시키는 것도 가능한 것 아닌지?"

"그것은 걱정하지 않으셔도 됩니다. 다리가 연결되자마자 그 섬을 네 등분하여, 각 나라에 양도할 거니까요. 그 대신에 자국으로 연결되는 다리의 통행세 중 10퍼센트를 브륀힐드에 지불해 주셔야 합니다."

펠젠 국왕의 걱정에, 레스티아 기사왕이 망설임 없이 그렇게 대답했다.

솔직히 무료로 다리를 만들어 주어도 상관없었지만, 로드메어 전주 총독이 이런 경우엔 확실히 받아 두는 것이 뒤탈이 없다고 해서 돈을 받기로 했다.

　매우 싼 가격이지만, 그래도 상당히 길이가 긴 다리이기 때문에 금액 자체가 적지는 않다. 그 돈은 통행세의 10퍼센트를 받는 것으로 충당하고, 예정액에 달하면 더 이상은 통행세를 받지 않기로 결정했다. 순조롭게 가면 10년 정도면 변제가 가능하다는 계산이 나온다. 물론 일시불로 돈을 주겠다면 그래도 상관없지만.

　사실은 전이문을 설치할까도 생각했지만, 그렇게 되면 망가졌을 때 고칠 수 있는 사람이 나밖에 없어지니 문제다. 더 멀리 미래를 내다본다면 다리가 더 좋은 선택이다.

　"하지만 브륀힐드 공왕. 다리를, 그것도 각국에 하나씩 총 네 개를 정말로 놓을 수 있습니까?"

　그렇게 말을 한 사람은 우리가 앉은 원탁 앞에 같이 앉아 있던 초로의 남자였다. 밤색 머리카락에 푸른 눈. 마치 매 같은 눈초리의 펠젠의 재상이었다. 이름은 아몬드라고 했었다.

　"재료만 있으면 3일 만에 만들 수 있습니다. 복잡한 다리를 만드는 것이 아니니까요."

　"아무리 그래도 3일은 너무 말씀이 지나치신 게 아닌지요……. 공왕 폐하가 가지고 계신 프레임 기어라는 거인을 사용한다고 하더라도, 다리 네 개를 3일 만에 건설할 수 있을 것이라고는 생각하기 어렵습니다만……."

　아몬드가 노골적이지는 않지만, 의심스러운 눈길을 보냈

다. 물론 믿지 못하는 것도 어쩔 수 없는 일인가? 게다가 건설할 때에 프레임 기어는 사용하지 않는다.

'공방'에서 브륀힐드의 성을 만들었을 때와 마찬가지 작업을 하는 것뿐이니까. 그때보다도 규모는 크지만, '탑' 덕에 파워업한 '공방'이라면 그 정도는 완성할 수 있다.

"건설에 프레임 기어는 사용하지 않습니다. 소재를 사용해 지정한 형태로 전송할 방법이 있으니까요. 즉, 바위를 다리의 형태로 다시 만들 수 있다는 겁니다."

"……그건 아티팩트입니까?"

"네, 그런 거죠. 저 이외에는 사용할 수 없지만요."

옆에서 끼어든 사람은 야위어서 뼈만 앙상하고 무슨 생각을 하는지 알기 어려운 음침한 남자였다. 조금 전까지 죽은 생선 같은 눈이었는데, 지금은 눈이 반짝반짝 빛났다. 펠젠 왕국의 궁정 마술사 중 하나, 루드였던가?

"왜 공왕 폐하만이 사용할 수 있는 것인지?"

"그런 아티팩트라고 설명할 수밖에 없습니다. 이건 우리 나라에서도 극비 사항에 해당하니, 부디 이해해 주십시오."

"그런가요……. 아쉽습니다."

작게 한숨을 내쉬더니, 루드는 또 죽은 생선 같은 눈으로 되돌아갔다. 흥미가 없는 것에는 거의 무관심한 모양이었다.

펠젠 국왕이 쓴웃음을 지으면서 나를 돌아보았다.

"미안하군. 저 녀석은 연구가 잘 안 되어 지쳐 있어서 그러는 것이야."

"아, 아니요. 신경 쓰지 마세요."

미지의 마법에 과잉 반응을 보이는 사람들에게는 익숙하니까. 벨파스트의 샤를로트 씨나 그 스승인 린 같은 사람들.

이 장소에는 나와 레스티아 기사왕, 펠젠 국왕과 재상인 아몬드, 궁정 마술사인 루드, 그리고 또 한 사람.

"공왕 폐하는 거인병도 그렇고, 멋진 아티팩트를 가지고 계시는군요. 역시 어딘가의 유적에서 발견한 것입니까?"

"……전부 다 그런 것은 아니지만요. 제가 직접 만든 것도 있어요."

"아아, 그렇군요. 공왕 폐하는【인챈트】를 가지고 계시고, 모든 속성을 지니고 계시니까요. 실로 부럽습니다."

그렇게 말하며 웃은 사람은 펠젠의 마법사, 직인, 상인 등 모든 것을 관장하는 거대 길드, '마공상회'의 길드 마스터, 이제스였다. 흰머리가 섞인 머리카락에, 지금은 벗고 있지만 선글라스를 썼었다. 이쪽 세계에 선글라스가 있었구나……. 그것도 그 선글라스에는 무언가 마력이 깃들어 있었다. 무언가가 부여되어 있다는 것만큼은 확실했다.

수상해. 물론 선글라스를 쓰고 있다는 것만으로 수상하다고 판단하는 것은 별로 좋지 않겠지만.

실제로 펠젠 국왕을 만나 보니, 레스티아 기사왕의 말대로 프레임 기어를 훔친 흑막으로는 보이지 않았다. 그냥 직감일 뿐이기 때문에 교묘하게 본성을 숨기고 있을지도 모르지만.

재상 아몬드, 궁정 마술사 루드, 상회장 이제스.

어쩌면 이중의 누군가가 흑막일지도 모른다. 펠젠 국왕에게 허락도 받지 않고 독자적으로 움직이고 있다면……. 세 사람 모두 그 정도의 힘은 가지고 있는 듯하니까.

앗, 안 되지 안 돼. 이 사람 저 사람 다 의심하는 것도 실례다.

"다리 관련 사항은 잘 알겠다. 건설이 끝나면 다른 세 나라와 마찬가지로 통행세의 일부를 브륀힐드에 지불하고, 건설비를 갚도록 하지."

"폐하. 정말 괜찮으시겠습니까?"

재상인 아몬드가 확인하듯이 물었다.

"우리 나라만 참가하지 않으면 큰 손해를 볼지도 모르지 않나. 다른 세 나라가 공모하여 우리 나라를 침략할지도 모른다는 생각은 너무 과한 생각이기도 하고 말이지. 이 브륀힐드 공왕이 중개를 하고 있기도 하니, 무슨 일이 있으면 공국이 도와주지 않겠느냐."

"만약 그런 일이 일어난다면 말이지요."

이 네 나라는 현재 우호적인 관계다. 하지만 무언가의 계기로 전쟁으로 발전할 수도 있다. 그 침략 루트에 다리가 사용될 가능성도 없다고는 못 한다. 일단 그 대책으로 방어 장벽이나 격벽도 세울 생각이긴 한데.

"자, 다리 관련은 이쯤하고, 브륀힐드 공왕에게 보여 주고 싶은 것이 있는데, 괜찮겠는가?"

　나를 보면서 펠젠 국왕이 씨익 대담하게 웃었다. 뭐지?

　"이건……."

　"어떤가. 나름 굉장하지?"

　펠젠 국왕의 안내를 받아 간 곳은 그의 컬렉션룸. 그곳에는 벽이나 탁자에 무기가 가득 진열되어 있었다.

　검, 창, 활, 도끼를 비롯해 대검, 단검, 외날검에 사슬낫 같은 것도 있었다. 모두 특수한 금속으로 만들어져 있었고, 무언가 부여도 되어 있었다.

　너무나도 많은 숫자에 나도, 기사왕도 할 말을 잃었다. 완전 무기고잖아, 여기.

　"이것은 500년 전의 영웅, 드래곤 슬레이어인 전사, 바크람이 사용한 도끼다. 파이어볼이 부여되어 있어 마법을 사용할 수 없었던 바크람이 아주 귀중하게 사용했다고 하더군."

　그렇게 말하며 펠젠 국왕은 붉은 도끼를 들어 올렸다. 확실히 매우 오래되어 보이는 도끼였다.

　"펠젠 국왕은 무기를 좋아하시는군요?"

"앗. 착각하지 말게. 나는 무기를 좋아하는 것이 아니야. 그것을 적절히 사용해 대업을 이룬 영웅들의 삶을 좋아하는 것이지."

그렇구나. 그렇다면 이곳에 있는 무기는 모두 그런 영웅들의 유품이라는 건가?

"무기를 들고 다니며 싸운 영웅들을 생각하면 나이도 잊고 흥분하고 마네. 나는 영웅담을 아주 좋아해서 말이야. 어렸을 때는 푹 빠져서 읽기도 했었지."

완전히 마법사에는 어울리지 않는 사람이다. 비록 다른 나라 사람이지만 정말 괜찮을까 하는 걱정이 되었다.

"어렸을 때는 자신이 용사라고 믿으며 의심을 하지 않았으니 말이야. 잘난 척하며 멋대로 마수가 사는 숲에 들어가 무모하게도 타이거베어에게 싸움을 걸었지. 그 대가가 이걸세."

펠젠 국왕이 자조하듯이 자신의 뺨의 상처를 가리켰다. 타이거베어……. 아, 그 호랑이 무늬가 있는 곰인가. 길드 의뢰로 야에가 쓰러뜨린 적이 있었지? 어렸을 때 그런 것을 상대로 싸웠단 말이야……? 무모한 성격이었구나.

"솔직히 짐은 공왕이 부럽네. 용을 쓰러뜨리고, 골렘을 쓰러뜨리고, 악마를 물리치지 않았나. 모험의 연속이지. 짐도 형만 쓰러지지 않았다면 그런 생활을 해 보고 싶었네만."

나의 경우를 말하자면 처음부터 모험자로 시작했기 때문에 그게 당연한 생활이었다.

"공왕은 별난 무기를 사용한다고 들었는데, 그 허리의 찬 것을 보여 줄 수 있겠나?"

펠젠 국왕이 내가 차고 있는 브륀힐드를 바라보았다. 숨길 것도 아니라 나는 홀스터에서 브륀힐드를 빼내 보여 주었다.

"나라 이름과 마찬가지로 브륀힐드라고 부르고 있어요. 장거리 저격, 백병전, 모두 사용할 수 있는 무기로, 제가 만들었습니다."

펠젠 국왕 앞에서 브륀힐드를 블레이드 모드로 변화시켰다. 갑자기 뻗은 도신을 보고 깜짝 놀랐는지 눈을 휘둥그렇게 떴다.

"이것을 직접 만들었단 말인가…… . 으음, 믿을 수 없군…… ."

"브륀힐드 공왕은 무기 직인으로서도 일류입니다. 저의 검도 공왕이 만들어 주셨습니다."

그렇게 말하며 이번엔 레스티아 기사왕이 허리의 검을 빼내 테이블 위에 올려 두었다. 성검 레스티아와 비슷하게 만든 정검이었다.

"오오! 이것 참 훌륭하군! 기품이 넘치는 검이야…… ."

모두 정재를 사용해 만든 것으로, 이런 가공 기술이 있는 나라는 아직 하나도 없었다.

"만들어 주었다고 했는데…… ."

"네. 제 대관식의 선물로서 만들어 주셨습니다. 이후에는 항상 가지고 다닙니다. 매우 날이 날카롭고, 놀라울 정도로 가벼워, 어떤 마수에게도 이길 수 있을 것 같은 착각이 든다는 점이 문제이네요."

실제로 시험 삼아 날을 시험해 보기도 하겠지만. 상급 프레이즈 이외라면 쉽게 다 잘릴 테니, 공격이 닿기만 하면 모두 쓰러뜨릴 수 있으리라 생각한다.

부럽다는 듯이 정검을 보고 있던 펠젠 국왕이 이때라는 듯이 말을 걸었다.

"어떤가, 공왕 폐하. 짐에게도 하나 만들어 줄 수 없겠는가? 나름의 사례를 할 생각이네."

으~음. 정재에 관해서는 꽤 많은 사람이 알고 있으니, 이제 와서 무기 하나 건네준다고 해서 어떻게 되는 것도 아니니까. 기껏해야 펠젠 국왕의 컬렉션이 하나 더 늘어나는 정도인가?

"좋습니다. 뭘 만들어 드리면 될까요?"

"저, 정말인가?! 흐음……. 역시 검이 좋을런가…… 무언가 부여도 할 수 있나?"

"네. 몇 종류씩 부여해 달라고 하시면 곤란하지만요."

그리고 너무 강력한 것도 좀 그렇다. 고대 마법을 부여했더니 엄청난 무기가 되어 버리기도 했고 말이야. 물론 한 발 쏘면 마력이 고갈되어 쓰러지겠지만. 그래도 쓰러지기를 각오하고 몇 명인가 사용하면 연속으로 사용하는 것도 충분히 가능하다.

"독이나 마비처럼…… 상태 이상을 회복하는 마법을 부여할 수도 있을까?"

독이나 마비? 굉장히 흉흉한 이야기네. 아마【리커버리】정도면 될 것 같은데.

"가능하지만, 정말로 그거면 될까요?"

"그래, 그거면 되네. 검은 폭이 넓은 것으로…… 그래, 이런 느낌이면 좋겠군. 이건 400년 정도 전에 유랑 호걸, 간달의 검으로, 휘두르면 모래먼지를 일으켜……."

견본으로 내놓은 검의 해설이 시작될 듯해서, 곧장 제작에 들어가기로 했다.

나는【스토리지】에서 정재를 꺼내 간달의 검이라는 것과 비슷하게【모델링】으로 변형을 시작했다. 검의 크기 등은 비슷하게 만들고, 손잡이 부분이나 세부적인 곳의 디자인은 바꾸자. 검의 표면에 펠젠 왕가의 가문(家紋)을 넣는 게 좋겠지. 형태는 이 정도면 될 것 같다. 그다음은【그라비티】로 경량화를 하고,【리커버리】를【인챈트】하자.

무게를 확인해 달라고 하자, 조금 가볍다고 해서 조정했다. 가벼우면 무조건 좋을 거라고 생각했는데, 어느 정도 중량이 없으면 검을 들었을 때의 손맛을 즐길 수 없다는 모양이다. 나는 잘 모르겠지만.

"으음. 이거라면 문제없네. 멋진 검이야."

"검의 손잡이에 손을 놓고 마력을 흘리면【리커버리】가 발동돼요. 하지만, 꽤 마력을 소모하니, 누구나 사용할 수 없다는 점이 난점이죠."

"그렇군. 시험해 보지."

응? 시험해 본다니?

펠젠 국왕은 컬렉션 중에서 황금 단검을 손에 들고 왼팔을 살짝 벴다. 순간 얼굴이 새파랗게 변한 펠젠 국왕은 얼굴에서 대량의 땀을 흘리며 고통스러운 표정을 지었다.

"이, 이건 의적 알레한드로가 사, 사용한 단검으로, 도, 독이 부, 부, 부여되어 있지. 이, 이, 이, 이 검을 사용해, 아, 알레한드로는."

"토막상식은 됐으니 어서 【리커버리】를 사용하세요!"

안 되겠어! 이 아저씨는 정말 바보야!

바로 내가 만든 검에 마력을 흘려 【리커버리】를 발동하자, 펠젠 국왕의 안색이 순식간에 원래대로 돌아왔다.

나와 기사왕은 무의식적으로 안도의 한숨을 내쉬었다. 여기서 죽으면 내가 범인으로 몰릴 것 같았다. 일단 방에는 펠젠과 레스티아의 호위가 있긴 하지만 말이지. 그런 것보다, 이 사람들 정말, 말려야지 뭐 하는 거야?!

"으음. 확실히 회복되었군. 괜찮은 것 같네."

"제발 그러지 좀 마세요……. 만약 마력이 부족하면 어쩌려고 그러셨나요?"

"나도 왕가의 속한 사람이니까 말이야. 마력량만은 그럭저럭 있는 듯하더군. 만약 부족했다고 하더라도 공왕이 있으니 고칠 수 있지 않나?"

그야 그렇지만! 내가 검에 【리커버리】를 부여하지 않는다든 가, 쓰러진 당신에게 마법을 걸어 주지 않는다든가, 그런 생 각은 안 하는 건가요?

레스티아 기사왕의 얼굴을 보니 쓴웃음을 짓고 있었다. 이 사람은 분명히 연극을 할 수 있는 사람이 아닌 듯했다. 프레임 기어를 훔친 범인이라고는 도저히 생각하기 힘들었다.

"그건 그렇고 상태 이상 회복 마법이라니……. 혹시 독살의 위험이 있는 건가요?"

"응? 유비무환 아닌가."

펠젠 국왕은 애매하게 얼버무렸지만, 직감적으로 거짓말이 라는 생각이 어렴풋이 들었다. 아무래도 어느 정도는 목숨의 위험을 느끼고 있는 모양이었다. 무슨 일이 있는 건가?

"그런 것보다 말이네. 실은 브륀힐드 공왕이 온다고 해서, 하나 상의하려고 생각해 둔 것이 있는데."

"상의?"

혹시 도둑맞은 프레임 기어에 관한 정보인가? 역시 흑막은 이 나라에 있었고, 국왕은 그걸 알고 있는 건가? 어쩌면 독살 당할 수도 있는 조짐을 느꼈을 수도?

"아~…… 그러니까~…… 뭐냐. 짐은 올해로 마흔둘인데 아직 독신이라 말이야."

"…………네에."

"젊었을 때는 형이 왕위를 이을 예정이었기 때문에 약혼자도 없었고, 짐도 별로 관심이 없었지. 그리고 특별히 딱 어울리는 상대도 발견하지 못했고, 귀찮기도 하여, 뒤로 계속 미뤄 두었는데……. 그러니까 뭐라 하면 좋을까, 너무 뒤늦은 봄이 찾아왔다고 해야 할지, 만남이란 운명이라고 해야 할지……."

마흔을 넘은 근육 빵빵 아저씨가 꼼지락거리는 모습은 솔직히 기분 나쁩니다만. 결국 무슨 이야기지?!

"혹시 결혼하시나요?"

"그래. 그렇게 됐네."

옆에서 기사왕이 도와주었다. 아아, 그런 말이구나. 너무 빙빙 돌려 말해서 못 알아들었다. 그건 그렇고, 아저씨가 히죽이며 쑥스러운 표정을 하니 상당히 기분이 나쁘네…….

"축하합니다. 그런데 상의할 거라니요?"

"아, 그래. 그것 말이네만……. 잠깐 기다려 주겠나? 만나는 편이 빠를 테니."

펠젠 국왕은 경비 병사에게 무언가를 전달하고 달리게 했다. 만나는 편이 빠르다니, 무슨 말이지?

이윽고 문을 노크하는 소리가 들렸고, 국왕이 입실을 허가하자, 파스텔블루 드레스로 몸을 두른 여성 한 명이 나타났다.

나이는 나와 거의 비슷하거나 조금 위일까? 열일곱, 열여덟 정도다. 예쁜 은발은 짧게 정리되어 있었고, 눈동자에서는 강한 의지가 느껴졌다. ……응? 이 사람, 어디에서 많이 본 것 같은데……?

"처음 뵙겠습니다, 브륀힐드 공왕 폐하, 레스티아 기사왕 폐하. 만나 뵙게 되어 영광입니다."

"아~. 어흠. 이 사람이 약혼자인 엘리시아네."

이보세요, 나이 차이가 대체……. 스물넷, 스물다섯 정도 차이잖아. 두 사람이 같이 서니 부녀지간으로밖에 안 보이는데요? 펠젠 국왕은 로리콘…….

"특히 브륀힐드 공왕 폐하께는 여동생이 신세를 지고 있으니, 꼭 만나 뵙고 싶었기에 아주 기쁘답니다."

"어?"

내 사고를 완전히 갈라 버리며 그 여성, 엘리시아가 생글거리며 웃었다. 여동생? 어?

"자기소개가 늦었습니다. 저는 엘리시아 레아 레굴루스라고 합니다. 루시아는 잘 있나요?"

"아, 아아!"

그렇구나! 누구랑 닮았다고 생각했는데, 루였어! 이 사람이 펠젠에 유학 갔다는 레굴루스 제국의 제2 황녀인가!

뜻밖의 만남에 멍한 표정을 짓는 나. 하~……. 레굴루스의 황녀가 펠젠의 국왕과……. 신분을 생각하면 잘 어울리지만……. 아무리 생각해도 범죄의 향기가…….

열세 살에 불과한 여동생과 결혼하려고 하는 녀석의 대사라고는 생각하기 힘들지만.

일단 우리는 네 살밖에 차이가 안 나니까. 아마 세이프. 라고 생각하고 싶다.

……응? 잠깐만. 그렇다면 엘리시아 씨는 내 처형이 되고…… 그 결혼 상대인 이 수염 근육 아저씨는 형님이 되는 것인가?! 허어억?!

"왜 그러시죠?"

정신이 멍해진 나에게 기사왕 형님께서 말을 걸었다.

"난…… 라인하르트 형님과 주타로 형님이면 충분했는데……."

"네?"

가만히 중얼거린 목소리는 아무에게도 전달되지 않았다.

아, 그리고 보니 레굴루스 제국 황태자 형님도 있었구나.

아니, 그 사람은 워낙에 존재감이 없으니까! 어어, 어어, 루크스 형님. ……아마도.

으악. 얼굴이 기억 안 나. 굉장히 좋은 사람이지만 인상에 남지 않는다니, 어떤 의미로 보면 굉장하다.

일단 마음속에서 윤곽만 보이는 루크스 형님에게 사과해 두자.

"그런데 상의할 거라는 것은요?"

"으음. 그러니까~. 엘리시아와의 혼인 말인데…… 실은 아직 레굴루스에는 말을 하지 않아서 말이야."

"네? 왜죠? 가장 먼저 전달해야 하는 거잖아요?"

뭐야? 프러포즈를 어제 했다든가? 레굴루스로 데려가 달라고 하는 거라면 데려가 주겠는데요?

"저는 마법공학을 공부하기 위해 이 나라에 유학을 왔습니다. 펠젠 국왕도 기꺼이 받아들여 주셔서, 이것저것 상담을 하다가 이렇게……."

발그레 얼굴을 붉히며 고개를 숙이는 처형. 그러니까 그 과정을 잘 이해 못 하겠는데요. 상담을 좀 했기로서니 이런 무기 마니아 아저씨와 사랑을 한다?

오이를 거꾸로 먹어도 제멋이라지만, 나의 처형은 상당히 별난 분이신 듯하다.

물론 한 나라의 공주가 마법공학을, 그것도 외국에서 공부한다는 것 자체가 별난 일이긴 하지만.

펠젠 국왕이 신묘한 얼굴로 말했다.

"레굴루스 황제 폐하는 짐을 신뢰하여 순수하게 마법공학을 공부시키기 위해 소중한 공주를 맡겨 주셨는데, 이렇게 되어 버렸네. 후회는 하지 않으나, 면목이 없어 말이지……. 그래서 같은 입장인 브륀힐드 공왕이 중재를 해 줄 수 없을까 해서……."

으으음. '우리 딸에게 무슨 짓이냐, 이 자식아~! 거시기를 떼어 버리마, 전쟁이다~!' 같은 진행이 되어도 이상하지 않지 않나? ……그럴 리는 없다. 그 냉정하고 침착한 레굴루스 황제 폐하가 그렇게 성급하게 행동할 거라고는 생각하기 어렵다.

하지만 그건 황제로서의 이야기다. 딸의 아버지로서는 어떻지?

나 때는 담백한 반응이었지만, 그걸 이번 일과 동급으로 볼 수 있나?

"어느 쪽이든 간에 알리지 않을 수는 없는 거잖아요. 각오를 다지고 자초지종을 설명할 수밖에 없지 않을까요? 뭐하면 레굴루스까지 보내 드릴게요."

"갑자기?! 하, 하지만, 아직 마음의 준비가!"

"그런 식이면 언제까지고 진행이 안 되잖아요. 가는 날이 장날이라고 하기도 하고요."

"들은 적이 없는 말이네만……."

응? 그런 속담 없어? 아무튼 좋다. 일단 '게이트 미러'로 편지를 보내 물어볼 수밖에~.

그 모습을 보면서 기사왕 형님이 걱정스럽게 물었다.

"어떻게 할 생각이죠? 레굴루스에 펠젠 국왕을 데리고 가는 것은 역시 안 되지 않을까요?"

"유괴니 뭐니 하는 오해를 받으면 성가시니까요. 상대에게 오라고 할까요?"

"그건 그거대로 황제 폐하의 안전이……."

"제가 있는 한 절대 아무것도 못 합니다."

물론 상대도 여러 호위를 데리고 오겠지만.

회견장에 어울리는 방은 없나 펠젠 국왕에게 물어보니, 당황한 듯 신하에게 준비를 시키기 시작했다.

이건 '따님을 저에게 주십시오!' 같은 그거지? 상대는 도저히 그런 말을 할 나이가 아니지만.

펠젠 국왕은 당황해서 어쩔 줄 몰라 하며, 옷을 갈아입기 위해 방 밖으로 뛰쳐나가려고 문고리를 붙들고 잘각이는 소리를 냈다.

"무, 문이! 문이 안 열리다니!!"

"폐, 폐하! 당기지 마시고, 밀어 주십시오!"

"뭐, 뭐라? 오오, 그렇군!"

경비병의 말을 듣고 파앙! 문을 기세 좋게 연 펠젠 국왕은 넘어질 듯이 밖으로 달려 나갔다. 긴장했구나.

"저래서야, 괜찮을까요……?"

"저런 면이 귀여운 거예요."

은근슬쩍 사랑을 과시하는 처형을 바라보고 어색한 웃음을 지으면서, 나는 고개를 갸웃했다. 귀여운 것의 기준이 뭔지 모르겠어…….

의외로 별난 사람끼리라 잘 어울릴지도 모르겠는걸.

"그렇군. 이야기는 잘 알았다."

잔뜩 긴장한 얼굴로 황제 폐하 앞에 앉은 펠젠 국왕과 얼굴을 빨갛게 물들인 채 고개를 숙인 레굴루스 제2황녀.

"이게 첩이나 측실이라면 이야기가 또 달랐겠지만, 정실이라고 한다면 레굴루스로서도 연을 잇는 좋은 이야기지."

"아버지!"

"그럼!"

"이쪽으로서도 거절할 이유는 없네. 다만…… 토야."

"뭔가요?"

다른 테이블에서 기사왕과 상황을 지켜보던 나를 바라보는 레굴루스 황제 폐하.

"미안하지만, 이 방의 소리가 외부로 새어 나가지 않도록 해 줄 수 있겠는가?"

"? 그거야 상관없는데요?"

【사일런스】를 발동해, 외부에는 소리가 새어 나가지 않도록 했다. 밖으로 새어 나가선 안 될 이야기라도 하려는 거겠지.

"이제 밖으로는 이곳에 대화가 새어 나가지 않아요."

"좋아. 그래, 토야. 그 일에 관해 펠젠 국왕에게는 물었나?"

그 일? 아, 프레임 기어 도난 사건인가?

"아니요. 아직 이야기하지 않았습니다. 그보다 이야기해도 되나요?"

나로서는 펠젠 국왕이 흑막일 가능성이 상당히 낮다고 생각하지만, 반대로 말하면 아직 흑막일 가능성도 조금은 남아 있다는 말이다. 그래서 이야기해도 좋은지 어떤지 확실히 결론을 내리기 힘들었다.

"어차피 이번 일을 확실히 하고 넘어가지 않으면, 엘리시아와 약혼할 수 없네. 그렇지 않은가?"

"그거야 그렇지만요……."

"대, 대체 무슨 이야기입니까? 약혼할 수 없다니?! 저, 저에게 나쁜 점이 있다면 고치겠습니다. 그러니 부디 공주와의 혼인을——."

벌떡 일어서 당황하기 시작한 펠젠 국왕을 어르고 앉힌 뒤, 사정을 설명하기로 했다.

로드메어에서 있었던 전투에서 프레임 기어를 훔친 자가 있었다는 것, 그때의 은폐 기술, 및 강철 재료 운반 루트가 펠젠일 것으로 의심된다는 사실 등을 말이다.

"그럴 수가……! 기다리게! 우리 나라는 그런 좀도둑 같은 짓은 하지 않네! 믿어 주게!"

"알아요. 폐하가 시킨 일이 아니라는 것은 저희도 알고 있습니다. 하지만 도둑이 이 나라에 있을 가능성은 커요. 짚이는 곳은 없나요?"

또다시 일어서려고 하는 펠젠 국왕을 이번엔 레스티아 기사왕이 말렸다. 기사왕 형님은 처음부터 아닐 것 같다고 말했었지?

펠젠 국왕이 턱수염에 손을 대고 무언가 골똘히 생각했다.

"고대 문명의 기술을 손에 넣어 이용하려고 하는 조직……음? 혹시 '고르디아스(황금결사)' 녀석들인가? 아니, 하지만……."

"뭔가요, 그 '고르디아스'라는 건."

마음에 걸리는 키워드가 나와서 추궁해 보았다. '고르디아스의 매듭'이라면 알지만.

"이 펠젠은 마법 왕국이라는 명칭에 걸맞게 다양한 마법이 연구되고 있지. 하나, 금기라고 할 수 있는 마법도 존재하네."

"금기 마법……이요?"

"그래. 예를 들면 마법으로도 회복되지 않는 저주를 내리거나, 수많은 산 재물을 바쳐 천재지변을 일으키는 마법 등이 그에 해당하지. 그런 것들은 세계에 불행밖에 불러오지 않아. 때문에 금기 마법이라고 불리는 것이네."

저주에 천재지변……… 으응?

"금기 마법 연구는 나라에서 금지하고 있지만, 비밀리에 그 연구와 실험을 하여, 그것을 이용한 기술을 부활시키려는 자들이 있지. 그 집단이 '고르디아스'라고 불리는 녀석들이네."

"그렇군. 녀석들이 프레임 기어를 훔친 것이 아닌가 싶다는 말이라 보면 되겠나?"

"억측에 불과합니다만. 녀석들의 목적은 금기 마법을 부활시키는 것도 있지만, 강력한 아티팩트를 연구하고 제작하는 것이기도 합니다. 마법사, 마공기사, 학자, 상인, 다양한 분야에 그 멤버가 있다고들 합니다."

펠젠 국왕과 레굴루스 황제가 서로 고개를 끄덕이며 이야기를 했지만, 나는 굉장히 어색한 기분이었다.

왜냐하면⋯⋯ 그 금기 마법인가 뭔가⋯⋯ 전, 쓰고 있거든요.

게다가 바빌론의 '도서관' 에 그런 마도서가 아주 아무렇지도 않게 놓여 있습니다.

그렇게 위험한 거였단 말인가⋯⋯. 저주 같은 것은 이미 사용까지 했으니⋯⋯. 음, 그냥 아무 말 말자. 괜히 경계하면 좀 그러니까. 새삼스럽기는 하지만.

단, 천재지변은 굳이 산 재물이 필요 없을 텐데. 확실히. 마력이 굉장히 많이 필요하니, 1000명 단위로 주문을 외워야 해서 개중에는 쓰러지는 사람이 나올 수는 있지만. 그런 이야기에 살이 덧붙여져 사람들에게 전해진 것인지도 모른다. 위력의 경우, 작은 섬 정도는 침몰시킬 수 있다고 했던가?

"토야 님의 검색 마법으로 그 '고르디아스' 라는 자들을 찾을 수 없는가?"

"그 녀석들의 얼굴을 알아야 해요. 아니면 딱 봤을 때 판별할 수 있는 게 있으면 어떻게든 찾을 수도 있겠지만요."

황제 폐하의 질문에는 그렇게 대답했지만, 그런 것보다 이 나라에는 결계 지점이 너무 많다. 평범한 집에도 결계가 쳐져 있을 정도다. 하나하나 다 확인할 수도 없는 노릇이고, 상대가 꼭 왕도에 있다고도 할 수 없다.

"확실히 어렵겠군. 녀석들은 나라에서도 주목을 받고 있어서 겉으로 눈에 띄게 움직이지 않아. 게다가 '고르디아스' 는 이미 한 번 괴멸된 적이 있네."

"그게 무슨 말이죠?"

"지금으로부터 20년 전, '고르디아스'는 한 가지 금기 마법을 부활시키려고 했지. 하나, 그것을 한발 앞서 감지하고 미연에 방지한 사람이 나의 형이자 선왕이신 레오루드 프로스트 펠젠이었네. 국외에는 마법 사고라고 발표되었지만, 형님이 죽은 이유는 그 '고르디아스'와의 싸움 중에 녀석들이 형까지 끌어들여 자폭했기 때문이야."

"선왕이 직접 현장에 가신 겁니까?"

레스티아 기사왕의 질문도 이해가 된다. 금기 마법을 부활시키려고 하는 녀석들에게 임금님이 직접 갔다고? 보통 그런 일은 신하들에게 맡기지 않나? 내가 그런 말을 해 봐야 설득력이 없지만.

"사실은 당시의 '고르디아스'를 이끌었던 수령은 형님의 절친한 친구였네. 설마 형님도 자신의 오른팔이었던 사람이 그런 지하 활동을 할 거라고는 꿈에도 생각을 못 한 걸세. 친구의 잘못을 바로잡아 주는 것이 자신이어야 한다고 생각했겠지. 정의감이 강한 사람이었으니……."

차분하게 이야기하는 펠젠 국왕. 그 옆에서 걱정스러운 모습의 엘리시아 황녀를 보니, 정말로 좋아한다는 사실이 전해져 왔다. ……여전히 부녀지간으로밖에 안 보이지만.

"그 '고르디아스'인가 하는 조직이 부활했다고 치고, 누가 이끌고 있을지 짚이는 사람은 있나요?"

"글쎄……. 아니…… 한 사람, 짚이는 사람이 있군. 지금은 어디서 뭘 하는지 전혀 모르겠지만 말이야."

"누구인가요?"

"가르젤드 골디. 전에 '고르디아스'를 이끌던 수령으로 가랜드 골디의 아들이다."

"전 '고르디아스' 수령의 아들이라……. 그 녀석이 아버지의 뒤를 이어 새로 결사를 만들어도 이상하지는 않지만……."

그 녀석들의 목적이 과연 단순히 금기 마법이나 아티팩트의 부활일까? 아무래도 맞물리지 않는 것 같은 느낌이 드는데.

이전의 결사는 그런 이념이 있어서 활동했을지도 모른다. 하지만 새 '고르디아스(임시)'는 다른 목적을 가지고 움직이고 있지 않을지……. 그냥 감일 뿐이지만.

내가 고민을 하는 중에 레굴루스 황제가 입을 열었다.

"여기서 불확실한 것을 논의해 봐야 아무 소용 없다. 단, 그런 자들이 있을지도 모른다는 것은 기억해 두는 것이 좋다고 생각하네."

"그렇습니다. 펠젠 쪽도 주의 깊이 살피겠습니다. 뭔가 단서를 잡으면 연락을 드리지요."

그렇다면 긴급 연락용으로 '게이트 미러'를 세 개 정도 펠젠 국왕에게도 건네주자. 이게 있으면 순식간에 브륀힐드와 레굴루스, 그리고 레스티아에 편지를 보낼 수 있다. 물론 레굴루스 황제와 레스티아 기사왕에게도 펠젠용 '게이트 미러'를 건네주었다. '게이트 미러'에 유난히 관심을 보인 사람은 의외로 엘리시아 황녀였다. 종이를 '게이트 미러'에서 '게이트 미러'로 몇 번이나 보내며, 눈을 반짝였다. 처형, 뭐 하세요……? 마법공학을 공부하러 왔을 정도니, 그쪽 방면에 흥미가 가는 모양이었다.

"자, 그럼. 이것으로 네 나라의 허가는 받았으니, 바로 다리를 만들어 볼까요?"

내가 그렇게 중얼거리자, 펠젠 국왕이 의아하다는 표정으로 말했다.

"새삼스럽지만, 정말로 다리를 만들 수 있는 건가? 조금 전에는 3일이면 된다고 했는데……."

어? 아직 못 믿은 건가?

엔러시섬이 떠 있는 론도해 수역은 마물이 많기는 하지만, 비교적 물의 흐름이 잔잔했다. 그래서 몇 군데인가 해저에서 바위를 융기시키고 토대를 만든 뒤, 바빌론에서 다리 부품을 전송하여 연결해 나갈 생각이었다.

꽤 긴 다리이니까 도중부터 휴식을 취할 수 있는 광장 스페이스도 몇 군데인가 준비해 둘까? 딱 고속도로의 휴게소처럼. 그곳에 각 나라의 기사나 경비병 등을 상주시키면 어느 정도 치안도 지킬 수 있다. 아, 화장실도 만들어 두는 편이 좋겠어.

솔직히 그곳에 열차도 지나다니게 하고 싶지만, 그건 아직 시기상조다. 일단 장래를 위해 열차만큼의 폭은 확보해 놓을 생각이지만.

일단 토대만이라도 오늘 중으로 만들어 놓을까? '공방' 이 다리를 조립하는 동안, 섬의 마수도 처리해 둬야 하고 말이야.

브륀힐드를 만들었을 때처럼 전부 몰살시키지는 못할 것 같다. 수가 많아서.

몇 마리인가는 우리 던전에 던져 놓고, 나머지는 전부 용의 둥지가 있는 드래고니스섬에 보내 버릴까? 용들도 먹이가 없어 곤란한 것 같으니까. 섬에 마수가 늘면 다른 나라까지 먹이를 찾으러 가지 않아도 된다. 반 이상 우리 기사단이 용을 사냥해서 그런 걱정은 필요 없을지도 모르지만.

좋아. 그런 느낌으로 진행해 볼까?

"이럴 수가……."

"믿을 수 없군……."

바다 저편까지 끝없이 이어진 다리를 보고 레스티아, 로드메어, 라일, 펠젠, 각국의 지도자는 눈을 휘둥그렇게 뜨고 입을 떠억 벌렸다.

그 뒤로 3일. 딱 일정대로 나는 다리를 완성했다. 그리고 다리를 선보이기 위해 레스티아 쪽 다리에 모두를 불러 모았다.

"다리의 재료는 여러분의 나라에서 제공한 것을 제가 마법으로 강화해서 사용했습니다. 꽤 튼튼하니, 시간에 따른 노후화나 자연재해에도 어느 정도는 괜찮으리라 생각합니다."

"몇 년 정도 버틸까요?"

"정확하게 몇 년이라고는 말할 수 없지만, 1000년 정도는 어떻게든 버틸 거예요."

"천……!"

질문한 로드메어 전주 총독이 얼어붙었다.

겉보기에는 심플한 아치가 계속 어이진 돌다리이지만, 그 튼튼함, 강도는 확실히 보증할 수 있었다. 웬만한 마법사가 【익스플로전】을 쏘아도 무너지지 않을 자신이 있었다. 철저하게 강화했으니까.

다음으로 모두를 데리고 휴게 지점으로 전이했다. 다리 좌우로 튀어나온 커다란 공간을 만들어 벤치, 화장실, 지붕 달린 정자 등을 설치해 두었다.

"몇 킬로미터마다 이런 휴게 시설이 있습니다. 이곳에서 음식이나 음료를 팔면 괜찮을 것 같네요. 경비병의 주재소를 만들면 여행하는 사람들도 안심하고 쉴 수 있을 거예요."

"그렇군. 돈을 내고 건너는 것이니, 도둑 등이 들어갈 위험은 별로 없어 보이나, 상인이나 여행객끼리 다툼이 있을지도 모르니 말이야."

펠젠 국왕이 고개를 끄덕였다. 그리고 다들 각각 호위 병사를 데리고 휴게 지점을 돌아보았다. 일단 이곳에는 흙도 놓여 있어서, 작지만 화단도 있고 낮은 나무가 심겨 있기도 했다. 식물이 필요하니까 말이지.

마지막으로 엔러시섬으로 전이했다.

"발밑을 봐 주세요. 돌 말뚝이 박혀 있죠? 이게 경계표예요. 이 돌 말뚝과 돌 말뚝 사이가 국경입니다. 레스티아가 양도하여 이 섬은 4등분 되었습니다. 면적을 정확하게 네 등분하면 이렇게 됩니다."

공중에 지도를 투영하여 점 전체를 보여 주었다. 이 자신들의 영토에는 각각 마을을 만들든, 촌락을 만들든 자유다. 내가 더 나서면 그냥 주제넘은 짓이 된다. 나라마다 마을을 만들어도 좋고, 네 나라가 공동으로 도시를 만들어도 좋다. 그곳이 자유 무역의 중심으로 번영할지도 모르니까.

"엔러시섬은 흉포한 마수가 많다고 들었는데……."

두리번거리며 걱정스럽다는 듯이 주변을 둘러보는 라일 왕국의 국왕. 라일 왕국의 국왕은 새하얗고 긴 수염을 기른 모습으로 키가 작고 조금 통통한 할아버지였다. 듣자 하니 드워프의 피가 섞여 있다고 한다. 드워프라고 하면 완고하고, 호쾌하고, 술을 잘 마시고, 손재주가 좋다는 이미지이지만, 이 임금님은 전부 반대인 것 같은 느낌이 들었다. 즉, 온화하고, 섬세하고 술을 잘 못하고, 손재주가 없는, 그런 느낌일까.

드워프를 만나 본 적은 없지만, 라일 왕국에는 꽤 많이 사는 모양이었다. 성격은 내가 생각한 이미지가 거의 맞는 듯했다. 한번 만나 보고 싶다.

"엔러시의 마수는 거의 제거했습니다. 남아 있는 것은 거의 위협이 되지 않는 종뿐이에요."

"제거……라면 어떻게……."

"용의 섬으로 강제 이전했습니다. 지금쯤 맛있는 먹이가 되어 있지 않을까요?"

내 말을 듣고 할 말을 잃은 라일 국왕.

마수가 사라져 다소 생태계에 문제가 생길지는 모르지만, 생명의 위기가 사라진 것이 더 다행이지 않을까 싶다. 참고로 론도해 쪽에도 크라켄을 소환하여 위험한 바다 마수를 일소했다.

"흐음. 기왕에 네 나라의 대표가 모였으니, 통행료를 비롯해 여러 사항을 결정해 두도록 할까. 그렇게 시간은 걸리지 않을 걸세."

"아, 그럼 책상과 의자를 내 드릴게요. 저는 외부인이니 빠지고요."

"신경을 써 주셔서 감사합니다."

그렇게 말하며 고개를 숙이는 전주 총독에게 신경 쓰지 말라고 말하면서, 나는 【스토리지】 안에서 책상과 의자를 꺼냈다.

네 사람은 각각 자리에 앉더니, 통행료나 공동으로 마을을 만들 때의 규칙에 관해 이야기하기 시작했다. 자, 잠시 한가해지겠구나. 그렇다고 모두를 놔두고 돌아갈 수도 없는 거니.

앗, 그렇지. 분명히【스토리지】안에 용고기를 계속 넣어 뒀었어. 마침 점심이니 다 같이 먹을 식사를 준비하면서 시간을 때우자.

싱크대 역할을 할 책상과 요리 도구, 음식 재료를 꺼내자. 일반적이긴 하지만 꼬치구이면 되겠지?

나는 꺼낸 용고기를 적당한 크기로 잘라 야채와 번갈아 꼬치에 끼웠다. 그다음, 소금, 후추로 밑간하고 접시에 늘어놓은 뒤, 고기를 굽기 위해서 다리가 달린 철 상자를 꺼내 그 안에 숯을 넣고 불을 지폈다. 이제 그 위에 석쇠를 올리면 준비 완료다.

그리고 다른 불에 따끈한 밥을 안치고~. 미스미드 명물인 카레……가 아닌 카라에도 준비합니다. 우리의 수석 셰프 클레아 씨가 만들어 둔 게 있어서 다행이야~. 만든 시기는 한 달 전이지만【스토리지】에 들어가 있었던 덕분에 아직 따끈따끈하다.

이걸로 이셴과 미스미드의 컬래버레이션, 카레라이스 완성. 알맞게 순한맛과 매운맛도 준비했다. 미스미드의 카라에는 그대로 먹으면 상당히 매우니까.

주전자와 과실수도 준비하고……. 이 정도면 될까? 단무지도 있었으면 완벽했을 텐데.

"토야 님, 토야 님."

이름이 들려 돌아보니, 기사왕을 비롯해 모두가 이쪽을 보고 있었다.

"맛있어 보이는 음식을 만들고 계시는데, 그건 뭐죠?"

"점심을 만드는 중이었어요. 용고기 꼬치구이와 카레라이스입니다. 회의는 다 끝나셨나요?"

"끝났다고 해야 할지, 이쪽 음식이 신경 쓰여 바로 결정을 해 버렸다고 해야 할지. 아무튼, 일단 끝났습니다. 그런데 카레라이스라는 음식은 들어 본 적이 없는 음식인데요."

"이셴의 밥에 미스미드의 카라에를 얹은 거예요. 맛은 순하게 만든 것도 있으니, 매운 것을 잘 못 드시는 분도 드실 수 있을 겁니다."

나는 그렇게 말한 뒤, 밥을 담은 쟁반에 순한맛 카레를 끼얹었다. 그리고 스푼을 올리고 먼저 로드메어 전주 총독의 호위를 위해 온 여성 기사단장인 리미트 씨에게 건네주었다.

본인에게 건네주지 않은 것은 독을 확인해 보라는 의미도 있었다. 다른 나라의 왕이 손수 만든 것이라고는 하지만, 그쪽 절차는 지켜 주는 것이 좋다.

리미트 씨는 스푼으로 카레를 한 입 먹더니, 금방 표정이 누그러졌다.

"맛있어요. 미스미드의 카라에는 먹어 본 적이 있지만, 이건 그것만큼 맵지 않고, 먹기 편하네요. 저는 이쪽이 더 좋아요."

"여러분도 드세요. 많이 있으니, 호위 분들도요."

【스토리지】에서 책상과 의지를 몇 개인가 꺼내 자리를 확보했다. 모두가 각각 좋아하는 매운 정도의 카레를 담는 사이에, 나는 용고기 꼬치를 석쇠 위에 올려 구웠다.

"음! 이것 참 맛있군!"

"정말. 적당한 매운맛의 여운이 진하게 남아."

"으으음……. 우리 나라에서도 먹고 싶구면."

"토야 님, 이 요리를 만드는 법은……."

"어렵지는 않지만, 쌀은 아직 이셴 외에는 구할 데가 없어요. 올해부터는 우리 나라에서도 본격적으로 재배할까 생각 중입니다."

아무래도 임금님들도 카레라이스가 마음에 든 모양이었다. 얼마 전의 전투에 대한 보답으로 이에야스 씨에게 상당히 많은 쌀가마니를 받았지만, 역시 가능한 한 빨리 브륀힐드에서도 벼농사를 시작해야 할 듯하다.

매운 정도가 다른 것도 먹어 보고 싶다며, 다들 밥을 꽤 많이 추가로 먹었다. 양은 충분하니 아무런 문제도 없다.

구운 꼬치구이도 다들 만족스럽게 먹어서 아주 기뻤다. 나는 그냥 꼬치에 꽂고 밑간을 한 것뿐이지만. 아, 카레도 내가 만든 게 아니구나.

가족에게도 맛을 보게 하고 싶다고 해서, 선물로 카레라이스의 레시피와 쌀, 향신료를 각각의 나라에 나누어 주었다. 아주 기뻐하는 모습을 보니, 이셴과 미스미드에 쌀과 향신료를 주문하는 양이 많이 늘어날 것 같았다. 카레, 정말 무섭다.

"우아, 아~."

의미를 알 수 없는 말을 중얼거리면서 손을 뻗는 야마토 왕자를 안아 올렸다.

"상당히 무거워졌네요."

"아이의 성장은 빠르니 말이야. 앞으로도 쑥쑥 자라겠지."

내 품 안에서 꺅꺅하고 말하는 아들을 보고, 벨파스트 국왕이 환하게 웃었다. 그 모습을 본 옆자리의 유에루 왕비도 쓴웃음을 지었다.

이렇게 안아 보니 참 귀엽구나. 나는 약혼을 해서 형님이나 처형이 많이 늘었지만, 연하인 아이는 이 아이뿐이네.

에르제와 린제네 집에는 연하인 아이들이 많았지만, 그 아이들은 엄밀히 따지면 사촌이니까.

"귀엽구먼. 나도 남동생이나 여동생이 있었으면 하네."

임금님 옆에서 야마토를 들여다보던 스우가 그렇게 중얼거리자, 뒤에 있던 부모님인 오르트린데 공작과 에렌 씨가 서먹서먹한 듯 시선을 피했다. 천진난만함은 때때로 잔혹하다.

안고 있던 야마토 왕자를 기다리고 있던 유미나에게 건네주었다. 유미나가 남동생을 안고 어르면서 몸을 작게 흔들기 시작했다.

"야마토. 누나야~."

벨파스트에 자주 오지 않아서 남동생이 혹시라도 잊어버렸을까 걱정이 되는 듯했지만, 아무래도 그것은 기우인 듯했다. 야마토가 나에게 안겨 있을 때처럼 기쁘다는 듯이 떠들었다.

"앞으로 몇 년 더 있으면 유미나가 이렇게 자신의 아이를 어르게 될는지."

"야마토는 순식간에 삼촌이 되는 건가. 음, 그렇게 됐으면 한다만은."

"그러네요~."

나는 뻣뻣한 웃음을 지으면서 임금님 부부의 말을 받아넘겼다. 무슨 말을 꺼내나 했더니. 유미나도 시치미를 떼며 고개를 돌리고 있었지만, 귀까지 새빨개졌다는 사실은 뒷모습만 보고도 알 수 있었다.

"나도 토야의 아이를 낳을 걸세! 만약 딸이라면 야마토의 색시로 삼는 게 어떤가!"

스우도 질 수 없다는 듯이 그런 선언을 하며 나에게 안겨들었다. 앗, 무슨 소리야, 애는?! 아직 태어나지도 않은 아이의 결혼 상대를 결정하지 마!

"……흐음. 의외로 나쁘지 않을지도 모르겠군. 벨파스트에 토야의 혈통이 들어오는 것이 아닌가. ……나쁘지 않아."

골똘히 생각하며 국왕 폐하가 그렇게 중얼거렸다. 응? 그게 가능해?!

그럴 경우 두 사람의 관계는 어떻게 되지? 야마토는 스우의 사촌이니까 사촌의 아이끼리 결혼하는 셈이 되는 건가? 사촌 끼리 결혼하기도 하니, 이상하지는 않은가?

나에게 있어선 처남과 딸이 결혼, 임금님의 입장에서는 아들과 남동생의 손자가 결혼하는 게 된다. 복잡하네…….

일단 열여덟 살이 되면 모두와 결혼할 예정이긴 하지만, 스우는 어떻게 할까 고민 중이다. 열두 살의 색시를 얻는 것도 좀. 아니, 약속했으니 결혼은 하겠지만, 몇 년 더 늦추는 게 어떨까 싶은 것이다.

하지만 혼자만 따로 결혼하는 것도 역시…….

"스우가 아이를 낳을 수 있는 나이가 될 때까지 앞으로 사오 년. 그 정도의 나이 차이라면 아무런 문제도 없지……. 흐음."

"여보. 이제 그 정도만 하는 게 어떤가요. 그렇게 나중 일을 생각한다고 해서 뭘 어떻게 할 수 있는 것도 아닌데."

"앗, 하하하. 농담, 농담이야."

왕비님의 나무라는 소리를 듣고, 국왕 폐하가 얼버무리듯 웃었다.

아니, 그건 농담이 아니었어. 진심이었어. 틀림없이.

"후아아, 후우우……."

"어머? 야마토가 졸린 건가…… 어머니."

"어디 보자……. 아, 그런가 보네. 착하지. 자아, 편히 자자꾸나."

유미나가 건네준 아들을 안고 왕비님이 별실의 침실로 들어갔다. 그 뒤를 유미나와 에렌 씨, 그리고 스우가 따라갔다.

남자들만 남자 공작이 목소리를 낮춰 나에게 말했다.

"그래, 토야. 그건 어떻게 됐지?"

"일단 안전도 확인을 했으니 물건은 괜찮아요. 꽤 강력하니, 하루에 한 알만 드세요? 많이 먹는다고 효과가 더 좋은 것도 아니고, 다음 날에는 마력을 너무 소모해서 굉장히 나른해지니까요."

그렇게 주의하라고 경고한 후, 나는 작은 병에 들어간 알약을 공작에게 건네주었다. 이런 것에 의지할 필요가 없을 것 같은데. 그렇게 말했더니 공작에게 젊어서 참 좋겠다는 말을 들었다. 왜?

"그건 뭔가?"

우리의 행동을 보고 임금님이 수상하다는 듯이 물었다. 남자끼리니 굳이 숨길 필요는 없었지만, 솔직히 직접 말을 하기는 꺼려졌다.

"아~. 저건 그러니까 일종의…… 힘이 나는 약……으로……. 음, 솔직히 말해 정력제예요."

"뭐라?!"

"쉬~잇! 형님, 목소리가 큽니다!"

공작이 임금님의 입을 막았다. 아무래도 여성분들에게 들키면 창피하니까. 특히 국왕 폐하에게는 딸도 있으니.

"얼마 전에 공작 전하에게 무심코 그런 말을 했더니, 꼭 필요하다고 하셔서요. 저희 쪽 플로라에게 만들어 달라고 했어요. 시험 삼아 유흥업소에 제공해서 손님에게 사용해 보게 했더니, 엄청난 효과가 있었대요. 몇 번이든 가능했다고 할 정도로……."

"그, 그렇게나……. 앗, 알! 짐에게도 나눠 주게!"

"형님은 필요 없지 않으십니까! 저는 오르트린데를 이을 적자를 말입니다!"

"조용! 조~용~하~세~요~! 한 병 더 있으니까요!"

""""시끄러워요!!"""""

옆방에서 잔뜩 화가 난 목소리가 들려왔다. 이것 보세요, 혼났잖아요.

그런데 두 사람 모두 작은 병을 들고 기대된다는 듯이 싱글거리는 미소를 지었다.

나는 전혀 이유를 모르겠지만.

"벨파스트의 왕도도 오랜만이네."

나는 유미나를 데리고 왕도를 걸었다. 이곳에서는 1년도 살지 않았지만, 그런대로 애착이 있었다. 모든 내성이 있는 코트를 산 곳도 이곳이니까.

옆에서 걷고 있는 유미나도 평상복이라고 해야 하나? 모험자 스타일이었다. 이쪽이 더 홀가분해서 좋기도 하고, 브륀힐드에서는 별로 몸치장을 안 하니 이게 더 익숙하기도 했다.

귀족 같은 것이 없으니까, 우리는. 왕이라고는 해도 굳이 따지자면 동네 반장 같은 것이었다.

"토야 오빠와 외출하는 것도 오랜만이네요."

"그런가? 요즘엔 매우 바빴으니까."

유미나가 팔짱을 끼어서 조금 쑥스러워하며 나는 왕도의 거리를 걸었다.

요즘엔 이셴에 가서 종속신을 쓰러뜨리고 펠젠에 가서 다리를 만드는 등, 여러모로 아주 바빴다.

"이렇게 세계를 돌아다니는 사람은 아마 토야 오빠뿐일 거예요. 그 탓에 저는 조금 쓸쓸하지만요."

"미안해. 나도 가능하면 약혼자들과 같이 있고 싶은데 말이야."

"알아요. 그러니까 다른 분에게는 미안하지만, 오늘은 독점하겠어요."

유미나가 그렇게 말했지만, 이제부터 할 일이 하나 더 있었다.

길을 걸어 보니, 몇 대인가 자전거를 타는 사람들이 보였다.

왕도에서는 그런대로 보급된 모양이었다. 아직 가격이 꽤 나가기 때문에 일부 부자들만 손에 넣을 수 있는 듯했지만.

큰길의 모퉁이에 목적지가 보였다. 독서 카페 '월독'. 안으로 들어가 보니 종업원인 웬디가 말을 걸어 주었다.

"어서 오…… 앗, 사장님! 오랜만이에요!"

"앗, 웬디! 사장님이 아니지, 공왕님이잖아!!"

점장인 실피 씨가 그렇게 나무랐지만, 사장님이라고 불러도 좋다고 허가해 주었다. 이런 곳에서 공왕이라는 소릴 들으면 오히려 더 곤란하다.

"신간 입하는 오르바 씨의 상회에 맡겨 뒀는데, 문제없나요?"

"입하되기까지 전보다 시간이 더 많이 걸리긴 하지만, 문제는 없어요. 모든 제품에 도난 방지용으로 【패럴라이즈】도 확실히 부여하고 있고요."

그렇게 말하며 실비 씨가 카운터의 안쪽에 있는 복사기 같은 것을 가리켰다. 저건 입하된 책에 【패럴라이즈】를 부여할 수 있도록 【프로그램】한 물건이다.

"매상도 순조롭게 올라가고 있고, 요리도 평판이 좋답니다."

웬디의 말대로 '월독'은 순조로운 듯했다. 솔직히 말하면, 이곳의 매출이 없어도 이제는 곤란할 게 없어서 반쯤 취미 같은 것이었지만, 역시 순조롭다는 말을 들으니 기뻤다.

"앗, 이건 새 책이에요. 펠젠, 로드메어, 레스티아, 라일에서 평판이 좋은 이야기를 갖춰 왔어요. 이쪽에선 좀처럼 입수하기 어려운 책들일 거예요.”

“와아, 감사합니다!”

내가【스토리지】에서 꺼낸 책을 투욱, 투욱, 카운터에 쌓아 올렸다. 여느 때처럼 ‘여성 대상’ 책도 많이 준비했어요.

그 이후에는 종업원들과 인사를 하기도 하고, 가게 안의 리클라이닝 시트를 조정하기도 한 뒤, 우리는 ‘월독’을 뒤로 했다.

일단 이것으로 볼일은 끝났기 때문에, 그 후에는 유미나와 이리저리 거리를 걸었다.

“브륀힐드랑 비교하면 역시 크구나.”

“그건 어쩔 수 없어요. 하지만 마을이 커지면, 그만큼 신경 쓰지 못하는 곳도 생길 테니, 생각해 볼 문제예요.”

맞다. 경비가 아무리 눈을 번뜩인다 하더라도, 나쁜 일이 횡행할 위험성이 더 높아진다. 그런 점을 생각해 보면 슬슬 우리 기사단도 추가 모집을 해야 할지도 모른다……. 응?

“왜 그러세요?”

어느 가게 앞에서 걸음을 멈춘 나에게 유미나가 말을 걸었다. 내 앞에는 가게의 윈도에 붙어 있는 포스터 한 장이 있었다.

“ ‘사랑과 모험의 스펙타클. 유미나 왕녀를 구하기 위해 검은 용에게 도전하는 용사 토야의 모험담…… 장대한 스케일로 선사하는 리프리스 최대의 히트작이 드디어 벨파스트에’……? 토야 오빠, 이건…….”

포스터 자체는 별것 없는 연극 선전일 뿐이다. 착각인 줄 알았는데, 그곳에 적혀 있는 이름을 발견하고, 나는 그것이 착각이 아니라고 확신했다.

"유미나, 이것 봐."

"뭔데요? '각본은 그『장미의 기사단』으로 유명한 릴 리프리스' …… 앗!"

유미나가 할 말을 잃었다. 릴 리프리스. 그 펜네임을 가진 작가의 정체는, 리프리스 황국의 제1 황녀, 리리엘 림 리프리스. 부녀자(腐女子) 왕녀다.

"그 자식……. 자기 멋대로 남의 이야기를 작품으로 만들다니……."

"이건 토야 오빠랑 저인가요? 선전 문구를 보면 이 작품은 평범한 이야기 같은데요……."

글쎄? 수상해. 미형 검사나 댄디한 공작이 나오는 거 아니야? 이건 확인을 위해 관전할 필요가 있다. 내용이 어떤가에 따라서는 상영 중지로 몰아넣어 주겠어.

으음, 중앙연극장에서 지금부터면, 20분 후에 시작인가.

"좋아, 보러 가자."

"그러네요. 조금 이상한 느낌이지만, 재미있을 것 같아요."

명백하게 자신이 모델이니 이상한 기분이 드는 것도 당연하다. 나로서는 불명예스러운 취급만 당하지 않았다면, 스토리가 재미있든 시시하든 전혀 상관없지만.

그 후, 중앙연극장에서 족히 두 시간은 되는 연극을 유미나와 함께 봤지만, 걱정했던 것 같은 일은 없는, 정통극에 가까운 이야기였다. 물론 실제로 일어난 일과는 상당히 다르다.

나는 검은 용과 일대일로 싸운 적도 없고, 그때 유미나는 벨파스트의 왕궁에 대피해 있었다. 각색이라기보다는 창작 수준의 이야기로, 이건 나와는 관계없는 다른 용사의 이야기라 할 수 있었다. 토야 역할의 배우가 굉장한 미남이기도 하고 말이지. 유미나 왕녀 역할의 여배우도 예뻤지만, 유미나가 훨씬 예쁘다.

마음을 졸이는 모험과 가슴 두근거리는 연애 이야기로, 꽤 볼만했다. 끝났을 때는 관객의 박수갈채가 터졌다. 그 부녀자 왕녀, 평범한 이야기도 잘 쓰네. 의외다. 한 번 더 말하지만, 의외다.

연극장을 나와 보니 주변이 벌써 어둑어둑해져서, 별이 반짝이기 시작했다.

"재미있었어요! 특히 검은 용에 도전하기 전에 왕녀에게 사랑을 고백하는 장면은 정말 감동적이더라고요!"

유미나가 그런 말을 해서, 나는 극중의 용사를 따라 유미나 앞에서 무릎을 꿇고 작은 손을 잡았다. 나의 갑작스러운 행동을 보고 유미나가 깜짝 놀랐다.

" '설사 어떤 일이 벌어지더라도 저는 당신을 지키고, 당신의 검도, 방패도 되겠습니다. 그러니 웃어 주십시오. 저에겐 당신이 옆에서 웃어 주는 것보다 더 행복한 일이 없으니까요. 저는 당신을 사랑합니다. 지금까지도, 그리고 앞으로도 영원히.'"

조금 전 용사의 말을 따라 했다. 조금 다른 부분도 있겠지만, 그런 대사였다.

문득 유미나를 올려다보니 눈물을 주룩주룩 흘리고 있었다. 어, 어라?! 내가 뭐 잘못한 거라도 있나?!

그 모습을 보고 당황해 일어서서 사과하자, 유미나는 고개를 절레절레 흔들며 눈물을 닦았다.

"아니에요. 토야 오빠에게 그런 말을 들어서 기쁜 나머지……."

아, 아~. 그런 거구나. 다행이야. 놀랐네.

하지만 아무리 기뻐한다 해도 이건 연극의 대사이니, 나도 참 한심하다. 제대로 자신의 마음을 전해 두어야 한다.

"……연극의 대사였지만, 내 본심이기도 해. 유미나가 항상 웃어 줬으면 좋겠어. 처음에는 알쏭달쏭한 마음이었지만, 지금이라면 확실히 말할 수 있어. 나는 유미나를 좋아한다고. 앞으로도 계속 함께 걸어가고 싶어. 같이 옆에서 웃고 싶어. 유미나를 만나서 정말 기뻐. 고마워."

"토야 오빠……."

유미나가 나를 꼭 껴안았다. 작은 몸을 나도 꼭 껴안고, 행복을 실감했다. 이 아이들은 나의 보물이다. 그 누구든 상처 입히는 녀석은 용서하지 않겠다. 반드시 내가 지키겠다.

잠시 포옹을 한 뒤, 누가 먼저랄 것 없이 키스하고 서로 웃음 지었다.

"돌아갈까?"

"네."

우리는 손을 잡고 밤하늘 아래를 천천히 걷기 시작했다.

다음 날.

"약혼자와 사이좋게 데이트를 한 결과, 제가 부탁한 일을 깨끗하게 잊어버렸다, 그거군요?"

"네, 죄송합니다."

바빌론의 '도서관'에서 의자에 걸터앉은 팜므 앞에 내가 무릎을 꿇고 앉았다.

화가 난 모습은 아닌데, 어딘가 모르게 이렇게 해야 할 것 같은 박력이 느껴졌다.

"데이트 중에 마스터의 머릿속은 틀림없이 에로에로 망상으로 가득 차 있었겠죠. 어쩔 수 없네요."

"아니거든?!"

팜므의 옆에 있던 셰스카가 괜한 말을 하며 끼어들었다. 애초에 왜 네가 여기 있는 건데?

아무튼 약속을 어긴 것은 확실해서, 나는 계속 팜므에게 사과했다.

"다음에 꼭 사 올게⋯⋯."

"기다릴 수 없어요."

쌀쌀맞아. 아니, 그런 아이라고는 생각했지만 정말 애교가 하나도 없네.

팜므와 한 약속이란 지상의 책을 사 와 달라는 것뿐이었지만, 아무래도 상당히 기대했던 듯, 아무리 사과해도 받아 주지 않았다.

이건 인터넷으로 책을 사서 오늘 도착할 거라고 생각했는데 문제가 생겨서 도착하지 않았을 때의 기분이랑 비슷하다고 할 수 있을 듯했다. 팜므가 저기압인 것도 충분히 이해가 간다.

"그러니 마스터는 저와 함께 책을 사러 가 주셔야겠어요. 오늘 중으로 최소한 천 권은 살 거예요."

"천 권이나?!"

"예를 들자면 백 권짜리 책을 열 타이틀 사는 것 정도예요. 그렇게 많은 숫자는 아닌 거죠."

응? 그런가? 말을 듣고 보니⋯⋯. 원래 있던 세계에서 100권이 넘는 만화를 열 종류 정도 사는 것과 비슷하다고 보면, 그렇게 많은 것은 아닌 것 같기도 하다.

오늘은 급한 일정은 없으니, 사 오는 것 정도라면 별로 상관은 없다. '도서관'에서 팜므가 밖으로 나가다니 처음 아닌가?

"아하. 팜므, 꽤 하는군요. 마스터와 데이트인가요? 역시 이런 기회를 놓칠 수는 없죠. 그러니 저도 이 기회를 이용하겠습니다, 마스터."

"어? 진짜? 너도 오려고……?"

너무 불안하기만 한데.

"어라? 저 혼자는 불만이신가요? 그럼 다른 시스터즈도 부를까요?"

"잠깐! 더 난리가 일어날 것 같으니 부르지 마."

"이미 늦었어요. 저희는 바빌론에 머물 때, 마스터의 정보를 항상 링크하고 있으니, 다른 시스터즈도 이 사실은 이미 파악하고 있을 테니까요."

뭐야, 그 시스템은?! 무섭잖아!!

"'탑'의 노엘과 '성벽'의 리오라는 참가하지 않는다고 하네요. '연금동'의 플로라도 바쁜가 봐요."

탁상 단말로 팜므가 벌써 출결 확인을 끝냈다. 어? 벌써 결정된 거야? 이걸로?

노엘은 어차피 '졸리다'라는 이유일 테고, 리오라는 노엘을 돌보기 위해서겠지. 플로라는 어제 오르트린데 공작 일행에게 건네준 그 약을 만들고 있는 중이라 생각한다.

생각해 보면 당연하지만, 왕가나 귀족은 무엇보다도 '후계자'를 원한다. 그러기 위해서는 제2 부인, 제3 부인, 더 나아가서는 첩까지 들이는데, 결국엔 '그런 일'을 못 하면 다 소용

없는 일이다.

즉, 그 약은 왕후 귀족들 입장에서는 정말 간절히 가지고 싶은 약이다.

그렇다면 만들어 두어도 손해는 없다! 라고 어제 플로라에게 부탁해 두었다. 실제로 레굴루스 황제 폐하에게도 부탁을 받았으니. 아, 황제 폐하가 사용하는 것이 아니라 루크스 황태자 전하에게 준다는 모양이지만.

루크스 형님댁도 아이가 없으니까……. 레굴루스 제국에게 있어서는 정말 큰 문제다.

그런 생각을 하고 있는데 '도서관'의 구석이 있던 전송진에 '공방'의 로제타, '격납고'의 모니카, '창고'의 파르셰, 이렇게 세 명이 나타났다.

"외출하시나요? 기분 전환을 하기에 딱 좋겠네요."

"마스터, 맛있는 것 좀 사 줘~."

"지상에 내려가긴 오랜만이에요. 기대되네요!"

팜므에 셰스카, 로제타, 모니카, 파르셰……. 이 녀석들을 데리고 가야 하는 것인가. 소풍 때 유치원생들을 인솔하는 선생이 된 기분이지만, 괜찮을는지…….

"일단 이곳의 책장에서 저쪽의 책장까지 전부예요."

"이걸 전부?!"

데리고 간 벨파스트의 대형 서점에서 팜므가 바로 그런 말을 꺼냈다. 팜므가 주로 즐겨 읽는 책은 소설이나 전문서가 많다. 자기계발서나 그림책, 사전 등도 읽기는 읽지만 별로 좋아하지는 않는 듯했다.

책장에 있던 것은 모두 소설이나 역사, 기행서, 마법 이론 등의 책이었다. 마법 이론 책은 '도서관'에 있는 책이 훨씬 수준이 높은 것 같은데 말이지.

아무튼 말한 대로 책을 서점의 카운터에 투욱투욱 올려 두었다. 서점 점원 누나가 눈을 휘둥그렇게 떴지만, 카운터 위에 백금화를 올려 두자 큰손이라고 판단했는지, 생글거리며 쌓인 책을 계산하기 시작했다.

이쪽 세계에서 책은 귀중품이다. 꽤 고가라서 일반 시민이 구매하는 경우는 드물었다. 대부분이 귀족 등이 고객이기 때문에 서점의 경비는 꽤 삼엄해서, 딱 봐도 수상한 우리에게는 경비원의 시선이 집중됐다. 다 살 거예요.

"마스터, 마스터. 이 성전(性典) 『가마수드라』를 사서 저를 대상으로 실제로 해 보지 않으실래요?"

"원래 있던 자리에 놓고 와!"

나는 어디에 있었는지 모르지만 수상한 핑크색의 야한 책을 가져온 세스카를 쫓아냈다.

따라온 바빌론 시스터즈는 모두 메이드복을 입게 했다. 이래저래 눈에 띠니 말이야. 메이드복으로도 충분히 눈에 띠지만.

"이곳에서 괜찮은 건 이 정도네요. 마스터, 다음 서점으로 가시죠."

"아직 더 사려고……?"

팜므가 어딘가 모르게 잔뜩 들뜬 것처럼도 보였다. 표정은 전혀 변하지 않았지만, 행동이 즐거워 보인다고 해야 하나? 지금 빠르게 룰루랄라 발걸음을 선보였지? 무표정해서 그건 그거대로 무섭지만.

돈을 내고 거스름돈을 받은 뒤, 나는 사들인 책을 계속 【스토리지】 안에 집어넣었다. 옆을 보니 셰스카가 몰래 그 성전인가 하는 책을 구매했다. 이 녀석은 성의 메이드로 일하고 있어서 일단 급료를 받는다. 그러니 돈을 가지고 있어도 이상하지는 않지만, 그 책 꽤 비싼데, 정말 그런 걸 사도 돼?

"마스터. '고민하는 이유가 가격이라면 사라. 사는 이유가 가격이라면 그만둬라.' 예요."

아니, 우쭐한 표정을 지어 봐야……. 물론 이 녀석이 자기 돈을 어떻게 쓰든 자기 마음이다. 참견할 필요는 없다.

로제타와 모니카는 가지고 싶은 책이 없는 모양이었다. 잠시 건축 관련 책을 집어 들었을 뿐, 그 외에는 위험한 파르셰를 감시했다. 덜렁이라 책장을 쓰러뜨리기라도 하면 큰일이니까.

"좋아, 그럼 다음은 제도의 서점으로 갈까?"

밖으로 나간 우리는 뒷골목에 【게이트】를 열고, 레굴루스 제국의 수도, 제도 갈라리아로 전이했다.

그리고 리프리스 황국의 황도 베른, 미스미드 왕국의 왕도 베르주, 라밋슈 교국의 성도 이스라, 리니에 왕국의 왕도 니무에, 로드메어 연방 중앙주의 수도 파네라메아, 기사 왕국 레스티아의 왕도 레스틴, 마법 왕국 펜젠의 왕도 팔마 등, 각국을 돌며 팜므가 원하는 책을 모조리 다 샀다. 틀림없이 천 권 이상 샀을 거야……

"어~이. 마스터. 나 배고파. 먹을 것 좀 사 줘."

펠젠의 왕도를 기쁘게 걷는(무표정하지만) 팜므와는 대조적으로 지친 표정을 지으며 모니카가 그렇게 중얼거렸다.

"마스터와 계약한 뒤로는 식사를 잘 먹어서 그런지, 모처럼 끼니를 빼먹으니 너무 힘들어."

"잘 먹는다니…… 그냥 평범한 식사잖아."

바빌론 시스터즈는 마소와 빛에서 에너지를 생성할 수 있으므로 엄밀하게 말하면 식사를 할 필요가 없다.

하지만 호되게 부려 먹는데 식사도 주지 않으면 너무나도……라고 생각했기 때문에, 바빌론 시스터즈에게도 우리와 같은 음식을 제공하고 있다. 모두 먹는 것 자체는 가능하고, 맛있고 없고도 구별할 수 있어서, 개인마다 취향에 맞는 메뉴가 있기도 하다.

"바빌론 박사님 때에는 정말 혹독했으니까요~……. 식사라고 해 봐야 칼로리바나 유동식 정도였어요."

"맛없었죠……."

로제타와 파르세가 절절한 목소리로 말했다. 그런 취급을 받다니…… 너무하다 정말.

"아니요, 박사님 자신이 식사에는 전~~~~혀 흥미가 없는 분이었어요. 공복감이 없으면 그걸로 충분하다는 분이었으니까요. 먹는 시간이 아깝다며 하루 1식, 심할 때는 플로라 특제 알약으로 식사를 때웠을 정도예요."

"그래서 저희도 비슷한 식생활이었어요. 요리를 할 수 있는 사람은 셰스카와 리오라뿐이니까요."

"하지만 할 수 있을 뿐, 적극적으로 만들고자 하는 마음은 없었죠. 박사님은 뭘 먹어도 '그럭저럭 괜찮아'라고만 말씀하셨거든요."

"상대하기 힘든 사람이었구나……."

역시 조금 가엾다는 생각이 들어서 펠젠에서 나름 괜찮아 보이는 레스토랑 안으로 들어갔다. 꽤 세련된 곳으로 가격도 비싼 편이었다. 드레스 코드 같은 것은 없어서 문제없이 들어갈 수 있었다.

메뉴를 보고 각자 음식을 주문했고, 곧장 우리 앞에 맛있는 음식이 나왔다.

"우와! 맛있어! 최고야, 마스터!"

"알았으니까, 차분하게 먹자 우리."

입안에 가득 고기를 집어넣고 씹는 모니카를 보고 쓴웃음을 지으며 내가 그렇게 대답했다. 구석 쪽에 앉길 잘했다고 생각하며 가슴을 쓸어내리는데, 커다란 짚신 같은 스테이크가 철 퍽! 하고 내 옆얼굴을 때렸다.

"앗 뜨거?!"

"아야야! 죄송해요! 좀처럼 잘 안 잘리네요!"

맞은편의 파르셰가 사과하면서 내 얼굴이 꽉 달라붙은 스테이크를 손으로 쥐어 자신의 접시에 되돌려 놓았다.

어이, 거기, 덜렁이 메이드……. 설마 일부러 그런 건 아니지? 조금 전에도 '제가 뿌려 드릴게요'라고 하면서 내 샐러드에 소금을 작은 병째로 쏟아부었는데.

"파르셰에게 다른 뜻은 없어요. 그런 설정이거든요. 포기하세요."

옆에 있던 로제타가 검은 손수건을 내밀었다. 오, 세심한 걸? 나는 그걸 받아 스테이크 소스투성이인 얼굴을 꼼꼼히 닦았는데…… 뭐야, 이 냄새는?

손수건을 펼쳐 보니, 그건 검은 손수건이 아니라 오일을 닦는 걸레였다.

"오요? 옷을 갈아입을 때 손수건은 어디에 넣어 뒀을까요?"

로제타가 자신의 메이드복 주머니를 이리저리 뒤졌지만, 나는 아무 말 없이 【스토리지】에서 물수건을 꺼내 얼굴에 묻은 스테이크 소스와 오일을 닦았다. 이 녀석들하고 같이 있으면 피곤해…….

그건 그렇고, 조금 전부터 팜므는 구매한 책을 읽느라 식사에는 전혀 손을 대지 않았다.

"뭐해. 모처럼 시킨 음식이 다 식잖아."

"걱정 마시길. 식어도 문제없으니까요."

이 녀석은……. 대답할 때 정도는 책에서 고개를 들어.

왜 이런 성격이지? 아아, 그러고 보니.

"너희 인격은 바빌론 박사의 일부였던가?"

"그래요. 박사님의 인격을 분리한 뒤, 핵이 되는 감정을 각각 부여해 만들어졌어요. 소생은 박사님의 '창작욕'을 핵으로 삼고 있답니다."

아하. 박사의 '물건을 만들고 싶다'는 욕망이 로제타의 중심에 있는 거구나. 나는 힐끔 하고 아직 책을 읽는 팜므에게 시선을 던졌다.

"그렇다면 팜므는……."

"'지식욕'이죠."

역시나. '다양한 것들을 알고 싶다'라는 마음이 베이스인 건가.

"파르셰는 '향상심', 모니카는 '성실함'이에요."

파르셰는 '향상심'……. 맞아, 몇 번 덜렁이 짓을 해도 열심히 노력은 하고 있으니까.

모니카는 '성실함'이라……. 분명히 솔직하긴 솔직하지만, 자신에게도, 상대에게도.

그리고 이번엔 조금 전부터 최대한 안 보려고 노력했었지만, 하아하아 하면서 구매한 성전인가 하는 책에 푹 빠져 있는 에로 메이드도 바라보았다.

"저 녀석은 '성욕'이나 '동물적 욕망'이지……?"

"정확하게는 '호기심'인데요……. 그렇게 표현해도 다를 게 없는 것도 같네요……."

로제타조차도, 우와…… 하고 약간 깬다는 듯이 셰스카를 바라보았다.

덧붙이자면 플로라는 '헌신', 노엘은 '수면욕', 리오라는 '자애'라는 모양이다. 그 박사에게 '헌신'이라든가 '자애'라는 게 있었단 말이야……?

물론 그런 한 가지 감정만 있는 것은 아니고, 박사에게서 분리된 다양한 감정으로 보충하여 바빌론 시스터즈 한 명, 한 명의 인격이 되었다고 한다.

"너희의 집대성이라고 해야 하나, 원흉이라고 해야 하나…… 바빌론 박사는 터무니없는 인물이었구나?"

"그냥 평범하게 있었으면 틀림없이 역사에 이름을 남겼을 거예요. 하지만 워낙 기분파이기도 했고, 명성에는 전혀 흥미가 없던 사람이라, 친구라고 할 만한 사람이 아무도 없었어요."

아웃사이더였던 건가……. 그런 성격이었으니, 먼저 다가 가려는 사람은 아무도 없었겠지.

"박사님의 발명품을 노리고 바보 같은 귀족들이 마구 들이닥친 적도 있었어. 전부 다 내쫓고 복수해 줬지만."

"그립네요~. 전부 알몸으로 만들어 놓고 왕궁 기둥에 묶어 버렸었죠?"

"그래, 거꾸로 돌려서. 진짜 걸작이었지."

……………응? 기시감이 느껴지는데, 착각인가?

정말 무시무시한 사람이야, 무서워.

"그러고 보니 바빌론이 아직 하나 더 남았지……? '연구소' 같은데, 관리인은 어떤 녀석이야?"

그 박사의 성격 일부를 이어받았으니 제대로 된 녀석이 아니라는 것쯤은 눈에 선하게 보였다. 그러니 미리 마음을 다잡아 놓고 싶었다.

"나, 그 녀석 별로 안 좋아해."

우물우물 고기를 씹으면서 모니카가 딱 잘라 말했다. 웬일 이래. 이 녀석이 이런 말을 다 하고.

"'연구소'의 관리인은 모니카를 아주아주 귀여워했으니까 요~."

"? 좋은 거 아냐?"

"짜증 나. 그 녀석, 툭하면 날 껴안으러 오는 거거든. 찰싹찰싹 들러붙는 건 싫어."

"하지만 '연구소'의 관리인은 착실한 사람이에요. 박사님의 조수로도 많이 일했고요. 우리 몸의 메인터넌스도 '연구소' 관리인의 일이었어요."

겨우 자른 고기를 우물우물 입에 넣고 파르셰가 대답했다. 착실하다라. 그럼 괜찮으려나? 리오라나 로제타, 모니카도 착실한 편이니까. 문제가 없는 것은 아니지만.

" '연구소'의 관리인은 다양한 박사님의 연구를 도와줬어요. 원래 리오라와 플로라 이외에는 '연구소' 관리인의 손으로 만들어진 거나 다름없을 정도로요. 세 번째 언니니까요."

세 번째 언니, 라. 바빌론 넘버즈는 이름대로 각자 개체 번호가 부여되어 있다. 분명히.

20 프레리오라

21 벨플로라

22 ?

23 프란셰스카

24 이리스팜므

25 파메라노엘

26 리루루파르셰

27 하이로제타

28 프레드모니카

였던가.

"리오라보다 더 앞선 개체는 없어?"

"있었는데, 넘버 17까지는 사람이 아니라 동물 타입이었고, 18, 19 두 사람은 소생들과는 다르게 단명종이여서요……."

"그렇구나……."

5000년 전의 이야기니까. 무리도 아닌가. 그런 것보다, 역시 이 녀석들은 장수종 세포인가 뭔가를 사용한 건가? 마법 생명체와 기계의 융합이라는 이야기였는데.

"근데 말이야, '연구실'에 내 후속 넘버즈 캡슐이 있었어. '29'라고 적힌 거. 나보다 아래인 애들이 생긴다고 좋아했는데, 그 전에 비빌론이 나뉘어 버렸으니까. 그건 어떻게 됐지?"

"분명히 캡슐은 있었지만, 안은 텅 비어 있었어요."

"그~래? '연구소'에는 캡슐이 잔뜩 있었는데? 굳이 '29'라고 넘버를 붙이나?"

"혹시 박사님은 새로운 넘버즈를 만들려고 했을지도 모르겠네요."

"새로운 여동생인가요? '연구소'에 있다면 좋겠네요~."

세 사람이 떠들썩하게 이야기를 하고 있었지만, 나는 시선을 돌려 고개를 숙인 채 책을 읽고 있는 셰스카와 팜므를 바라보았다. 그쪽 두 사람도 좀 참가해 봐……. 책만 읽지 말고. 한쪽은 야한 책이지만.

여기저기 따라다녀야 했지만 가끔은 이런 것도 좋으려나?

이제 바빌론도 하나 남았나. 프레임 기어도 손에 들어왔고, 더 필요할지 어떨지 의문이지만, 이 아이들의 자매가 있기도 하니, 만나게 해 주고 싶다. 혼자 있으면 가엾기도 하고. 어쩌면 둘일지도 모르지만.

그런 생각을 하면서 나는 주스의 스토로에 입을 댔다.

후기

『이세계는 스마트폰과 함께』 제9권을 여러분에게 전해 드립니다. 후유하라 파토라입니다.

9권까지 왔습니다. 다음은 드디어 10권입니다. 이것도 모두 여러분 덕택입니다.

1권을 낸 뒤로 2년 정도가 됩니다. 1권을 냈을 때는 이렇게 오래 계속될 것이라고 미처 생각을 못 했습니다. 여러 사정이 있어, 서적화 이야기가 나왔을 때는 60퍼센트 정도 거절할 생각이었으니까요……. 그때 거절하지 않길 잘했다고 진심으로 생각합니다.

이번 권의 볼거리라고 한다면, 누가 뭐래도 드디어 등장한 신형 프레임 기어입니다. 인터넷 연재를 할 때는 당연히 분량 배분을 생각하지 않았는데, 결과적으로 한 번에 세 대나 신형 프레임 기어가 등장하게 되었습니다. 메카닉 디자인을 담당해 주시는 오가사와라 선생님, 죄송합니다.

앞으로도 유미나를 비롯한 약혼자들의 전용기가 잇달아 등장합니다. 네? 토야의 기체? 레이디 퍼스트 아닙니까, 레이디 퍼스트. 음…….

새로 쓴 막간극 중 하나(정확하게는 반 정도만 새로 썼습니다)는 앞 권에서 팜므의 삽화를 담당자님도 저도 깜빡하고 넣지 않아서, 이래선 안 된다는 생각에 급거 바빌론 시스터즈의 이야기를 추가했습니다. 물론 삽화는 팜므입니다. 저희를 대신해서 토야가 사과하고 있습니다. 미안해, 팜므.

앞으로는 이런 일이 없도록 주의하겠습니다. 네.

자, 다음 권에서는 드디어 마지막으로 '연구소'를 발견하여, 바빌론이 모두 모입니다. 그에 더해 어떻게 보면 가장 진한 캐릭터가 등장하게 되는데…… 아무튼, 그것은 다음 권에서 확인해 주십시오.

다음 10권은 여러 의미에서 터닝포인트가 될 것으로 생각합니다.

그리고 애니메이션!

다양한 정보가 공개되어 방송을 위한 준비가 완료되었다는 느낌일까요?

주요 캐릭터의 성우 여러분이나 주제가 등도 결정되었습니다. 이미 녹음이 시작된 모양입니다.

감독님이나 애니메이터 여러분, 성우 여러분 등, 멋진 스태프 여러분들에 의해 매일 토야 일행이 생명을 얻고 있습니다.

저의 스마트폰에서 태어난 이야기가 이렇게 많은 분의 손을 빌려 새로운 형태로 완성되어 가다니, 신기한 느낌이 듭니다.

실은 이 글은 제작 발표회가 열린 그 날에 쓴 것인데, 만나 뵈어 보니, 성우 여러분&감독님 여러분 모두 떠들썩하고 즐거운 분들이었습니다. 움직이는 토야 일행이 매우 기대됩니다.

방영은 7월 초부터입니다. 자세한 사항은 공식 홈페이지에서 확인해 주시길.

자, 이번에도 감사의 인사입니다.

일러스트를 담당해 주신 우사츠카 에이지 선생님, 9권까지 왔습니다. 계속 새로운 캐릭터가 추가되겠지만, 앞으로도 잘 부탁드립니다.

메카닉 디자인을 담당해 주신 오가사와라 토모후미 선생님, 세 기나 되는 신형 프레임 기어의 디자인, 정말 감사합니다.

10권은 프레임 기어가 아닌 다른 메카닉이 나올지도 모릅니다. 잘 부탁드립니다.

담당 K 님. 애니메이션을 비롯해 여러모로 바쁘시겠지만, 힘내 주십시오. 뼈는 주워 드리겠습니다.

하비재팬 편집부 여러분, 이 책을 출판하는 데 참여해 주신 여러분, 이번에도 깊이 감사드립니다.

그리고 '소설가가 되자'에서 읽어 주시는 여러분, 애니메이션이 만들어질 때까지 응원해 주신, 현재 이 책을 계속 읽어 주시는 여러분, 최고의 감사를 드립니다.

그러면 다음 권, 『이세계는 스마트폰과 함께.』 제10권에서 만나 뵙겠습니다.

후유하라 파토라

모습을 나타낸 두 번째 지배종, 기라.

그리고 마법 왕국

《마기아 임페리엄》을 구축하기 위해

《고르디아스》「황금결사」

수수께끼의 조직

「가 움직이기 시작한다——!!

이세계는 스마트

후유하라 파토라　illustration■우사츠카 에이지

봄을 맞이한 브륀힐드 공국.
각국의 왕들이 모이는 꽃놀이 중에
사쿠라의 기억이 드디어 되살아난다.
그것은 마왕이 다스리는
마왕국 제노아스에서 벌어지는 파란의 시작이었다.

폰과 함께. 10

이세계는 스마트폰과 함께. 9

2017년 12월 15일 제1판 인쇄
2018년 03월 13일 2쇄 발행

지음 후유하라 파토라 | **일러스트** 우사츠카 에이지 | **옮김** 문기업

펴낸이 임광순 | **제작 디자인팀장** 오태철
편집부 황건수 · 신채윤 · 이병건 · 이홍재 · 김호민
디자인팀 박진아 · 정연지 · 박창조 · 한혜빈
국제팀 노석진 · 엄태진

펴낸곳 영상출판미디어(주)
등록번호 제 2002-000003호
주소 21311 인천광역시 부평구 평천로 132 (청천동)
전화 032-505-2973(代) | **FAX** 032-505-2982

ISBN 979-11-319-6896-3
ISBN 979-11-319-3897-3 (세트)

異世界はスマートフォンとともに 9
©2017 Patora Fuyuhara
Originally published in Japan in 2017 by HOBBY JAPAN Co., Ltd.

5,000살 먹은 현자(바보), 속세로 내려오다!

영원한 바보 아즈리가 쓰는 현자의 서
1

마법 대학에서 낙제한 못난이 청년 아즈리는
우연히 신의 비약을 정제해서 불로의 몸을 얻게 된다.
자신을 업신여긴 놈들을 놀라게 하려고 속세를 떠나 마법과 마술 연구에 매진하다 보니
어느새 5천 년이 지나, 깨닫고 보니 귀중한 고대 마술 사용자가 되어 있었다!
사역마인 포치와 더불어 견문을 넓히기 위해 여행을 떠난 아즈리의 인생은
곤경에 처한 사람들을 돕다가 급전개를 맞이한다.

마법 대학 생활에 몬스터 토벌까지.
5천 살의 청년 아즈리의 두 번째 청춘 라이프는 어떻게 될까?

히후미 지음 / 무토 쿠리히토 일러스트

**영상출판
미디어(주)**

아저씨가 미녀
1~2

얼굴도 모르는 게임 속 친구와 함께 회복약 버튼을 연타하면서 던전 보스를 공략하던 중에 생각지도 못하게 게임 세계에 날아간 아키라. 그런데 함께 소환된 사냥 친구인 이사토, 통칭 '아저씨'는 사실 연상의 미녀였다!?

게임과 비슷하면서도 다른 이세계에서 원래 세계로 돌아갈 방법을 찾는 아키라&이사토. 어떻게든 안전하게 게임 세계에서 살아남으려 하지만, 시작부터 도적이 마을을 덮치고, 몬스터가 창궐하는 이상한 사건에 조우하는데── '아저씨'와 함께하는 파란만장한 이세계 게임 판타지, 개막!

야마다 마루 지음 / 후지타 카오리 일러스트

영상출판
미디어㈜